光文社古典新訳文庫

ネコのムル君の人生観(上)

ホフマン

鈴木芳子訳

Title : LEBENSANSICHTEN DES KATERS MURR
1819／1821
Author : E.T.A. Hoffmann

目次

〈補助線としての目次〉

＊光文社古典新訳文庫スペシャル目次。節に番号を付し、クライスラー篇は○で囲んだ。詳しくは「解説　その一」426頁をご覧ください。

第一章　五感でとらえた生　青春時代

第二章　青年の人生経験　われもまたアルカディアに

第1巻表表紙　ネコのムル君

ネコのムル君の人生観

ならびに

楽長ヨハネス・クライスラーの伝記の断編

（はからずも日の目を見た反故紙）

編集責任者　E・T・A・ホフマン

編集者の序文

本書ほど序文を必要とする本はないでしょう。というのは、どうして一風変わった構成になったのかを説明しないと、乱雑な寄せ集めと思われてしまうからです。そこで読者のみなさまに、実際にこの序文を読んでくださるようお願いします。

編集者には一心同体の友がいます。彼のことなら、自分のことのようによく分かります。その友人がある日、およそこんなことを申しました。「輝かしい才能と優れた天分を持つ若い作家が書きあげたものがある。きみはすでにたくさんの本を刊行しているし、出版人のこともよく分かっているから、そうした有能な人たちから、きみの推薦で印刷してくれる人を見つけるのは朝飯前だろう。彼の面倒をみてやってくれないか。それに値する男だよ」

そこで物書きの同僚のためにベストをつくす約束をしました。友人が「原稿はムルという名のネコの手になるもので、彼の人生観が書かれている」と打ち明けたときには、いささか怪訝に思いましたが、すでに約束したことですし、物語の冒頭はかなり練り上げられた文章のようでしたから、すぐさまその原稿を鞄に入れて、ウンター・デン・リンデンのデュムラー氏[1]のもとに駆けつけて、ネコの本の出版を出願しました。

デュムラー氏は「たしかにこれまで弊社の作家にネコはいなかったし、同業者の誰かがこれまでそういうタイプの方と関わりをもったという話も聞いたことがありませんん。でも、とにかくやってみましょう」という意見でした。

印刷がはじまり、最初の見本刷りが編集者のもとに届きました。ところがなんと驚いたことに、ムルの物語がときおり中断され、見覚えのない文章が挿入されているではありませんか。挿入されていたのは、楽長ヨハネス・クライスラーの伝記の一部、別の書物の文章でした。

綿密に調べたり問い合わせたりして、ついに次のことが分かりました。ネコのムル君が自分の人生観を書くときに、飼い主のところにあった印刷された書物を無造作に引きちぎり、悪気はさらさらないのですが、一部は下敷きに、一部は吸い取り紙に用いていたのです。それらの紙が原稿にはさまったままになっていて——誤って、ムルの原稿の一部として一緒くたに印刷されてしまったのです！

謙虚に沈痛な面持ちで、「ネコの原稿を印刷にまわす前に、丹念に目を通すべきでしたのに、うかつにも異種の素材がごっちゃになってしまいました」と正直に申し上げます。それでも慰めがないわけではございません。

読者のみなさま、なによりもまず、括弧でしめした注記、（**反故**（ほご））と（**ムルは続ける**）に注目してください。そうすれば、難なく事情をお分かりいただけることでしょう。引きちぎられた書物のことをちらりと知る人すらいないところを見ると、書店ではまったく販売されなかったもののようです。少なくとも楽長の友人たちにとって、それなりに特筆に値する男の常道から外れた生き方についていくらか情報が手にはいるのは嬉しいことでしょう。ネコが書物を破壊するという蛮行におよんだためですが……。

どうかご容赦くださいますようお願いいたします。

1 ベルリンの出版業者フェルディナント・デュムラー（一七七七～一八四六）は、一八一九年初めホフマンのメルヒェン『ちびのツァッヘス、またの俗称をツィノーバー』を刊行している。デュムラーの出版社はベルリンの大通りのひとつウンター・デン・リンデン（「菩提樹の下」の意）四十七番にあった。

〔正誤表一覧は割愛します〕

最後に、ネコのムル君と個人的にお近づきになりましたが、感じがよく穏やかな礼儀正しい男性であると断言します。本書の表紙絵は、驚くほど彼にそっくりです。

ベルリンにて、一八一九年十一月

E・T・A・ホフマン

作者の序文

おずおずと——胸を打ちふるわせながら、生を、苦悩を、希望を、あこがれをつづった拙文を世に送ろう。詩的霊感をうけた徒然(つれづれ)なる甘美なときに、心の奥底からほとばしり出たものである。

この身は批評家のきびしい批判に耐えられるろうか？　しかしわたしは、感受性が強く天真爛漫(てんしんらんまん)なきみたち、わたしとよく似た誠実な心をもつきみたちに向けて筆をとっている。きみたちの目に浮かぶひと粒の美しい涙がなぐさめとなり、無神経な批評家に酷評された痛手を癒やしてくれることであろう！

ムル（文学の徒）

ベルリンにて、一八●●年五月

公表されない作者の序文（心の声）

真の天才に生まれつきそなわる自信と落ち着きをもって、自叙伝を世に送る。これで世人は、偉大なるネコになるにはいかなる修養を積むのかを学び、余の卓越性をあますところなく知り、余を愛し、評価し、尊敬し、賛美し、若干崇拝するであろう。不敵にも、この名著の確かな価値をいささかでも疑う者があれば、その者は、才知にすぐれ、鋭いツメをそなえたネコを向こうに回すはめになることをとくと考えたほうがよかろう。

ベルリンにて、一八●●年五月

ムル（高名なる文猫）

追伸

これはひどすぎます！　公表されないはずの作者の序文まで印刷されてしまうとは！——親愛なる読者が、ネコ作家による序文のいくぶん尊大な調子をあまり気にかけませんように。また、どこか他の多感な作家の悲しげな序文も、胸奥に秘めた本音を明かせば、おそらくこれと大差ないと考えてくれますように。そう願うしかございません。

編集者

第一章　五感でとらえた生　青春時代

人生は、なんといっても美しく輝かしく崇高なものだ！「おお、生きるという、慣れ親しんできた甘美なるものよ！」[1]と、かの悲劇の主人公、オランダの勇者は叫ぶ。わたしもそう叫ぶ。だがあの主人公のように、この世に別れを告げる悲痛な瞬間ではなく――めっそうもない！――かの慣れ親しんできた甘美なる生に浸りきって、いつの日かそこから出て行く気などさらさらない、歓喜にあふれた瞬間にそう叫ぶ。――

1　ゲーテの悲劇『エグモント』（一七八七）。第五幕、牢獄のエグモントが死を意識して語る台詞「甘美な生よ！　生きて活動するという、この慣れ親しんできた美しく好ましいものから、わが身を引き離さなければならないとは！」参照。

すなわち、精神の力、未知の力、あるいは、そのほか呼び名はどうあれ、私たちを支配する原理（わたしの同意なく、上述の慣れ親しんできた生をいわば押しつけてきたもの）が、寄宿先の親切な男性（彼はわたしの食膳に魚料理を供し、楽しく賞味するわたしの鼻先から、そのご馳走をかっさらうようなまねは決してしない）よりも、性悪ということはあるまい。

おお、自然よ！　聖なる崇高な自然よ！　そなたのあらゆる歓喜、あらゆる法悦は、この高鳴る胸をいかに満たし、この身はそなたの謎めいたそよぎにいかに包まれることか！――すがすがしい夜。これを読む者にも読まない者にも、この高尚な感激はわかるまい。ふわりと舞い上がった、わが高い立脚点を知る由もないのだから。――舞い上がったというよりは、よじ登ったと言ったほうが適切かもしれないが、たとえわたしのように四本足でも、詩人は足のことには触れず、自分の翼のことしか語らない。[2]たとえその翼が彼に根ざしているものではなく、名匠が制作したものであっても。頭上には星空が丸天井のように広がり、満月はきらめく光を投げかけ、まばゆい白銀の輝きのなかで屋根や塔がわたしをとりまくように立っている！　足下の騒がしい雑踏はしだいに鳴りを静め、夜はしんしんとふけ渡る――雲はたなびき――ひとりぼっちのハトが、切ない恋をかこちながらクークーと甘い声を出して、教会の塔のまわりで羽ばたく！――おお！――あのかわいい子が近づいてきたら？　わたしは不可思議なときめきをおぼえ、わきおこる熱っぽい食欲に抗しがたく圧倒される！――おお、あの可憐な子がきたら、恋わずらいのこの胸に抱きしめて、決して離すまい。――あれ、あちらの鳩小屋へバタバタ飛びこんでいくぞ。不実なやつめ、わたしをむなしく屋根に置いてきぼりにするのか！　この頑(かたく)なで、けち臭い愛の不毛の時代には、真の魂の共鳴はなんと稀なことか。

そもそも二本足による直立歩行というのは、人間と称する種族が、より安定したバランスを保って四本足で歩く私たちすべてを支配しうるほど偉大なことなのか？　しかし連中が、頭の中にあることになっていて、「理性」と呼ぶものを、ごたいそうなものだと思い込んでいるのは知っている。連中がそれをどう解しているのかはよく分

2　ムルは、実際には四本足で屋根によじ登り、高みから見下ろしているが、天翔けるペガサスとしての自分をイメージしている。ペガサスはインスピレーション・自由・不朽の名声などを象徴し、転じて詩人を指すこともある。

からないが、わたしが寄宿しているパトロンの言いぐさから推し量って、「理性とは意識をもって行動し、愚かな真似はしない能力にほかならない」とすれば、人間の境遇にはなりたくない。

そもそも私たちは「意識」に慣れっこになっているだけだと思う。人生とは、どうにかこうにか乗り越えて生きていくものなのだが、どう乗り越え、どう生きるのかは本人にもわからない。少なくともわたしの場合はそうだった。聞くところによると、この世のいかなるものであれ、自分がいかにして、どこで生まれたかということに関しては、みずからの経験からではなく、しばしばたいへん不確実な口伝えから知るという。有名人の生誕をめぐって巷で争われているが、わたしがこの世に生をうけたのは、というよりむしろ、親愛なるママによって生みだされたのは、地下室なのか屋根裏部屋なのか丸木小屋なのか。そのへんのことは、我ながらとんと要領を得ず、迷宮入りだろう。なぜなら、ネコ族に特有のことなのだが、生まれたてのころは目がよく見えないからである。

ぼんやりと思い出すのは、まわりで聞こえてくるフーッという唸(うな)り声、激しく息を吐くような声音である。それはわたしが怒りにかられたときに、ほとんど意に反して出る声音でもある。やわらかい内壁のひどく窮屈な場所に閉じ込められ、息切れしそうで、困りきっていて不安でたまらず、情けない悲嘆の叫びをあげていたのを、はっきりと、ほとんど十分な意識をもって知っている。何ものかがこちらへ手を伸ばし、わたしの体をひどく乱暴にむんずとつかんだのを感じた。それはわたしが自然から授けられた不可思議な力を感じ、その力をふるう最初の機会となった。フワフワの毛皮で覆われた前足から、とがった伸縮自在なツメをすばやく出し、わたしをつかんだ奴に、そのツメをグサッと食い込ませたのである。のちに教わったところによると、そいつは他ならぬ人間の片手だった。わたしはその場所から引きずり出されて投げとばされ、すぐさま両頬を二度したたか殴られた。はばかりながら、今やそこには堂々たるヒゲが生えている。今になって判断すると、前足の威力で傷ついた片手に二、三発すかさずお見舞いされて道徳的因果関係（＝因果応報）を初めて経験したわけで、サッとツメを出したときと同様にサッとツメを引っこめたのは、道徳的本能のなせるわざである。後日、このようにツメを引っこめるのは、いたって柔和な愛嬌ある行いとして称賛され、「ビロードのように柔らかい足（別名：猫かぶり）」と呼ばれたが、それはもっともなことである。

前述したように、その手はまたしても、わたしを床に投げとばした。しかし直後にわたしの頭をつかんで、下に押しつけたので、わたしの口は液体にひたされ、ピチャピチャなめはじめた。なぜそんなことを思いついたのか、自分でもわからないが、生理的本能にちがいない。なめていると、なんとも不思議な内なる快感がこみあげてきた。今にして思えば、味わったのは美味なミルクで、空腹だったわたしは、飲んだらお腹がいっぱいになったのである。そんなふうにしてモラル部門に次いで、フィジカル部門の専門教育がはじまった。

新たに、ただし前よりもやんわりと両手がわたしをつかみ、温かく柔らかい臥所（ふしど）に置いた。わたしはいよいよ気分がよくなり、ネコ族に特有の、例の風変わりな声音を出して、内なる快感を示しはじめた。人間たちはこの声音を「のどをゴロゴロ鳴らす」と呼んでいて、この表現は、当たらずといえども遠からずというところだろう。こんなふうにして教養・一般常識部門において長足の進歩をとげた。内なる生理的快感を声音と身ぶりで表現できるとは、なんという特典、なんとすばらしい天の賜物であることか！――まず、うなってみせた。それから世にも優美にしっぽをくねらせる、あの無比の才能があらわれ、それから「ニャー」の一言で喜び、悲痛、歓喜と恍惚、不安と絶望、要するに、千差万別ないっさいの感覚と情熱を表現するすばらしい才能があらわれた。意思疎通をはかるすべてのシンプルな手段のなかで、もっともシンプルなこの手段とくらべれば、人間の言葉はいかほどのものだろうか！――ともあれ、わが波瀾万丈の青春の記念すべき有益なお話を続けていくことにしよう！――

深い眠りから覚めると、驚くほどぎらぎらする光が周囲にふりそそいでいた。わたしの目からベールが取りはらわれ、見えるようになったのである！

光や、特に目の前のごちゃごちゃしたものに慣れるまでは、何度も続けざまにひどくくしゃみをしなければならなかったが、まもなく申し分なく見えるようになった。すでに長い間ずっと見てきたかのように。

おお、見るということ！　この慣れっこになっている、驚嘆すべきすばらしいものがなければ、この世に存続するのはたいそう難しくなるだろう！――見るということを、わたしと同じように易々と習得した天分高きものは幸いなるかな。

しかし少し不安になって、あの窮屈な場所にいたときと同じような悲鳴をあげたことは否めない。すぐに小柄な痩せた老人があらわれた。彼のことは永久に忘れないだろう。なにしろ顔の広いわたしといえども、彼と同じ、もしくは似たような姿の人物を見たことがないのだから。しばしばネコ族には、白と黒のまだらの毛皮を着用している者がいるが、雪のごとく白い頭髪に、漆黒の眉毛をもつ者はめったにいない。ところがわたしの養育者がそうだった。彼は家では短い黄色のガウンを着ていた。わたしはひどくびっくりして、そのころまだ不器用だったが精一杯、柔らかいクッションからとびおりて、わきへ這いつくばった。彼は信頼の念を起こさせる親切そうな身ぶりでこちらへ身をかがめ、わたしをつかまえた。わたしのほうでは、ツメの威力を誇示しないように十分に注意した。「引っかく」と「打擲(ちょうちゃく)」は自然に結びつき、「引っかいたら、打たれる」という考えがおのずと浮かんだのである。じっさい、彼はわたしに好意を抱いていた。なぜなら、一皿の美味なミルクの前にわたしをおろし、わたしがむさぼるようにピチャピチャなめると、おおいに気をよくしたようだったから。

彼はわたしを相手に、何やらわけの分からぬことをいろいろしゃべったが、そのころ世間知らずの乳臭いちびっ子だったわたしは、人間の言葉をまだ理解できなかった。そもそもパトロンについて話せることはごくわずかだが、多芸多能で——学問と芸術に造詣が深いのはまちがいない。というのも、彼のところにやってくる人（そのなかには、自然がわが毛皮にさずけた黄斑のところ、つまり胸に星形勲章や十字勲章をつけている者もいた）はみな、たいそう丁重に、それどころかときに、後日わたしがプードルのスカラムーッに会ったときのように、幾分おどおどと畏怖の念をもって彼をとりあつかい、「尊敬する」「親愛なる」「崇拝する」アブラハム先生と呼んでいたからである。

無造作に「ねえ、きみ」と呼ぶ者がふたりだけいた。ひとりは派手なグリーンのズボンに白い絹の靴下姿の痩せた長身の男で、もうひとりは背の低い、たいそう太った黒髪の女性で、どの指にもふんだんに指輪をはめていた。件(くだん)の紳士は侯爵で、女性はユダヤの貴婦人という話だった。

そうした高貴な訪問客にもかかわらず、アブラハム先生は高い場所にある小さな部屋に住んでいたから、わたしは窓から屋根へ、はたまた屋根裏部屋へと、初めての散策をたいそう快適に試みることができた。

そうだ！　わたしは屋根裏部屋で生まれたにちがいない。——地下室、丸木小屋がなんだ。——出生の地は屋根裏部屋に決定！——気候、祖国、風俗、慣習、これらの印象はなんと消えがたいことか。コスモポリタンの外的内的形態に力をおよぼすのは、こうしたものなのだから！——わが胸に宿るこの気高いこころ、崇高なものへの抑えがたい衝動は、どこから来るのか？　この不可思議としか言いようのない稀代のよじ登る技量、大胆にして天才的なジャンプのうらやむべき技は、何に由来するのだろう？──ああ、なんと甘美な哀愁がわが胸を満たすことか！　──故郷の地への憧れが激しくわきおこる。──うるわしき祖国よ、そなたにこの涙を、この哀愁に満ちた歓喜の「ニャオーーン！」をささげよう。このジャンプ、この跳躍は祖国に敬意を表するものであり、そこには美徳と愛国心が込められている！──おお、屋根裏部屋よ、そなたは惜しげもなくたくさんのネズミをふるまってくれる。ついでにソーセージや塊（ブロック）ベーコンをどっさり煙突（＝燻製・貯蔵エリア）から失敬することもできる。そればかりか、たくさんのスズメをつかまえることもできるし、ときにはかわいいハトもねらえる。「おお祖国よ、そなたへの愛は強大だ！」[3]

ところで、ぜひともわたしの──

（反故）──「『ところで殿下、あの大嵐を覚えていらっしゃるでしょうか？　あの弁護士が夜、パリのポンヌフ[4]を歩いていたとき、あの大嵐が頭の帽子をセーヌ河に吹き飛ばしたのですから。――似たようなことがラブレーの小説にもありますが[5]、弁護士から帽子を奪ったのは大嵐ではありません。逆巻く風にマントをなぶられながら、弁護士が片手でしっかりとつかんでいた帽子を奪い去ったのは、嵐などではなく、〈いやはや、大風が吹いてますね〉と大声でどなって、かけ足で通り過ぎた擲弾兵なのです。擲弾兵はその拍子に、弁護士の鬘の頭からビーバーの毛皮の帽子をさっとひったくりました。しかもセーヌ河の波間に投げこまれたのは、そのビーバーの毛皮の帽子ではありません。兵士自身のみすぼらしいフェルト帽が、暴風のために土左衛門にされたのです。

3　フリードリヒ・ヴィルヘルム・ゴッター（一七四六～一七九七）のジングシュピール『幽霊島』第三幕フィナーレ「おお祖国よ、そなた――への愛は全能だ！」参照。

4　セーヌ河にかかる橋。「新しい橋」の意。

5　嵐の描写は、イギリスの作家・牧師ローレンス・スターン（一七一三～一七六八）の『センチメンタル・ジャーニー』（一七六八）の「断章・パリ」の情景に由来する。この断章は、フランスの物語作家フランソワ・ラブレー（一四九四頃～一五五三）の手になるものという想定で扱われている。

さてご存じのように、弁護士があっけにとられた瞬間、二番目の兵士が〈いやはや、大風が吹いてますね〉と同じセリフをどなって、かけ足で通り過ぎ、その拍子に弁護士のマントの襟をつかんで、肩からマントをひったくりました。その直後、三番目の兵士が〈いやはや、大風が吹いてますね〉と同じセリフをどなって、かけ足で通り過ぎ、弁護士の両手から金の握りのついたスペイン風のステッキをもぎ取ったのです。弁護士はあらんかぎりの声で叫び、いちばん殿（しんがり）のかっぱらいめがけて鬘を投げつけ、無帽でマントもステッキもなく歩き出し、前代未聞の奇天烈な遺言状を作成したり、奇妙きわまりない冒険をしたりする次第です。こうしたことをみな、殿下はご存じでしょう』

わしがこう話すと公は言った。

『アブラハム先生、さっぱり分からん。まるで分からんよ。どうしてそんなわけの分からないたわごとをしゃべり立てるのか。もちろんポンヌフなら知っている。パリにある橋だ。徒歩で渡ったことは一度もないが、身分にふさわしく、しばしば馬車で渡った。弁護士ラブレーとやらに会ったこともなければ、生まれてこのかた、兵士たちの悪ふざけを気にかけたこともない。

軍隊の指揮をしていた若いころ、田舎貴族たちがばかげた真似をしでかしたとき、あるいは、これから先やらかしそうなとき、その見せしめに連中をひとり残らず、毎週サーベルで打ったものだ。兵卒を殴るのは士官の仕事だったから、士官たちもわしの例にならって毎週、しかも土曜日に実行した。そういうわけで日曜日になると、さんざん殴られていない田舎貴族や兵卒はわが軍隊にひとりもいなかった。そのため、わが軍隊は、徳性をたたきこまれるのに次いで、そもそも殴られることに慣れっこになってしまい、敵軍を前にしても殴ることしかできなかった。

アブラハム先生、ひとつお聞きしますが、一体どういうつもりで、大嵐だの、ポンヌフでかっぱらいにあったラブレーの弁護士だのの話を持ちだすのでしょう。あの祝宴が大混乱におちいったこと、わしの頭頂の巻き毛（トゥーペ）[6]に火の玉が飛び込んできたこと、大事な息子が噴水に落ちて、裏切り者のイルカたちにさんざん水しぶきをかけられたこと、さてまた公女がベールをとって、スカートをからげて、アタランテ[7]のように庭

6　原語はToupee。フランス語のtoupet（毛束、額髪）に由来する。十八世紀後半に流行した髪型で、ここでは部分ウィッグのこと。

園を駆けぬけねばならなかったことなど、いまいましい夜の災難ときたら枚挙にいとまがない。弁解の余地もないでしょう！

さてアブラハム先生、なんとか言ってくれませんか？』

わしはうやうやしく身をかがめながら答えた。

『殿下、あの災難はみな、あの嵐のせいなのです。万事すらすらと運んでいる矢先に、とつぜんあのひどい暴風が生じたのです。わたしが地水火風の四大、自然の力を意のままにできるとでもお思いですか？――わたし自身、あのときひどい目にあったのですよ。有名なフランスの作家ラブレーと弁護士を混同しないよう謹んでお願い申し上げますが、あの弁護士と同じように、わたしも帽子や上着やマントをなくしたではありませんか？　わたしだって――』」

このときヨハネス・クライスラーがアブラハム先生の言葉をさえぎった。

「先生、もうかなり昔の話なのに、先生が采配をふって祝宴がひらかれた公妃の誕生日のことが今なお、まるで暗い秘密のように噂されています。たしかに先生はいつもの流儀で、あれこれ奇想天外なことをなさったのでしょう。世間の人は、先生のことを魔法使いかなにかのように思っていますから、あの祝宴のせいで、その思い込みをいよいよ強めたらしい。何があったのか包みかくさず話してください。ご存じのように、ぼくはあの頃この土地にいなかったし――」

「まさにそこなんだよ」

アブラハム先生は友人の話の腰を折った。

「きみがここにいなかったからこそ、きみがどんな凄まじい復讐の女神に追い立てられたのか知らないが、憑かれたように逃げ出したからこそ、わしは荒れ狂ったのだよ。だから呪文を唱えて、地水火風の四大、自然の力を呼び出して、祝宴のじゃまをしたのだ。あの祝宴に立役者のきみがいないので、わしの胸ははりさけそうだった。なんとも不十分な祝宴で、はじめは何とかやっていたが、恋する人たちに悪夢の苦しみ――悲痛――恐怖以外なにももたらさなかった。ヨハネス、今こそよく聴いてほしい。わしは、きみの心の奥底を見抜き、そこに一触即発の危険をはらむ秘密がねむっているのを知っていた。きみの内にくすぶる活火山は、いまにも身をほろぼしそうな

7　ギリシア神話に登場する俊足の娘。求婚者には自分と駆け比べをして、もし負ければ首を切るという試練を課したので、大勢の若者が競走に敗れて命をなくした。

火炎をあげて爆発し、容赦なくあたりのものを焼き尽くしかねない！

　私たちの心中には、どんなに親しい友人であっても語りえないものが醸成されていく。だから、きみのなかにあるものを見抜いても、用心深くきみには秘しておいた。あの祝宴のより深いねらいは、公妃ではなく、もうひとりの愛しい女性ときみ自身にあり、わしは、きみという人間の全自我を強引に把握したかったのだ。きみの胸奥に秘められた苦悩が猛威をふるい、眠りから覚めた復讐の女神フリア[8]のごとく、二倍の力できみの胸をずたずたに引き裂くはずだった。名医は激しい発作をおこした病人に冥界から取りよせた薬をいとわないものだが、長患いで瀕死のきみにそういう処方をすれば、死をもたらすか、もしくは全快するだろうと考えたのさ。――いいかい、ヨハネス、公妃の洗礼名の日は、ユーリアの洗礼名の日でもある。ユーリアの洗礼名は公妃と同じくマリアだ」

　するとクライスラーは目にめらめらと怒りの炎を浮かべ、はじかれたように飛び上がって叫んだ。

「おやおや、先生はぼくを厚かましく嘲弄する力をさずかったのですか？　先生は、ぼくの心を見通せる運命そのものというわけですか？」

アブラハム先生は悠然と答えた。

「無思慮な激情家だね。きみのなかには芸術やあらゆる輝かしい美に深く感応するところがある。きみの胸の業火がそれに陶冶(とうや)されて清らかな炎になるのは、いったいいつの日だろう！――あの因果な祝宴の話をしてほしいのだろう。おちついて聞いておくれ。それとも、憔悴しきっていて無理だというなら、きみのことは放っておくよ」

クライスラーは両手で顔を覆い、ふたたび腰を下ろすと、「話してください」と窒息しそうな声で言った。

アブラハム先生は急に陽気な調子になって言った。

「いやヨハネス、工夫をこらした采配といっても、その大部分は公自身の創意ゆたかな才知を出どころにしているので、それを何から何まで話して聞かせて、きみの眠気をさそう気はまったくない。あの祝宴は晩方はじまったから、離宮をとりまく美しい庭園に煌々(こうこう)と明かりが灯されていたことは言うまでもない。わしはこの照明に常ならぬ効果を出そうと骨折ったが、一部しか成功しなかった。というのも、公の厳命によ

8　ローマ神話に登場する女神。ギリシア神話のエリニュスにあたる。

り、どの小道にも、色とりどりのランプをしつらえた大きな黒いテーブルのまん中で、公妃のモノグラムが王冠の図柄と並んで赤々と燃え上がるようにしなければならなかったからだ。そのテーブルが高い支柱に打ちつけられていたものだから、〈禁煙〉とか〈通行税はこちらでお納めください〉なんぞという立て札に、イルミネーションがほどこされたみたいだったよ。

祝宴の一番の見どころは、きみも承知の、庭園の中央に藪と人工の廃墟とでこしらえた劇場だ。その舞台で町からやってきた俳優たちが寓意劇を演じることになっていた。たとえ公自身の書下ろしでなくても、公の作品を上演した舞台監督の気のきいた言い回しをかりるなら、『やんごとなきお筆から滔々と流れ出た』ものでなくても、大当たりしそうな実にばかばかしい出し物だ。

ところで離宮から劇場まで、かなりの道のりがあった。公の詩情あふれるアイデアで、領主のご家族を、子孫を見守る祖霊が宙をただよいながら先導し、二本のキャンドルトーチで行く手を照らすことになっていた。それ以外いっさい明かりは灯さず、ご家族とお供たちが席についてから、舞台をとつぜんパッと明るくするという趣向だ。そういうわけで道中、ずっと真っ暗なんだよ。こういう仕掛けは道程が長いと厄介ですと諭したんだが、聞き入れてもらえなかった。公は『ヴェルサイユの祝宴』[9]で似たようなものを読んで、あとから詩情あふれるアイデアが浮かび、ぜひとも実現したかったのだ。そこでわしは、キャンドルトーチもろとも祖霊を町からきた道具方にまかせた。不当な非難はあびたくないからね。

さて領主ご夫妻がお供をしたがえて、大広間の扉からおでましになると、ふっくらした頰の可愛い童子の人形（＝祖霊）がご一家のシンボルカラーの衣装をつけて、燃えるキャンドルトーチ二本を両手に持ち、別荘の屋根からひきおろされた。童子の人形は重すぎたのだろう。そこから二十歩もいかないうちに機械が動かなくなってしまった。光り輝くご一家の守り神は宙づりになったままで、道具方がいっそう強く引っ張ったものだから、ついにころころ転がった。すると今度は赤々と燃えていたロウソクが真っ逆さまにひっくり返って、熱いしずくがポタポタと地面にしたたり落ちた。そのしずくをまっさきに受けたのが公ご自身だ。それでも彼はストイックに平然

9　一六六四年五月、ルイ十四世はヴェルサイユ宮で何日にもわたる大規模な祭典「魔法の島の歓楽」をもよおした。雅やかな素晴らしい祝宴で、モリエールの劇団が上演している。

と焼けるような痛みに歯をくいしばって耐えた。もっとも、足取りはやや荘重さを失い、足早にささっと歩を進めていた。

ところで例の祖霊は、式部卿や侍従、他の宮廷の職務についていた人たちから成る一団の頭上で、足を上にして、頭を下にしてふらふら揺れるものだから、キャンドルトーチから灼熱の雨があちらの方、こちらの方の頭や鼻の上へぽたりぽたりと落ちてきた。焼けるような痛みを訴えて楽しい祝宴をだいなしにするのは、あまりにも無礼なことであり、ストイックなスカエウォラが勢ぞろいした古代ローマの部隊を彷彿とさせる不運な人たちが、ひどく顔をひきつらせて、灼熱痛をじっとこらえ、そればかりか冥界の微笑かと思われるような作り笑顔で、声をたてずに、息を凝らして歩くさまは見ものだった。おまけに太鼓は連打され、トランペットは高らかに鳴り響き、幾百もの声が『ばんざい、妃殿下ばんざい、殿下ばんざい！』と叫ぶので、ラオコーン像のごとき苦悶の表情と陽気な歓呼との奇妙なコントラストによって生じる悲劇的パトスは、その光景全体に思いもよらぬ荘重さをもたらした。

老齢の太った式部卿はとうとう我慢しきれず、灼熱のひとしずくが頰っぺたに命中すると、やぶれかぶれになって激怒し、わきへ飛びのいた。おりしも飛びのいた傍らの地面すれすれに垂れていた、機械仕掛けの童子の綱にからめとられたご老体は、『こん畜生！』と大声で叫びながら転がり、バタリと地面にのびた。その瞬間に、宙をただよう童子の人形は役目を終えた。式部卿の巨体の重みで人形が従者の群れのまん中に落下すると、従者たちは大騒ぎしてぶつかり合う始末。キャンドルトーチは消えてしまい、真っ暗闇。なにもかも芝居小屋のすぐ手前のできごとだ。

わしは、そこらのランプや点灯台にいっせいに火がつくことになっている、点火装置にさわらないように用心しながら、二、三分待機した。そのあいだ一行は、木陰や藪に囲まれた暗がりでどうしてよいかわからず、まごまごしていた。公が『ハムレット』に出てくる王のように『明かりを、明かりを、明かりを！』と叫ぶと、大勢が『明かりを、明かりを！』と声をからして叫んだ。[11] その場所が明るく照らされると、ちりぢりに

10　ガイウス・ムキウス・スカエウォラ（?〜前四七九）は共和制ローマ初期の伝説的人物。紀元前五〇八年エトルリア王ポルセナの征服からローマを救ったと言われる。火あぶりの刑に処され拷問にかけられそうになると、みずから松明をつかみ右手に押し当て、痛みの表情を出さずに炎が右手を焦がすままにした。ただれた右手が使えなくなり、「スカエウォラ（左手）」というあだ名で呼ばれるようになった。

なった一行は、まるで敗走した軍隊がようやく落ち合ったかのようだった。侍従長は沈着冷静で、当代きっての戦術家ぶりを発揮した。なにしろ、彼の尽力で、数分後には秩序が回復していたから。公は側近をしたがえ、観覧席のまん中に設けられた、いわば一段高くなった花の玉座にすわった。ご夫妻が着席すると、道具方の気のきいた仕掛けで、両人の上にたくさんの花がふりそそいだ。ところが悪しき運命のいたずらか、公の鼻の真上に大きなオレンジユリ[12]が一輪ぽたりと落ち、顔じゅうに真っ赤な花粉がとびちった。それで公は、おそろしく荘厳な祝宴の荘重さにふさわしいご様子になられたのだよ」

「それはあんまりだ——ひどすぎる」

クライスラーは叫び、部屋じゅうにとどろく大声で笑いくずれた。

「そんなにはげしく笑わないでくれ」とアブラハム先生は言った。

「あの夜はわしもいつになく手放しで大笑いしたよ。ありとあらゆる羽目をはずした悪ふざけがしたくなったし、妖精パック[13]のように、これ以上ないほど皆を右往左往させてやりたい、混乱させてやりたいと思った。ところが、そう思えば思うほど、他人に向けた矢はわし自身の胸に深く突きささってきたのだよ。

さて、これだけは言っておきたい。祝宴全体をつらぬき、電流のように人物の内面をふるわせる見えない糸をかたく結びつけるために、わしは子供だましの花をふりまく瞬間をえらんだ。知恵をしぼって極秘裏に計画し、心霊が交信する手はずをととのえた。ヨハネス、口出しはせず、静かに耳をかたむけてくれ。――ユーリアは公妃の斜めうしろに、公女と一緒にすわっていたので、わしには二人の姿がよく見えた。太鼓とトランペットが鳴りやんだ、ちょうどそのとき、かぐわしいスイートロケットの陰にかくれていた開きかけたバラのつぼみが一輪、ユーリアのひざに落ちてきた。夜の微風にただよう香気のごとく心に深くしみわたる、きみの歌の調べが流れてきた。《mi lagnerò tacendo della mia sorte amara.（黙して嘆く　わが過酷な定め）[14]》と。

歌がはじまると、ユーリアはびくっとした。演奏法についてきみがよけいな心配をしないように言っておくが、この歌は四人のじょうずなバセットホルン[15]奏者に遠くで

11　シェイクスピアの『ハムレット』第三幕第二場。劇中劇をみて蒼白になった王クローディアスが「明かりを寄こせ」と叫ぶと、全員が「明かりを、明かりを！」と叫ぶ。
12　鮮やかなオレンジ色で黒色の斑点がある。オレンジ色のユリの花言葉は華麗・愉快・軽率。
13　シェイクスピアの『夏の夜の夢』第三幕第二場に登場するいたずら好きの妖精。

演奏させていたものだ。ユーリアの唇から『ああ』という軽いため息がもれた。もっていた花束を彼女が胸にしっかと抱きしめ、『あのひとはきっとまた戻ってきます！』と公女に言うのがはっきりと聞こえた。すると公女がユーリアをぎゅっと抱きしめて、『いいえ、いいえ、ああ、けっして』と大声で叫んだので、公は火のようにほてった顔をふりむけ、怒気をふくんだ『Silence!（静かに）』の一語で娘の口を封じた。ご領主さまとて、愛娘にむかっ腹を立てたいわけではない。でもここでちょっとつけ加えておくが、オレンジユリの花粉は、オペラの嫌な暴君でもこれほどしっくりくるメーキャップは考えられないほど、すばらしい舞台化粧となり、公の顔はいつまでも消えない憤怒の形相になっていた。そのため、領主ご一家の幸福をアレゴリー風に描き出した、このうえなく感動的なセリフも、きわめて情愛こまやかなシチュエーションも、すっかりだいなしになったように思われ、俳優も観客も少なからず当惑してしまった。それどころか、公が手にしている台本にこの目的をはたすために、まえもって赤いアンダーラインを引いていた箇所にくると、公妃の手に接吻し、ハンカチをとりだして目に浮かんだひとしずくの涙をぬぐったときですら、歯をくいしばって、すさまじい怒りをこらえているように見えた。それで、公のかたわらでお勤めをはたしていた侍従たちは、『おお、わが主君はいかがなされたのでございましょう！』とささやきあった。

ヨハネス、きみにだけは言っておこう。俳優たちが前面の舞台で愚にもつかぬ出し物を悲劇風に演じているあいだ、わしは魔法の鏡や他の仕掛けをつかって、後方の空中で、あの天女のように優美なユーリアをたたえる精霊劇をやっていたのだよ。きみが霊感の絶頂で創作したメロディーがつぎつぎと響きわたり、ときには遠く、ときには近く、不安げな予感に満ちた精霊の呼び声のように、ユーリアという名が聞こえてきた。

ところが、きみは居なかった。きみはそこに居なかった。ヨハネス！　シェイクスピアのプロスペローが彼のエアリアル[16]を褒めたように、わしもわしのエアリアルを褒

14　イタリアの詩人・オペラ台本作家ピエトロ・メタスタージオ（一六九八〜一七八二）のオペラ『シローエ』第二幕第一場で歌われるアリア。ホフマンの日記によれば、一八一二年七月三日に彼もこの歌詞でアリアを作曲している。

15　木管楽器の一種。一七七〇年ごろ作られたクラリネット属の古楽器。やわらかく深みのある音で、モーツァルトの時代にさかんに使われた。

めねばならないとしても、わしのエアリアルが万事りっぱにやってくれたと言わざるをえないとしても、あれこれ深慮をめぐらせてお膳立てしたつもりだったのに、まったく気の抜けた味気ないものになってしまった。

ユーリアは繊細な感受性でなにもかも察していたよ。でも目ざめた現実の世界にはあまり影響しない快い夢に刺激されたように見えた。それに対して、公女は深く物思いにしずんでいた。宮廷の人たちが四阿で飲食物をとっているあいだ、公女はユーリアと腕をくんで、明かりに照らされた庭園の小道をぶらぶら散歩していた。――わしはこのときこそ決定的打撃をあたえてやろうと準備していた。だがきみは居なかった。きみはそこに居なかった、ヨハネス。――わしはひどく不機嫌になり、むしゃくしゃしてあちこち走りまわり、祝宴のフィナーレを飾る大がかりな花火がちゃんと準備されているかどうか見に行った。このとき空をあおぐと、はるか彼方の禿鷹岩のうえに、夜目にもほの明るく、赤みをおびた小さな雲がうかんでいた。悪天候の前ぶれだ。しずかに雷雲がちかづいてきて、私たちの頭上に広がり、おそろしい雷が落ちるだろう。きみも知っているとおり、わしは雲の位置から、いつ雷が落ちるか秒単位ではかることができる。猶予している場合ではない。そこで、いそいで花火を上げさせることに決めた。この瞬間、わしのエアリアルが万事をことごとく決定する幻術をはじめたことを知った。なぜなら庭園のはじにある小さなマリア礼拝堂で、きみが作曲した《Ave maris stella（めでたし海の星）》[17]をうたう合唱が聞こえてきたからだ。慌ててそちらへ走った。ユーリアと公女は礼拝堂の前庭にもうけられた祈禱台にひざまずいていた。わしがその場所にたどり着いたとたん――だがきみは居なかった。きみはそこに居なかった、ヨハネス！――そのとき何がおこったか、話さないでおこう。――ああ！――わが最高傑作と思っていたものは不発におわり、不覚にも思いもよらぬことを経験した」

「話してください！」とクライスラーは叫んだ。「先生、何が起こったのか残らず話してください！」

「だめだね」とアブラハム先生は答えた。「ヨハネス、きみに話しても、どうにもな

16　シェイクスピアの『テンペスト』に登場する大気の精。魔術師プロスペローの使い魔として活躍。第五幕第一場でプロスペローは彼の働きを褒める。

17　聖マリアをたたえる有名な讃歌の出だし。ホフマンも一八〇八年六月二十七日に作曲している。

らない。わし自身の精霊たちにどんなにぞっとさせられ、びっくりさせられたか！　それを語るとなると、胸がはりさけそうだ。——あの雲！——妙案が浮かんだ！　それなら、なにもかもめちゃくちゃにしてやればいい。かっとなってそう叫ぶと、花火のある場所へ駆けだした。公の指示ですべて準備できたら、わしが合図することになっていた。雲はガイアーシュタインからしだいに高く昇り、こちらへ近づいてくる。雲から目をはなさないようにし、雲がちょうどの高さにくる頃合いをみはからって、爆音花火を打ち上げさせた。まもなく宮廷の人たち、この祝宴の客人たちが、その場に集まってきた。回転花火や打ち上げ花火、光の玉や他のありふれたものなど、一通りの見世物が終わると、ついに公妃のモノグラムが中国風の華麗な花火となって立ち昇り、しかもその上にユーリアの名前が乳白色の光となってただよい消えていった。

　さて、いよいよだ。わしはジランドラ[18]に点火した。シュルシュル、パチパチとそれが空高く上がると同時に、赤熱の稲光、そして森や山々をも揺るがすとどろく雷鳴とともに、とつぜん雷雨がおそってきた。大暴風は庭園をおそい、叢林の奥深くで無数の悲鳴があがり、大さわぎになった。わしは逃げてゆくトランペット奏者の手から楽器をうばい、大はしゃぎで吹き鳴らした。そのあいだにあらゆる花火・爆竹・爆音花火の一斉射撃が、とどろく雷鳴に負けまいと果敢にぶっ放された」

アブラハム先生が話しているあいだ、クライスラーははじかれたように立ち上がり、せかせかと部屋のなかを行ったり来たりしながら歩き回り、両腕をふりまわし、ついにすっかり興奮して叫んだ。

「すてきです。すばらしい。それでこそ、ぼくと一心同体のアブラハム先生です！」

「おお！」とアブラハム先生は言った。「もっとも荒々しく、身の毛もよだつようなものがきみにふさわしいのは知っているけど、霊界の不気味な諸力のことを打ち明けるのを忘れていた。あの大きな噴水の上にかけてあるエオリアン・ハープ[19]の弦を、わしがまえもってピンと張らせておいたことは知っているよね。嵐は、腕利きの風琴奏者となり、みごとにかき鳴らした。人びとが泣き叫び、大暴風がうなり、雷がとどろくなか、巨大オルガンの和音がすさまじく鳴り響いた。ますます速度をあげて猛烈な

18　車輪状に飛び散る大きな仕掛け花火で、とりわけ注目を集めた。
19　弦楽器の一種。自然の吹く風により音を鳴らす。ヨーロッパでは特に一八〇〇年頃もてはやされた。ギリシア神話の風神アイオロスに由来する。

音がたたきだされ、復讐の女神たちの踊りを耳にする思いだった。[20]あれは途方もなくスケールが大きく、亜麻布で織られた間仕切りの芝居小屋なんぞにおさまりきれないというからね。

さて、半時間もすると、なにもかも終わった。雲のかげから月があらわれ、夜風はおびえた森をなぐさめるようにサワサワと吹きわたり、黒っぽい叢林から雨露をぬぐい去った。そのあいだになおも、ときおりエオリアン・ハープがくぐもった、はるかな鐘の音のように響いてきた。

わしは妙な気持ちだった。ヨハネス、きみのことで胸がいっぱいだった。いまにもきみが失われた希望と満たされぬ夢の奥津城(おくつき)から、わしの眼前にたちあらわれて、この胸に倒れこむのではないかと思った。いまや夜の静寂(しじま)のなかで胸奥から、わしはなんたるいたずらをしでかしたのだろう、からみあう暗い運命の結び目を強引に引きちぎりたいという思いが、思いもよらぬ別なかたちで、わしにおそいかかってきた。背筋に冷たい戦慄が走り、自分で自分が怖かった。

たくさんの鬼火が庭園じゅうを飛んだり跳ねたりしていたが、じつは召使たちがランタン片手に、あわてて逃げまどう途中でなくした帽子、鬘(かつら)、髪嚢(ヘアバッグ)[21]、剣、靴、ショールなどをさがしもとめていたんだ。わしはそこから立ち去った。わが町にさしかかる大きな橋のまん中にたたずみ、もう一度庭園のほうをふり返ると、神秘的な月の微光につつまれた庭園は、すばしこい小妖精たちの楽しい芝居がはじまった魔法の園のように見えた。そのとき耳にピーピー鳴く微かな声が聞こえてきた。生まれたばかりの赤ん坊の泣き声にそっくりだ。胸騒ぎがして、欄干からぐっと身を乗り出すと、皓々（こうこう）たる月明かりのなかで仔ネコが必死になって橋の杭にしがみつき、死神の手をのがれようとしているのを見つけた。おそらく、だれかが生まれたばかりの仔ネコを溺死させようとしたが、この小さな生き物はそれにめげずに這いあがってきたのだろう。そこで思った――ふうむ、これは人間の子供ではないが、ミ～ミ～鳴いて助けを求める、かわいそうな動物ではないか。それを見殺しにするのかと」

20　ドイツの作曲家グルック（一七一四～一七八七）の三幕のオペラ『オルフェオとエウリディーチェ』（一七六二）に登場する踊り。ホフマンが初めて発表した短編『騎士グルック』（一八〇九）は、この音楽家を扱ったものである。

21　長い自毛や鬘の毛を束ねて入れる袋状のもの。髪型がくずれたり、髪粉が衣服につくのを防いだりする目的で用いられた。

「おお、多感なるユストよ」[22]とクライスラーは笑った。「では、汝のテルハイムは何処に？」

「失礼ながら」とアブラハム先生は続けた。「ヨハネス、ユストとは比較にならない。ユスト以上のことをしたのだからね。ユストが救ったのはプードルで、だれもが身近に置きたがるばかりか、獲物をくわえて持ってくる習性ゆえに、手袋・刻みタバコ入れ・パイプなどを運んでくれる重宝な動物だ。わしが救ったのはネコだ。こちらは多くの人から薄気味悪く思われ、一般に陰険で、優しい好意や率直な友情はスズメの涙ほども持ち合わせていないと大げさに言いふらされ、人間にたいして敵意ある姿勢を決してくずさない動物だよ。ネコを救ったのは、私利私欲なき純粋な博愛精神からだ。

わしは橋の手すりをのりこえて、危険を覚悟で下のほうに手を伸ばし、哀れっぽく鳴いている仔ネコをつかんで引き上げ、ポケットに入れた。帰宅して、すばやく服をぬぎ、ぐったりと疲れた身体をベッドに投げ出した。ところが寝入りばなに、悲しげにピーピー哀願する声が聞こえてきて、目がさめた。声の出どころはタンスらしい。――仔ネコのことを忘れて、上着のポケットに入れたままだった。やつを牢獄から解放してやったのに、そのお返しにひっかかれて、わしの指は五本とも血だらけになった。すんでのところで、そのネコを窓から放り出すところだったが、思いとどまり、やり返そうとする自分のケチな了見が恥ずかしくなった。復讐心は人間同士の場合でも適切ではない。ましてや思慮分別のない動物が相手なら、なおさらだからね。

要するに、それからというもの、おおいに骨を折ってだいじに世話し、ネコを育てあげた。人間が目にする動物たちのなかで、もっとも思慮深く、行儀がよく、賢い。足りないのは高度の教養ぐらいだ。ねえ、ヨハネス、ネコに教養をさずけるのは、きみならお安いご用だろう。ネコのムル君――そう名づけた――をこれから先、きみにまかせたいと考えているのだが。ムルは目下のところ、法律家の表現をかりれば、《homo sui juris（自権者、すなわち自由独立の市民）》ではないが、きみのおそば付きになる気はないかと彼に同意を求めたところ、その件に関してまったく異存はないそうだよ」

22　七年戦争を背景にしたレッシングの五幕の喜劇『ミンナ・フォン・バルンヘルム―兵隊の幸福』（一七六七年初演）の登場人物。プロイセンの少佐テルハイムに仕えるユストは誠実で、主人への忠誠心にあふれた人物。ユストは溺れかけたプードルを助け、それ以後このイヌは彼に忠誠を尽くす。

「冗談でしょう」とクライスラーは言った。「冗談がすぎます、アブラハム先生！ご存じのように、ネコはどうも苦手なんです。だんぜんイヌ派です」

「たのむよ」とアブラハム先生は答えた。「お願いだ、ヨハネス。後生だから、せめてわしが旅行からもどってくるまで、あの将来性あるネコのムル君をあずかってもらえないか。実はもう連れてきているんだ。ムルは外で、色よい返事を待っている。せめてひと目、会うだけでも」

こう言うと、アブラハム先生はドアを開いた。すると藁製マットのうえに、じっさいおどろくほど美しいネコが丸くなって眠っていた。背中を走るグレーと黒の縞もようは、両耳のあいだをぬって頭頂で合流し、額のうえでこのうえなく優美な象形文字を描き出している。堂々たるしっぽも同じように縞もようで、なみはずれて長く太かった。そのうえはでな毛皮はつややかで、陽光をうけてピカピカ輝くので、グレーと黒の縞もようのあいだに、さらにほっそりした黄金色の縞がみとめられた。

「ムル！　ムル！」とアブラハム先生が呼ぶと、「クルルル――クルルル」とネコは実にはっきり聞こえる声で返事をし、伸びをしたかと思うと――すっくと立ちあがり、ことのほか見事なアーチ形の猫背を披露し、才知がきらめき輝く萌黄色の双眸をかっと見開いた。ネコの容貌には何か特別なもの、非凡なものがあり、頭はさまざまな学問をつめこむのに申し分なくどっしりと大きく、まだ若いのにヒゲは白く長く、ときおりギリシアの哲人にもおとらぬ威厳をただよわせるとアブラハム先生はさかんに主張し、クライスラーもそれを認めざるをえなかった。

「いつでもどこでも、すぐに眠れるとはいえ」とアブラハム先生はネコに向かって言った。「そんなふうに寝てばかりいると、快活さが失われて、早々と気むずかし屋になってしまうよ。さあ、ムル、おめかしをして！」

　すぐさまネコはきちんとお座りをして居住まいをただし、ビロードのような前足で優美に額や頬をなでまわし、澄んだ嬉しそうな声でニャーと鳴いた。

「こちらの方が」とアブラハム先生は続けた。「おまえがこれから側仕(そばづか)えをする楽長ヨハネス・クライスラーさんだよ」

　ネコは大きなキラキラ輝く目で楽長をじっと見つめ、ゴロゴロのどを鳴らしはじめたかと思うと、クライスラーのわきにあったテーブルに跳びあがり、そこからいきなり、お耳を拝借とばかりに楽長の肩に跳びのった。それからまた床に降りると、しっぽをくねらせながら、のどを鳴らし、「よろしくお願い申し上げます」と挨拶するかのように、新しい主人のまわりをぐるぐる歩き回った。

「恐れ入った」とクライスラーは叫んだ。「このグレーのチビちゃんは頭がいい。長ぐつをはいた猫[23]、かの輝かしき一族の出ですね！」

「それは請け合う」とアブラハム先生は答えた。「ネコのムル君は世にもひょうきんなやつで、正真正銘の道化役(ブルチネッラ)[24]だよ。そのうえ、礼儀正しくて慎み深い。しつこくもないし、厚かましくもない。その点、イヌたちときたら、ときおり不器用にじゃれついてきてうるさいぐらいだが」

「ぼくは」とクライスラーは言った。「この利口なネコをみていると、またもや気が重くなります。ぼくら人間の認識はいかに狭い範囲に固定されていることか。――動物たちの精神能力はどれほど進んでいるか、それを言える人がいるでしょうか。漠然と感じてすらいないのではないでしょうか！――自然界の何か、むしろ自然界のすべては依然として人知のおよぶところではないのに、すぐ名前をつけて間に合わせ、箸にも棒にもかからない、愚にもつかない机上の知識を鼻にかけます。動物の精神能力も、しばしば驚異に満ちたあらわれ方をするのに、本能という呼び名で片づけられてきました。でもぼくは、本能なるもの、つまり、意のままにならないやみくもな衝動と、夢みる能力は一致しうるものなのかどうか、この比類なき問題だけは解決しておきたい。たとえば、イヌはこのうえなく生き生きと夢をみます。猟犬が眠っているところを観察した人なら、誰もが知っていますが、イヌは夢のなかで狩りをはじめるんですよ。猟犬はさがし、クンクンにおいをかぎ、あたかも全速力で駆けているかのように四肢を動かし、息をきらし、汗をかきます。——夢をみているネコについては、今のところ、聞いたことがありませんが」

アブラハム先生は友人の言葉をさえぎった。

「ネコのムル君がみる夢は、じつに生き生きしている。それればかりか、はっきりと気づいたのだが、しばしばあの穏やかな夢想、浮き世ばなれした黙考、夢遊病者のようにうわごとを言う状態、要するに、詩人たちが天才的な思想を文字通り受胎するとき

23　ルートヴィヒ・ティークの三幕の喜劇『長ぐつをはいた猫』（一七九七）参照。フランスのペロー童話の一編「長ぐつをはいた猫」をモチーフにした風刺劇で、観客や詩人や道具方などが登場し甲論乙駁で収拾がつかない。文壇や演劇界そのものを批判した作品。

24　プルチネッラはイタリアの伝統的な風刺劇コメディア・デラルテに登場する道化役。なまけ者で、哲学者ぶったおしゃべりをする。

とみなす、夢うつつの不可思議な状態におちいる。少し前からムル君は、そんな状態で尋常ならざる嘆息をもらし、うめき声をあげている。恋をしているのか、それとも悲劇を書いているのか？　そう思わざるをえない」

クライスラーは明るい笑い声をあげ、叫んだ。

「さあ、おいで。賢く、行儀がよく、機知に富み、詩人でもあるネコのムル君、さあ一緒に――」

（ムルは続ける） 最初の教育、青春の日々を多くのことを引き合いに出しながら語ろう。

天才が自伝で、青春時代に遭遇したできごとについて、たとえ取るに足らぬものにみえても、細大もらさず吐露するなら、それはきわめて特筆すべき啓発的なことだろう。しかし、はたして高貴なる天才が取るに足らぬものに遭遇することなどあるのだろうか？　天才が子供時代にやったこと、あるいはやらなかったことは、すべてきわめて重要で、その不滅の諸作品の深遠な意味と本来の傾向を浮き彫りにする。偉人といえども、子供のころは兵隊ごっこをしたり、甘いお菓子を食べすぎたり、粗野で無作法でなまけものだったために、ときおり少々ぶたれたりしていたという話を読めば、努力家だが、自分の内なる力は十分かどうか気がかりで疑念にくるしむ若者の胸にすばらしい勇気がわくことだろう。若者は「ぼくとそっくりだ、まったく同じだ」と感激して叫び、自分も崇拝してやまない相手に負けないぐらい高貴な天才であることをもはや疑わないだろう。

プルタルコス[25]や、コルネリウス・ネポス[26]の作品を読んで偉大な英雄になった者もいれば、翻訳で古典古代の悲劇作家を読み、片手間にカルデロンやシェイクスピア、ゲーテやシラーを読んで、大詩人とまではいかないが、ちょっとした韻文を書きまくって世人に大いにもてはやされた者もいる。そういうわけで、わが作品も、多くの若く才気に満ち情感ゆたかなネコたちの胸に、より高尚なポエジーの生命の火をとも

25　プルタルコス（四六頃～一一九以後）ギリシアの倫理学者・伝記作家。『英雄伝』（対比列伝）、『倫理論集』。英語名プルターク。

26　コルネリウス・ネポス（前一〇〇頃～前二五頃）共和制ローマの伝記作家。『著名な人物について』。

すことになるだろう。高貴なネコ青年たちが、屋根のうえでわたしのおもしろい伝記を読み、ちょうどいま執筆している高尚な思想に没頭するなら、感激のあまり叫ぶことだろう。

「ムル、神のごときムル、ネコ族のなかでもっとも偉大なる者よ、ぼくはすべてをきみに負っている。きみという先例だけがぼくを偉大な者にする」

　アブラハム先生がわたしを教育するにあたって、人びとから忘れ去られたバセドウ[27]には頼らず、ペスタロッチの方法論（メトーデ）[28]にもしたがわず、いくつかの規準原理に適合しさえすれば、自分で自分を教育する無限の自由をあたえたことは称賛に値する。アブラハム先生は、この地上を支配する力の集まりである社会にとってこの規準原理は絶対不可欠であり、これがないと、なにもかもむちゃくちゃに混乱し、いたるところで厄介な殴り合いになり、みにくい瘤（こぶ）ができ、そもそも社会など考えられなくなるという。先生は、無作法者にどんとぶつかられても、足を踏まれても「まことに失礼いたしました」などと言わねばならない〈慣習によるエチケット〉と対比させて、この原理の真髄を〈自然なエチケット〉と呼んでいた。そういうエチケットは人間には必要かもしれないが、生まれながら自由の身であるネコ族も、それに従うべきだというのは理解しかねるし、先生がその規準原理を覚えこませるのに用いる主要手段が、何ともおぞましいシラカバの小枝なのだから、わたしが「うちの教育係ときたら厳しくて……」と文句を言うのは当然だろう。わたしは生まれながら高尚な教養に目がなく、それで先生とつながっているわけだが、もしそうでなかったら、とうの昔に逃げ出していたことだろう。

文化度があがるにつれて、自由が減るというのは至言である。文化とともに欲求は高まり、欲求とともに――まあ、時と場所をわきまえずに自然な排泄の欲求をサッと満たしたくなるわけだが、その癖を、先生はまっさきに、あの因果なシラカバの小枝を用いて完全にやめさせた。お次に禁止をくらったのは、後日わたしも納得したが、なんとも常軌を逸した気分から生じる激しい欲求である。わたしの心的機構そのもの

27　ヨハン・ベルンハルト・バセドウ（一七二四～一七九〇）ドイツ啓蒙主義の教育家。デッサウに汎愛学院を設立。

28　ヨハン・ハインリヒ・ペスタロッチ（一七四六～一八二七）スイスの教育者・教育思想家。人間の諸力の自然な育成をあつかう教授法を提唱し、子供の自然な歩みにしたがうことを基本的スタンスとした。

から生み出されるのかもしれない、この妙な気分のために、ミルクや先生からあてがわれた焼肉までもほったらかして、ひょいとテーブルに跳びのり、先生自身が賞味しようとしているものを失敬したくなる。でもシラカバの小枝の威力を感じ、やめておいた。

いまになってみると、先生がそうしたものからわたしの気持ちをそらしたのは正しい。というのも、わたしほど教養がなく、しつけのよくないネコ族の同胞のなかには、その欲望のために生涯、いとわしい不愉快な状態、悲惨な境遇におちいった者が何名もいるからである。将来有望なネコ青年が、ひとしずくのミルクをすすりたいという激しい欲望に屈しないだけの内なる精神力がなかったために、しっぽを失い、あざけられ、嘲笑され、ひとり寂しく隠棲せねばならなかったという話も知っている。そういうわけで、先生がわたしにそうした悪癖をやめさせたのは正しいが、学問と芸術にたいする渇望をはばむのは許せない。

先生の部屋で、書物や書類、いろんな珍しい器具を積んだ書き物机ほど心惹かれるものはなかった。この机は、わたしを呪縛する魔法の園だと言えるが、いわば聖域にたいする畏怖の念から、衝動に身をまかせるのをひかえていた。ついにある日、先生がちょうど部屋にいないとき、不安に打ち勝ち、机にひょいと跳びあがった。書類や本のまん中に座り、引っかき回す快感といったら！　一枚の原稿を前足でつかみ、さんざんあちらへ引っ張り、こちらへ引っ張り、目の前に散乱するまで細かく千切ったが、いたずら心でやったわけではない。欲望、学問への渇望がそうさせたのである。

先生は部屋に入ってきて、この様子を見ると、「畜生、いまいましいやつめ！」とわたしを侮辱する叫び声をあげて突進し、例のシラカバの小枝でビシバシ殴るので、痛さのあまり、アオ〜オオ〜と鳴きながら暖炉の下にもぐりこんだ。その日は一日じゅう、どんなに優しい言葉をかけられても、決して誘いにのらなかった。こんな目にあわされたら、誰だって怖気づいてしまい、造物主があらかじめ定めた道でさえ進もうとしないだろう。ところがわたしは傷の痛みが癒えるやいなや、またぞろやみがたい衝動にかられて、机にひょいと跳びのったのである。もちろん先生のひと声、例えば「こやつめ！」のような片言だけで、机から跳びおりるのに十分だったから、学問などできるわけがない。そうこうしながら、学問をはじめる好機をしずかに待っていると、はたせるかな、その機会がほどなく訪れたのである。

ある日のこと、先生は外出のしたくをしていたが、わたしに原稿をズタズタに引き裂かれたことを思い出して、わたしを部屋から追い出そうとした。わたしは先生に見つからないように、巧みに室内にかくれた。先生が外出するやいなや、ぴょんと机に跳びのり、書き物のまん中に陣どり、なんとも言えない快感をあじわった。目の前にあったかなり分厚い書物を、手際よく前足でひらき、そのなかの文字を読むことができるかどうか試した。最初はまったくお手上げだったが、あきらめずに、特別な霊がまいおりて、読むことを教えてくれるのを期待しながら、じっと本をのぞき込んだ。没頭していると、先生がひょっこり現れ、「このいまいましい畜生め！」と大声で叫びながら、わたしに躍りかかってきた。逃げるにはもう手遅れだ。両耳をピッとうしろに伏せ、できるかぎり姿勢を低くし、背中にムチがとんでくるのを覚悟した。

しかし手を振りあげた先生はふいに中断し、からからと明るい笑い声をあげて叫んだ。

「ネコ君、ネコ君、本を読むのかい？　それなら邪魔するわけにはいくまい。これは、これは！　なんという知識欲がおまえのなかに宿っていることか」

わたしの前足の下から本を抜きとり、のぞき込むと、さっきよりも声高にげらげら笑って言った。

「おまえは専用のミニライブラリーを手に入れたんだね。そうでないとしたら、一体なんだって、この本がわしの机に開かれたまま置かれているのだろう？　さあ、読んでごらん。一生懸命に勉強しなさい。ネコ君、本のだいじなところに、そっとツメをたてるぐらいならかまわない。おまえの自由にしていいよ」

そう言うと、本のページを開いて、ふたたびこちらへ押してよこした。のちに知ったのだが、それはクニッゲの『人間交際術』[29]で、わたしはこの本から多くの処世訓を学び取った。まさにわたしの気持ちを代弁する書であり、人間社会で一目置かれたいネコにぴったりの本である。わたしの知るかぎり、本のそうした目的がこれまで見落とされてしまい、「ここにあげられた規則を徹底的に守ろうとすれば、いたるところで堅苦しくて心の冷たい、うるさ型の人間に思われてしまう」という的外れな評価がときおりなされている。

このときから先生は、わたしが机のうえにいてもかまわないばかりでなく、先生の

29　アドルフ・F・V・クニッゲ（一七五二〜一七九六）の著書。一七八八年刊行。処世術の名著として人気を博す。

仕事中に跳びあがって、彼の眼前の書き物のあいだで長々と寝そべるのを見て喜ぶようにさえなった。

アブラハム先生はしばしば続けざまに声をはりあげて読む癖があった。そんなときは決まって、先生が読んでいる本をのぞき込める位置に陣どった。生まれつき鋭い目をそなえていたから、先生にうるさがられることもなく、それができた。先生が口に出して読む言葉と文字をくらべることによって、ほどなく読むことを習得したのである。そんなことは信じがたいという人は、天がわたしにさずけた特別な才能のことがまったく分かっていない。わたしを理解し尊敬する天才たちなら、素質の開花ということを考慮して、少しも疑わないだろう。かれらもおそらく同じだから。その際、わたしが人間の言葉を完全に理解するために特別な観察をしたことも、忘れずに伝えておく。つまり、意識を全開にして観察したのだが、どうして理解できるようになったのかという点になると、自分でもまったく分からない。人間の場合もそうだと思う。別に不思議なことではなかろう。人間という種族は、幼少時にはネコ族よりかなり愚かで不器用なのだから。わたしはほんの仔ネコだったときですら、自分の目玉に指をつっこんだり、火や光をつかもうとしたり、チェリージャムだと思って靴墨を食べたりしたことは一度もないが、人間の幼い子供たちときたら、そういうことは日常茶飯事らしい。

さて、すらすら読めるようになり、日毎に他人の思想で頭がいっぱいになるにつれて、わたしに本来そなわる天与の才から生まれるわたし自身の思想も、忘れずに書きとめておきたいという抑えがたい衝動をおぼえた。ところがそれには、書くというたいへん難しいわざが必要だ。字を書いているときの先生の手つきをどんなに注意深く観察しても、なんとも困ったことに、実際のからくりを見て取ることができない。先生が所有する唯一のカリグラフィーの書である古いヒルマー・キュラス[30]の本を研究し、書くことの謎めいた障害をとりのぞけるのは、豪華なカフスだけである、とあやうく思い込みそうになった。そういうカフスをはめた手で文字を書いているイラストが本に載っていたせいなのだが、先生がカフスなしで書けるのは、習熟した綱渡り芸人がついにはバランスをとる棒などいらなくなるようなもので、特別な熟練のわざだと

30　ヒルマー・キュラス（一六七三〜？）ドイツ語・作文教師。『カリグラフィー・レジア』（一七一四）刊行。

思ったほどである。そこで、カフスを手に入れようと躍起になった。年老いた家政婦のドルムーズ[31]を引きちぎって、わが右前足の寸法にあわせようとしたところ、天才にはよくあるインスピレーションの瞬間、ふいにすばらしい考えがひらめいて、万事解決した。つまり、先生のようにペンや鉛筆をもつことができないのは、ネコ族の手の構造がちがうせいであると推測し、この推測はみごとに的中した。わが右前足の構造に合った、別の書き方を考案せねばならない。ともあれ実際に、わたしはそういう書き方を編み出したのである。いかなるものかは読者の想像におまかせしよう。——かくして個人の特殊な才幹から新たなシステムが生じる。

ペンをインク壺に浸すとき、次の障害にぶつかった。その際、前足は濡らすまいとするのだが、これがなかなかうまくいかず、いつも前足もいっしょにインク壺に浸してしまう。そういうわけで、はじめのころの筆跡は、ペンで書いたというよりも前足で書いたような、やや大ぶりの、どっしりとした字体にならざるをえなかった。それゆえ、ものわかりの悪い人たちはわたしの最初の原稿を、インクの染みのついた紙切れぐらいにしか思っていない。だが天才は、天才ネコをその処女作から難なく察知し、くめどもつきぬ泉からあふれ出る才知の深さ、豊かさに驚き、われを忘れて夢中になることだろう。

世間が後日、わが不滅の諸作品の年代順について言い争いをせずにすむように、はじめて書いたものは、哲学的かつ感傷的な教訓小説『思考と予感、あるいはネコとイヌ』であると言いそえておく。この作品が世に出ていたら、それだけでもう、とほうもないセンセーションをまき起こしたことだろうに。お次は、『ネズミ捕り器と、それがネコ族の心情および活動力におよぼす影響について』というタイトルの政治的作品を執筆し、多方面に有能であることを示した。これにつづいて悲劇『ネズミの王さまカヴダロール』執筆の興がわいた。この悲劇も世に出れば、あらゆる劇場で数えきれないほど上演され、嵐のような喝采を博したかもしれない。向上心の所産であるこれらの作品が、わが全集の巻頭をかざるはずであり、その執筆動機についてはいずれしかるべき場所で述べよう。

ペンの持ち方が上手になり、前足をインクで汚さなくなると、わたしの文章も、よ

31　ロココ時代のエレガントなボンネット。十九世紀には年配の女性が室内で着用した。レースやフリルがついている。

り優美で、より好ましく、より冴えたものになり、もっぱら年刊[32]詩集に専念し、さまざまな好ましい作品を書き上げ、ほどなく愛すべき穏やかな男性、つまり、今日のわたしになった。当時はやくも、二十四歌からなる英雄叙事詩をものするところであったが、いざ書き終えてみると、いささか趣が異なるものになった。そのことでタッソー[33]、アリオスト[34]の両詩人は墓のなかで天に感謝しているかもしれない。もし実際に、わがツメの下から英雄叙事詩が飛び出してきたら、だれひとりタッソーやアリオストの作品を読まなくなってしまうだろうから。

わたしはいま——

（反故）——読者のみなさまに事の次第を明確にわかりやすく説明しましょう。これはいっそうよく理解して頂くために不可欠です。

一度でも心地よい田舎町ジークハルツヴァイラーの宿に泊まったことのある人なら、だれもがイレネーウス公の噂を耳にする。土地の名物、マス料理を一皿注文しただけで、宿の主人はきっとこう答える。

「お客さま、通（つう）ですね。ご領主さまもこの料理に目がなくて……。あっしは、この美味な魚を、宮廷とまったく同じ料理法でご用意できますので」

その通の旅人は、最近の地理や地図や統計報告から知っている。小さな町ジークハルツヴァイラーはガイアーシュタインやその周辺もろとも、いましがた通ってきた大公国に、とっくの昔に合併されていることを。それゆえ旅人はいぶかしく思う――この町にご領主さまがいて、宮廷があるとは……？

事の仔細は次の通りである。これまでイレネーウス公はジークハルツヴァイラーから遠くない、こぢんまりした小国を実際に治めていた。公は上等のドロンド望遠鏡[35]で、

32　毎年刊行されるアンソロジーで、一七七〇年から十九世紀半ばにかけてドイツで人気を博した。
33　トルクァート・タッソー（一五四四～一五九五）イタリア・バロック文学最大の詩人。代表作に長編叙事詩『解放されたエルサレム』（一五七五年完成、一五八一年刊行）。
34　ルドヴィーコ・アリオスト（一四七四～一五三三）イタリア・ルネサンス期最大の詩人。四十六歌からなる英雄叙事詩『狂えるオルランド』（決定版は一五三二）は騎士道文学の傑作とされる。

市が開催される都にある城の展望台から自国をくまなく眺めることができたので、国の禍福や、愛する臣民たちの幸福から、いつも目を離さずにおられた。公は、ペーターの小麦畑が国のもっとも辺境の地にあることを知ることができたし、ハンスとクンツが丘陵状のブドウ畑をこまめに念入りに手入れしているかどうか、じっくり観察することができた。噂によると、〈イレネーウス公は国境を越えて散策なさっていたときに、ご自分の小国を懐から落としてしまわれた〉らしいが、かの大公国の新たに若干追加された支出費をみれば、イレネーウス公の小国がナンバリングされ登録されたことは確かである。イレネーウス公は統治の苦労から解放され、かつて所有していた所領の収入から、かなり多額の歳費をあてがわれて、居心地のよいジークハルツヴァイラーで余生をおくることになった。

この小国のほかに、イレネーウス公は全額意のままになる現金による財産もかなり持っていたので、小君主の身分から、いきなり声望ある私人の身分になっても、自由にのびのびと、気随気ままな生活をおくることができた。

イレネーウス公は学問や芸術を好み、すぐれた教養の持ち主という評判だった。さらに公は、しばしば君主たる地位を厄介な重荷として苦痛に感じており、ささやく小川のほとりの小さな一軒家で、若干の家畜とともに、〈なすべき仕事をはなれて〉[36]孤独な牧歌的な生活をおくりたいという小説風の願望を、優美な詩に託していたという噂もあった。そうであれば、公はいまや統治する君主たることを忘れ、裕福で独立した私人として思いのまま、のんびりと慎ましやかに暮らすと考えるのが至当だろう。ところが、まったくそうではなかった！

偉大な君主が芸術や学問によせる愛というものは、じっさいの宮廷生活に不可欠な要素とみなされているかもしれない。礼儀上、絵画を所有し音楽を聴かねばならず、宮廷御用の製本師が仕事をやすんで、最新の著作物が金箔やなめし革でたえまなく装丁されなくなったりしたら、困りものだろう。しかしその愛が宮廷生活そのものにとけこんだ必須要素であれば、宮廷生活がなくなると同時に消え失せてしまい、単独でその後も存続して、失われた玉座や座り慣れた君主の小さな椅子に代わる慰めをあた

35 イギリスの光学者ジョン・ドロンド（一七〇六～一七六一）によって発明された色消しレンズの望遠鏡。
36 ローマの詩人ホラティウス（前六五～前八）の『エポーデス』Ⅱ第一歌より。

えることはできない。

　イレネーウス公は、甘美な夢を実現することによって、宮廷生活と、学問および芸術にたいする愛の双方をもちつづけた。つまり、側近やジークハルツヴァイラーの町民全体をまきこみ、公みずから一役演じて、夢と現実をつないだのである。

　公は統治する君主であるかのようにふるまい、宮内官や宰相や財務評議会などをあいかわらず身近におき、勲章をさずけ、謁見式をおこない、宮廷舞踏会をもよおした。舞踏会のメンバーはたいてい十二人から十五人であった。なにしろ参内資格について、他のどんなに大きな宮廷よりも厳密な注意がはらわれていたので。町の人びとは気がよくて、まぼろしの宮廷が放つまやかしの輝きを、自分たちに栄誉と名声をもたらすものとみなした。そういうわけで善良なジークハルツヴァイラーの町民たちは、イレネーウス公をご領主さまと呼び、公とその家族の洗礼名の日には町をイルミネーションで飾りたて、シェイクスピアの『夏の夜の夢』におけるアテネ市民のごとく、宮廷の催しに喜んで身をささげた。

　公が自分の役割を、きわめて効験あらたかなパトスをもって演じ、このパトスをまわりの人びとに波及することができたという事実は否認できない。

さて、公の財務官がジークハルツヴァイラーのクラブに姿をみせるが、陰鬱な面持ちで、ふさぎこみ、口数はすくない。――彼の額には憂いの雲がかかり、深い物思いにしずみ、それから急にはっと夢からさめたように、びくっとする！――あえて声高に話す者や、彼に近づこうとする者はほとんどいない。時計が九時を打つと、彼は急に立ち上がり、帽子をつかみ、誇らしげで意味深長な笑みをうかべて〈書類が山積みで、明朝、財務評議会の四半期最後の最重要会議の準備があるので、徹夜せねばならない〉と断言し、そそくさと去ってゆく。あとに残された人たちは、彼の職務のとほうもない重大さと困難さに恐縮し、すっかり身を固くしている。――この悩める男が夜を徹して準備せねばならない重要な報告とは？――厨房担当・宴会担当・衣裳部屋担当など各部門から過去三ヶ月分の洗濯物の伝票が届いており、すべての洗濯業務にまつわる報告をするのが、ほかならぬ彼である。

また町の人びとは、公の馬車係長に同情し気の毒に思いながらも、公の評議会の「気高い」パトスに感動して「厳格ではありますが、大義名分が立ちます！」[37]と言う。というのは、その男は通達にしたがって使えなくなったキャリオルを売却したが、財務評議会は、〈もしかしたらまだ使えるかもしれない残り半分はどこへやったのか、三日以内に立証しなさい。さもないと、罰として直ちに免職処分にする〉と申しわたしたからである。

イレネーウス公の宮廷でひときわ輝くスターは、三十代半ばの寡婦ベンツォン顧問官夫人であった。かつては平伏したくなるような美女で、いまなおその魅力は色あせていなかった。貴族出かどうかは疑わしいが、公がきっぱりと参内資格をみとめた唯一の女性である。彼女は物事を見通す明晰な頭脳をもち、才気煥発で世故にたけ、とくに支配する才能には欠かせない、どことなく冷ややかな性格の持ち主で、その力を遺憾なく発揮したので、このミニチュア宮廷の人形芝居の糸を引いていたのは、実はこの女性であった。彼女の娘ユーリアは公女へドヴィガーと一緒に育ち、公女の精神教育にも顧問官夫人が大きな影響をあたえていたので、公女は公の家族のなかで、ひとりだけ他人のようで、兄とは著しく奇妙な対照をなしていた。公子イグナーツは、ほとんど発達障がいともいうべき、永遠の子供であることを運命づけられていたのである。

ベンツォン夫人を向こうにまわして、同じように勢力があり、流儀が異なるとはいえ、同じようにイレネーウス家ときわめて親しい関係にある、一風変わった男がいた。

読者のみなさまがすでにご存じの、公の祝典係長にして皮肉屋の妖術使いである。どうしてアブラハム先生が領主一家に足をふみ入れることになったのかは、十分特筆に値する。

イレネーウス公の亡き父君は、物事を穏便に格式ばらずに進める方で、なんらかの力を行使すれば、国家という弱小機構を活気づけるどころか、破壊させてしまうと見抜いていた。そこで彼の小国を、昔と変わることなく成り行きまかせにし、輝かしい頭脳や他の天賦の才を発揮する機会がなくても、彼の領地でくらす人びとがみな健康であることに満足し、外国に関しては、浮き名さえ立たなければ申し分のない女性た

37　キャリオル Halbwagen は幌が前半分だけある軽二輪馬車で、半蓋馬車とも呼ばれる。もともと幌は半分しかないのに、「残りの半分の幌はどこにある？」というのが評議会の言い分。財務評議会はなんとしても売却分の税金を取ろうとしているが、そもそも半蓋馬車がどういうものなのか理解していない。ホフマンはそんな評議会の要求を「気高い」と皮肉に表現し、その偏狭さをからかっている。このケースにおいて馬車係長は窮地を脱するために、「もともと存在していないものは現存しない」ことを証明し、彼の頓智で切り抜けるほかかない。

ちと変わることなくやり過ごすことで満足していた。彼の小さな宮廷はかたくるしく儀式ばっていて時代遅れだったし、彼は新時代の所産であるような多くの公正の理念にまったく同意することができなかったが、それは宮内大臣、式部卿、侍従が彼の内部に苦労してつくりあげた木組みが旧態依然としたものだったからである。だがこの木組みには、家庭教師も元帥も一度も止められなかったような動輪が機能していた。すなわち、その動輪とは、領主が生まれつき、冒険的なもの、風変わりなもの、神秘的なものに目がなかったことである。

彼には、尊敬するカリフ、ハールーン・アッ＝ラシード[38]にならってときおり町や田舎をあてもなく歩きまわる癖があった。例の嗜好を満足させ、すくなくともその滋養分を求めるためだが、その癖は、彼の人生における他の性向ときわめて奇妙な対照をなしていた。その際に彼は丸い帽子をかぶり、グレーの外套をはおったので、だれもがひと目みただけで、「領主さまが本人であることを見抜かれないようにしている姿」だとわかった。

あるとき、彼はそんなふうに変装し、何者か分からないようにして、宮殿からずっと離れた地までつづく並木道を歩いていた。そこには領主のおかかえコックの寡婦がぽつんと小さな一軒家に住んでいた。この小さな家の前にちょうど到着したとき、マントに身を包んだ二人の男が玄関口からそっと出てくるのを目にして、彼はわきへよけた。筆者が参考にしているイレネーウス家の史料編纂者の主張によれば、領主がグレーの外套姿ではなく、絢爛豪華な礼服に金ぴかの星形勲章をつけていたとしても、真っ暗闇の晩だったので、相手は気づかず、領主本人だと気取られることはないという。マントにくるまった二人の男が領主のすぐ前をゆっくりと通り過ぎていくとき、次の会話がはっきりと聞き取れた。

ひとりが言った。「兄上、用心してください。今回だけはドジを踏まないで！　領主がやつについて聞きおよぶ前に、やつを追っ払わなくては。さもないと、あの忌々しい妖術使いにわずらわされることになります。やつは私たちを悪魔の術で破滅させるでしょう」

38　ハールーン・アッ＝ラシード（七六六〜八〇九）アッバース朝五代目カリフ。文化芸術を奨励し、この時代バグダッドはもっとも栄えた。『千一夜物語』の王のモデルとも言われる。

もうひとりが言った。「Mon cher frère（弟よ）、そうむきになるな。わたしの明敏さや手腕はよく知っているだろう。明日、あの危険な男を厄介ばらいしよう。カロリン金貨二、三枚あればいい。そうすりゃ、やつは好きなところで、好き勝手に手品を披露するだろう。やつをこの地に置いておくわけにはいかない。そのうえ領主は——」

声はしだいに弱まり消えてしまったので、領主は式部卿が自分のことをどう思っているのか、ついにわからずじまいであった。いまこの家からこっそり忍び出て、聞き捨てならないことを話題にしていたのは、ほかでもない、式部卿とその兄の猟場監督長だった。話し方で、まぎれもなくこのふたりだとわかった。

容易に想像できるだろうが、領主にとって、自分から遠ざけられようとしているその男、その危険な妖術使いを訪ねることがなによりも大切な用事になった。家のドアをノックすると、明かりを手にした寡婦が出てきて、丸い帽子とグレーの外套姿の領主をみとめると、よそよそしいが丁重な態度で「ムッシュー、なにかご用でございましょうか？」とたずねた。領主が変装して誰だか気づかれないようにしているとき、人びとはこんなふうにムッシューと呼びかけていた。そこで領主は、寡婦の家に出入りしているというよそ者のことをたずね、それはとりもなおさず、たくさんの資格証明書や許可証や特典をたずさえた多芸な有名人で、この地で彼一流のわざを披露しようと考えている奇術師のことだと聞かされた。寡婦は「さきほど宮廷の方がふたり、いらしたのですが、彼がふたりの前で、まったく説明のつかない不可解なことをやってのけたので、ふたりともびっくりして真っ青になり、取り乱して、われを忘れたご様子でこの家を出て行かれました」と説明した。

　領主は何の問題もなく奥へ案内された。アブラハム先生（有名な奇術師とは、ほかならぬ彼のことである）は、領主をずっと前から来るのがわかっていた客人のように迎え入れると、ドアを閉じた。

　さて、アブラハム先生が何をはじめたのかは誰も知らないが、領主が夜通し先生のそばにいたことは確かだ。また翌朝、宮殿に部屋が準備されて、アブラハム先生がそちらに移り住んだこと、その部屋へは、領主が自分の書斎から秘密の廊下をつかって、こっそり行くことができたのも確かである。さらに、式部卿はもはや領主から親愛の情をこめて「Mon cher ami（友よ）」と呼びかけられることはなく、猟場監督長はもはや〈私が初めて森へ狩りに出かけたときのことでございます。角の生えた白ウサギ[39]がいました。でも撃つことができなくて……〉という摩訶不思議な狩りの話を聞かせることはできず、そのために兄弟は悲嘆にくれ絶望し、ほどなく宮廷を去ったことも確かである。最後にアブラハム先生が幻術を見せたばかりでなく、領主のもとでますます信望を得たので、宮廷や町や田舎の人びとが驚いたことも確かである。

アブラハム先生がやってみせた奇術の数々について、前述したイレネーウス家の史料編纂者の話はとうてい信じがたく、それをここに書き写せば、親愛なる読者の全幅の信頼を失う危険があります——史料編纂者が驚異中の驚異とみなし、明らかにアブラハム先生と未知の不気味な諸力との剣呑な結託をじゅうぶんに証明するものだと力説するその奇術とは、のちに「姿なき少女」と命名されてセンセーションをまきおこす、音響学をふまえたイリュージョンマジックにほかならない[40]。アブラハム先生は当時すでに、巧みに工夫をこらし、ファンタスティックに、みなの心を鷲づかみにする空前絶後の出し物をすることができたのである。

そのほかにも、領主自身がアブラハム先生相手になにやら魔術を試みているという噂がたった。その目的について、女官や侍従や宮廷の人びとのあいだで、戯(たわ)けたたわいない憶測が飛び交い、たのしい憶測合戦が生じた。実験室からときおり漏れてくる煙から察するに、アブラハム先生は領主に錬金術を教えている、また、さまざまな霊験あらたかな精霊会議に案内したらしいという点で、みなの意見は一致した。さらに領主が市場（いちば）町で新たな町長の任命式をおこなうとか、宮中の暖房係に特別手当をみとめるとかいう場合には、アガトデモン、[41]家の守り神や星辰にお伺いを立てているのは間違いないということについても、みなの意見は一致していた。

この領主が亡くなり、イレネーウスが政権を継ぐと、アブラハム先生は国を去った。若き君主は、冒険的なものや風変わりなものに目がないという先代の性向をまったく受け継いでいなかったので、アブラハム先生をひきとめなかったけれども、小さな宮

39　ここで語られる「角のはえたウサギ」は、ヴォルペルティンガー、もしくはラッセルボックと呼ばれる伝説上の生き物と推測される。民間伝承によれば、前者は角のほかに翼をもち、後者は犬歯とノロジカの角をそなえ、内気で人前になかなか姿をあらわさないという。

40　十八世紀末から十九世紀初頭にかけて注目された奇術。透明なガラス箱（のちに球体）に管状の拡声器がついていて、それに声をふきこむと、答えが返ってくる仕組みになっていた。箱のなかから答えが返ってくるように見えるが、実際は板壁の小部屋や床下などに人が隠れていて、その人が返事をしていたと考えられる。

41　家庭の繁栄をねがう良き霊。

廷にとかく棲みつきやすい悪鬼、すなわち、退屈という恐ろしい悪霊を追い払うのに、アブラハム先生の摩訶不思議な力はとりわけ効き目があることにほどなく気づいた。またアブラハム先生が先代の信望を勝ち得ていたことも、若き君主の心の片すみに深く根をはっていた。イレネーウス公には、アブラハム先生がじっさい優れているとはいえ、あらゆる人間的なものを超えたこの世ならぬ存在であるかのような気持ちになる瞬間があった。このまったく特異な感情は、公の少年時代の忘れがたい危機的事件に由来すると言われている。

公は幼少のみぎり、たわいない矢も楯もたまらぬ好奇心にかられて、アブラハム先生の部屋に押しいり、おろかにも先生が苦心惨憺(さんたん)、丹精こめてつくりあげたばかりの小さな機械をこわしてしまった。先生はこの質(たち)の悪い無作法に激怒し、わんぱく小僧の若君に強烈な平手打ちをお見舞いし、かなり乱暴にすぐさま部屋から廊下へ放りだした。若君は涙をぽろぽろこぼしながら、「アブラハム――soufflet(平手打ち)――」とつっかえつっかえ言うのがやっとだった。それにびっくりした宮内大臣は、若君が薄々感じた秘密、敢えて探ろうとした恐ろしい秘密に、これ以上深入りするのは危険きわまりない冒険であるとみなした。

公はアブラハム先生を、宮廷という舞台機構を活気づける要として手元におきたいと痛切に感じ、あれこれ手を尽くして連れもどそうとしたが、すべて徒労に終わった。イレネーウス公が、小国をなくしたあの取り返しのつかない散策ののち、ジークハルツヴァイラーに白日夢めいた宮廷をつくりあげると、ようやくアブラハム先生が舞いもどってきた。だが実際に先生が現れるのに、これ以上の好機はなかったことだろう。なぜなら、おまけに――

（ムルは続ける）――才気ゆたかな伝記作家の常套句をつかって、わが人生の区切りとなる特筆すべき出来事について話そう。

読者よ！　青少年よ、男性たちよ、女性たちよ、毛皮のしたで豊かな感情が波打ち、道徳心があって、自然がむすぶ甘美な絆を認識するきみたち、わたしを理解し愛してくれ！

その日は暑かった。一日を暖炉の下にもぐって寝てすごしたが、黄昏がせまると、先生が開けっぱなしにしていた窓から涼しい風がさわさわ吹きこんできた。眠りからさめると、甘美な予感をかきたてる、切ないような、浮き浮きするような何ともいえない気持ちがあふれてきて、胸がはずんだ。その予感に圧倒され、鈍感で無神経な人間たちが猫背とよぶ、あの表情たっぷりなしぐさで高々と身を起こした！――外へ――外へと、大自然にさそわれ、屋外にでて、屋根にのぼって沈みゆく夕陽のなかを楽しく散策した。そのとき屋根裏部屋からやさしく、ひそやかに、なつかしいような、誘うような声が聞こえてきて、未知の何かが抗しがたい力でわたしを下へおびき寄せる。わたしは美しい自然をあとにし、屋根の天窓からもぐり込み、屋根裏部屋に下りていった。

床に跳びおりたとたん、大きな美しい白黒のブチ猫に気づいた。彼女はくつろいだ姿勢ですわり、いましもあの誘うような声をだし、わたしを探るようにちらりと見た。すかさず彼女の向かい側にすわり、内なる衝動のおもむくまま、白黒のブチ猫がうたいだした歌に唱和しようとした。これはうまくいった。われながら絶大なる成功をおさめたと言わざるをえない。わたしとその生涯を研究する心理学者たちのためにここで言い添えておくが、わが内なる音楽的才能にたいする自信はこの瞬間からはじまり、またお察しの通り、この自信は才能を伴う。ブチ猫はますます熱心に食い入るようにわたしをみつめ、ふいに口をつぐむと、勢いよくわたしめがけて跳びかかってきた！〈まずい展開だな〉と思いながらツメを見せつけると、その瞬間、ブチ猫は両眼からハラハラと大粒の涙をながしながら叫んだ。

「息子、おお、息子よ、おいで！　あたしの両前脚のなかに早くおいで！」

それからわたしの首に抱きつき、熱烈に胸に抱きしめて、

「そうよ、おまえはあたしの息子だわ。たいして苦しみもせず産み落とした[42]可愛い息子！」

わたしは心の奥底で深く感動した。こうも心を揺さぶられるのだから、このブチ猫が自分の生みの母だというのは本当なのだろう。それでも彼女に「それって確かですか？」と聞いた。ブチ猫は言った。

「まあ、こんなにもよく似ているとは！　この目、この顔立ち、このヒゲ、この毛皮、何から何までそっくりで、あたしを棄てたあの不実な、恩知らずなオスを思い出させ

42　ネコは人間と比べると産みの苦しみが少ない。『創世記』第三章十六節「主は女にむかって言った。『…お前は苦しんで子を産むのだ…』」という文言のもじり。

る。生々しすぎるぐらい。――本当に父さんに生き写し。ムルちゃん（だって、そういう名前だもの）、でもおまえは父さんの美貌と同時に、ミーナ母さんのやさしい心根や慎ましやかな振る舞いも受けついでいると思うの。

父さんはたいそう上品で礼儀正しく、額には堂々たる威厳があり、グリーンの瞳は聡明な輝きにあふれ、ヒゲと頬のあたりにはよく優美な微笑みをただよわせていた。そうした身体的な美点のほかに、明敏で、ネズミをとらえるときには得も言われぬ愛嬌のある軽やかさをみせるところが、あたしの心をとらえたの。――でも、まもなく長いこと巧みに隠しておいた非情な暴君の気性があらわれたのよ。――それを口にするのも、ぞっとする！――おまえが生まれるやいなや、父さんはおまえと他のきょうだいたちを賞味したいという罰当たりな食欲にとりつかれたのさ」

「母さん」とブチ猫の言葉をさえぎった。「母さん、そうした嗜好をそう頭ごなしに呪わないでください。地上のもっとも教養ある民は、神々の種族に子供を食らうという酔狂な食欲を付与しましたが、それでもジュピターのようなものは救われました。[43]わたしもそうです！」

「息子よ、何を言っているものやら……」とミーナは答えた。「たわごとかしら、それとも、父さんを弁護しようとしているのかしら。でも恩知らずにはならないで。もしあたしがこの鋭いツメで勇敢におまえの身を守らなかったら、また、地下室だの屋根裏だの納屋だの、ここかしこと逃げ回って、つけねらう異常な野蛮猫（やばんじん）からおまえを守らなかったら、おまえはあの血に飢えた暴君にしめ殺され、むさぼり食われていたことだろう。

とうとう、あいつはあたしを棄てたのさ。それからというもの、二度とあいつに会うことはなかった！　それなのに、あいつを思うと、いまも胸が高鳴る！——それはもう美男子（びにゃんこ）だった！——端正なたたずまいや上品な作法から、旅行中の伯爵だと思う者も大勢いたぐらいだよ。——まあ、それからは小さな家の片すみで子育てに専念しながら、静かに落ち着いて暮らせると思った。ところが恐ろしい運命の一撃を食らうことになるとは。

43　「地上のもっとも教養ある民」とはここでは古代ギリシア人を指す。ギリシア神話によれば、クロノスは妻レアとのあいだにできた自分の子供が生まれるやいなや、一人一人呑みこんだ。ゼウス（ローマ神話のジュピター）だけはレアの知恵で巧みに隠された。

ちょっと散歩してから帰宅したら、おまえも他のきょうだいたちもいなかった！――そういえば、その前日、老婆が隠れ家にいるあたしをみつけて、水のなかに放りこんでやるとかなんとか、いろんな聞き捨てならない話をしていたねえ！――とにかく、おまえが助かってくれてよかった！　息子よ、さあ、もう一度この胸においで。愛するわが子よ！」

ブチ猫ママは、わたしをあらんかぎりの情愛をこめて愛撫し、わたしの生活の近況をたずねた。わたしは何もかも話し、わたしの高尚な教養に言及し、それをどうやって手に入れたかを述べることも忘れなかった。

ミーナは、息子の稀にみる長所を聞かされても、思ったほど心を動かされないらしかった。それどころかわたしが、並外れた才気と深い学識があるばっかりに、身の破滅となりかねない、あやまった道に足を踏み入れてしまったと、かなりあからさまに言うのだった。とくにアブラハム先生には、おまえが知識を手に入れたことがばれないようになさい、もしばれたら、先生に利用されて、つらい強制労働をずっとさせられるから、と警告した。

ミーナは言った。

「おまえが身につけた教養とやらを褒めるわけにはいかないけれど、あたしだって生まれながらの能力や、自然からさずかった好ましい才能ぐらいは持ち合わせているよ。例えば、そういうもののひとつに、毛皮をこすられると、パチパチ火花を放出させる力がある。この才能ひとつとっても、そのせいで、これまでどんなに嫌な思いをさせられたことかしら！　火花を出させようとして大人も子供も、ひっきりなしに毛並みとは反対方向に背中をこするものだから、あたしにとっては地獄の責め苦。わきへ跳びのいて不機嫌になったり、ツメを出したりすると、可愛げのない手に負えない畜生だとののしられ、それどころか体罰さえくらった。

ムルちゃん、字が書けるなんてことがアブラハム先生にばれたら、先生のお清書係にされちゃう。いまは楽しくて自発的にやっているけど、義務としてやらされるのよ」

ミーナは、わたしとアブラハム先生との関係やわたしの教養について、なおもあれこれしゃべっていた。そのときは学問嫌いなのだろうと思ったが、のちになってようやく、ブチ猫ママの身にそなわる、まことの処世哲学だと分かった。

聞けば、ミーナは近隣の老婆宅でほそぼそと暮らしていて、しばしば飢えをしのぐのもむずかしいという。わたしは深く心を動かされ、孝心が胸底にはげしくめざめ、昨日の食事に供された美味なニシンの頭がのこっていることを思いだし、おもいがけず再会した、あのやさしい母にささげようと決心した。

月明かりのなかをさまよう者のうつろう心を、だれがみきわめられよう！――なぜ運命は、私たちの胸から罰当たりな欲情の荒波を閉め出さなかったのか！――なぜ、か細い風にそよぐ葦である私たち[44]は、吹きすさぶ生の嵐の前に屈せざるをえないのか？――宿敵である宿命よ！――おお食欲、汝の名はネコ[45]！――pius Aeneas（孝心深きアイネイアース）のごときわたしは、ニシンの頭をくわえて屋根へのぼり[46]、天窓からはいりこもうと思った。――そのとき妙な具合に自分が自分自身から遠ざかり、それでも本来の自分だと思える状態におちいった。――自分のことを分かりやすく明晰に述べたと思うので、この奇妙な状態の描写でわたしが精神の深みを見通す心理学者であることが、だれにでも分かるだろう。――話をつづけよう。

喉から手が出るほど欲しいのか、それとも欲望を封じこめたいのか、双方が入りまじる不思議な感情のために、感覚は麻痺し――うっとりして――なす術もなく――なんとニシンの頭を食べてしまったのである！

ミーナの鳴き声が怖かった。わが名を気づかわしげに呼んでいる——後悔と羞恥の念で胸がいっぱいになり、先生の部屋へとんで帰ると、暖炉の下にもぐりこんだ。気がかりで居ても立っても居られない。再会したブチ猫ママが絶望し、よるべなく、わたしが約束した食べ物を待ちこがれて気を失いかけている姿が、目のまえに浮かんできた——ああ！——煙突からざわざわ吹きこむ風がミーナの名を唱えた——ミーナ——先生の書類をめくる風はミーナ、ミーナとささやき、華奢（きゃしゃ）なつくりの籐（とう）椅子はミーナ、ミーナときしみ——暖炉の扉はミ〜ナ〜と嘆き悲しんだ。おお！　苦い思い

44　十七世紀フランスの思想家パスカルの『パンセ』の有名な断章の冒頭「人間は自然のなかでもっとも弱い一茎の葦にすぎない。だが、それは考える葦である」参照。

45　シェイクスピアの『ハムレット』第一幕第二場「弱きもの、汝の名は女」のもじり。

46　アイネイアースはギリシア神話の英雄でトロイアの王子。彼はトロイア落城のさい、老父を背負って逃れ、老父の命をも救う。ウェルギリウスの叙事詩『アエネーイス』には彼が父の館の屋根にのぼり、炎上するトロイアを見下ろすシーンがあり、ムルはこの箇所をほのめかしている。ウェルギリウスは彼の人となりを pius（信心深い、敬虔な、良い等）と特徴づけており、ここでは pius をムルの母ミーナにたいする気持ちをあらわすものと解した。

が心臓を切り刻み、胸をえぐった！――できれば、かわいそうなママを朝食のミルクに招待しようと決心した。こう思ったとたん、涼しくて気持ちのよい日陰のように心なごむ平和がおとずれた！――かくして両耳をふさぎ、眠りこんだ。

わたしの気持ちがことごとくわかる多感な読者よ、きみたちが頓馬ではなく、誠実で清廉なネコであるなら、わが胸に吹きすさぶ嵐は、暗雲をちらし、すっきりと晴れ渡った眺望をうみだす有難いハリケーンのように、わが青春の空を晴れやかにしてくれるのがわかるだろう。おお！　はじめはニシンの頭は罪の意識となって、わが心に重くのしかかっていたが、こうして食欲とはいかなるものかを洞察し、内なる自然にあらがうのは冒瀆であると悟ったのである。自分の糧（ニシンの頭）はめいめい、自分でさがしなさい。[47]真の欲求（食欲）に導かれてちゃんと自分の糧にありつく他者の明敏さには手を出すな。これでわが人生のこのエピソードを終えるが――

（反故）

歴史家や伝記作者にとって、なかなか本筋にたどりつけないことほど厄介なものはございません。ちょうど、若い荒駒を駆る人ががむしゃらに突っ走り、田畑や野原を越え、踏みならされた道をたえず求めているのに、決してその道にたどりつけず、あちこち駆けずり回らなければならないようなものです。親愛なる読者のために、楽長ヨハネス・クライスラーの数奇な生涯について聞き知っていることを書きしるす筆者も、同じ事情を抱えています。できれば筆者も、〈NとかBとかKとかいう小さな町で、かくかくしかじかの年の聖霊降臨祭の月曜日とか復活祭のときに、ヨハネス・クライスラーなる人物は誕生しました！〉という具合に書きはじめたいのですが、そんな風に年代記風に理路整然としているわけではなく、不運にも筆者の意のままになるのは口伝えの断片的な報告だけなので、すぐさまデータを処理して、全体を忘却の淵にしずめないようにしなければなりません。本の完結に先だって、この報告の出どころや進み具合をおしらせしますから、読者のみなさま、全体がラプソディー風でもご

47　ムルは母親ミーナにあげようと思っていたニシンの頭を自分で食べてしまったわけだが、孝心と食欲との葛藤、後悔を経て、自分の行動を釈明し、哲人風の箴言で締めくくる。「本人だけがおのれの真の欲求を知っている。真の欲求は Sagazität（鋭い嗅覚、明敏さ、賢明さ）に導かれて満たされるものであり、他者の欲求は他者にまかせよ」という意。

容赦ください。また支離滅裂にみえても、実はどの部分も一脈相通ずるところがあって、しっかりと繋がっているとお考えください。

さしあたり今は、イレネーウス公がジークハルツヴァイラーに居をかまえてまもない、ある夏の夕べ、公女ヘドヴィガーとユーリアはジークハルト宮廷の心地よい庭園をぶらついていた、とだけ語っておきましょう。

落日の光が黄金色のベールとなって森のうえにひろがり、木の葉一枚うごかない。樹木や茂みはもの思わしげに沈黙し、夕風がおとずれて愛撫するのを待ちわびていた。森の小川が白い小石のうえを流れ、せせらぎの音だけがこの深い静寂をやぶっていた。ふたりの少女は腕をからませ、無言で、花咲く細い小径を通って、右に左に幾重にも曲がりくねって流れる小川に架かる橋をわたり、やがて庭園のはずれにある、満々と水をたたえた湖のほとりにやってきた。彼方のガイアーシュタインが絵のように美しい廃墟とともに湖面に映っていた。

「美しい！」とユーリアは感きわまって叫んだ。

ヘドヴィガーは言った。「漁師小屋に入りましょう。夕陽がひどくまぶしくて。あそこの中央の窓からガイアーシュタインをながめると、ここよりももっと美しいのよ。

あのあたりが全景(パノラマ)ではなく、まとまりのある光景になって、本物の絵のようにみえる[48]から」

ユーリアは公女の後について行った。公女は小屋に入って窓から外を眺めるが早いか、夕陽に照らされた景色を「とほうもなく魅力的」と表現し、スケッチ用の鉛筆と紙をほしがった。

ユーリアは言った。「木や灌木、山や池、ありのままに描けるあなたの腕前がうらやましいわ。たとえ、あなたのように上手に描けたとしても、風景をありのままに写すのは、わたしにはとうてい無理。ましてや眺めがすばらしければすばらしいほど、描けないわ。嬉しくてうっとりと眺めるだけで、とても絵画制作にはならないでしょう」

48　「本物の絵のようにみえる光景」を称賛するヘドヴィガーは、自然のなかに「ピクチャレスクな光景」、絵の主題としてふさわしい光景を求めている。「ピクチャレスク」にはただ美しいだけでなく、崇高という意味合いも込められている。十八世紀後半には主として風景に関する趣味の基準をあらわす語であり、この場合には十七世紀の風景画家クロード・ロランやロイスダールなどを念頭においている。

ユーリアの言葉を聞くと、公女の顔にうっすらと笑みが浮かんだ。十六歳の少女らしからぬ、含みのある笑みだった。ときおり妙な表現をするアブラハム先生なら、〈そのような顔の筋肉運動は、何か水底に不気味なものがひそんでいるとき、水の表面にあらわれる渦に比すべきものですね〉と言うだろう。——とにかく、ヘドヴィガー公女が微笑み、画家には不向きだが心やさしいユーリアに何か答えようとして、バラ色の唇をひらきかけたとき、すぐ近くから和音がきこえてきた。たいそう強く、荒々しく打ち鳴らされたので、その楽器はふつうのギターとは思えないぐらいであった。

公女は口をつぐみ、ユーリアとふたりで、いそいで漁師小屋の前へ走り出た。するとじつに奇妙なパッセージや、きわめて異国風の和音の連続でむすばれた調べが次々と聞こえてきた。そのあいまによく響く男声がきこえてきて、その声は、あるときはイタリア歌曲の甘美さをあますところなく伝え、またふいに途切れて、深刻で陰鬱なメロディーになり、またあるときはレチタティーヴォ風になり、またあるときは力強い、めりはりのきいたセリフをはさむのであった。

ギターが調律され——それからふたたび協和音——それからまた途切れて調律され

て――こんどは怒気をふくんだ言葉がきこえて――それからメロディーが流れて――それから新たに調律された。[49]

風変わりな名手に好奇心をそそられて、しのび足で近寄ったヘドヴィガーとユーリアは黒服の男を目にした。彼はふたりに背を向けたまま、湖のすぐそばの小さな岩に腰を下ろし、歌ったり語ったりしながら不可思議な演奏をしていた。

おりしも彼は異例のやり方で、ギターの調子をすっかり変えると、二、三の協和音をためしに鳴らして「またダメだな――音程が正確じゃない――一コンマ[50]低すぎたり、一コンマ高すぎたりしている！」とさけんだ。

それから青い紐で肩からかけていた楽器を紐から解きはなち、両手にもちかえ、目の前にかざすと、しゃべりはじめた。

「頑固者のおチビちゃん、おまえの快い響きはどこにひそんでいるんだね？　正しい

49　クライスラーのこのシーンは、フランスの啓蒙思想家ディドロによる対話体の小説『ラモーの甥』の風変わりな音楽家の振る舞いを彷彿とさせる。『ラモーの甥』は一八〇五年にゲーテによってドイツ語に訳されて話題を呼んだ。

50　コンマは近似的な高さをもつ二つの音のあいだの微小な音程のこと。

音階は、その内奥のいかなる片すみにかくれているんだね？――師匠に反抗して、耳が平均律[51]の鍛冶場でめった打ちされてだめになっているとか、エンハーモニック[52]（異名同音）は子供だましの手品にすぎないとか言い張る気かな？　このぼくをばかにしているね。しかしぼくのヒゲのほうが、ヴェネチア人と呼ばれたステファーノ・パチーニ親方[53]よりもずっと上手に剃ってある。かの親方がおまえの内奥にさずけた快い響きという賜物は、ぼくには解き明かせない謎のままだが。

おチビちゃん、嬰トと変イ、嬰ハと変ニの異名同音を、――いや、それどころか、どの音も絶対に出さないというなら、九人の手強いドイツの親方をさしむけて、こっぴどく叱ってもらわなくては。エンハーモニック懐柔策といこう。――ステファーノ・パチーニ親方でなければ、身をゆだねたくないというのか、がみがみ女のごとく我を張るのか――それとも、おまえの内に宿る粋な精霊たちがひとり残らず、とうの昔に地上から消えた魔法使いの強力な魔術にしかしたがわないと考えるほど、おまえは向こう見ずで尊大なのか？　たわけ者の両手には――」

ここまで言うと、男はふいに口をつぐんで急にたちあがり、ふかく物思いにしずむかのように、湖水をのぞき込んだ。――少女たちは男の風変わりな行為に緊張し、茂みのかげで根が生えたように立ちつくし、息もつけないほどだった。

ついに男は口をひらいた。「ギターは、あらゆる楽器のなかで、もっともみじめで不完全な楽器で、やるせない恋に悩む羊飼いがショーム[54]のマウスピースをなくしたときに手にとるのが関の山だ。マウスピースをなくさなければ、たんまり吹き鳴らして、甘美なあこがれをのせたアルプスの牧人の歌で、山びこをめざめさせ、かなたの山々で繊細な鞭をパチッと楽しげに鳴らして、かわいい牛たちを追い立てるエメリーネ[55]た

51　現在のピアノ調律、オクターブを等分に分割するやり方での調律。どの調へも簡単に転調できるという利便性がある。
52　嬰ハと変ニのように名称は異なるが同音であること。これは平均律でのみ可能となる。純正律は音の響きの美しさを重視するが、ギターではコードが美しく響かないというデメリットがあり、クライスラーの嘆きはここに由来する。
53　十六世紀のヴェネチアの楽器製作者。詳細は不明。
54　中世以来、ヨーロッパじゅうの羊飼いによって使用されていた。漏斗状の原始的な民俗楽器で、現在のリード楽器の原型とされる。
55　ヨーゼフ・ヴァイグル（一七六六～一八四六）のオペラ『スイスの家族』（一八〇九）に登場する女主人公で、農夫の娘。

ちに向かって、哀愁に満ちたメロディーを送っているのだから！――おお、神よ！――《切ない恋の嘆き歌　ため息は　愛しき人の眉根におくる　暖炉の吐息[56]》の羊飼いたちに、三和音は三つの音から成るものにほかならず、第七音[57]の短刀一突きでノックダウンされると教え、かれらの手にギターを渡してやってください。

だが、かなりの教養とすぐれた学識をもち、ギリシア哲学を研究し、北京や南京の宮廷のありさまならよく知っているが、牧羊場や羊の飼育のことはまったく知らないきまじめな方々にとって、ヒイヒイ言いながらギターをポロンポロンとかき鳴らすことに何の意味があるのか？　――たわけ者よ、どうするつもりだ？　今は亡きヒッペルのことを思い出せ。彼は、ピアノを教えている男をみると、半熟卵をゆでているところのような気がすると言っていた[58]。――ギターをつま弾くとは――たわけ者！――ちくしょうめ！」

そういって男は楽器を茂みにぽんと放り投げると、少女たちには気づかず、足早に去って行った。

しばらくしてからユーリアは笑いながら言った。「ヘドヴィガー、あの忽然と現れたふしぎな人をどう思う？　妙な人だけど、どこの人かしら？　はじめはあんなに感じよく楽器を相手にしゃべっていたのに、自分の楽器をこわれた箱みたいに、ばかにしたように放り出すなんて」

「いけないわ」とヘドヴィガーはふいに激昂したように言った。青白い頬が真っ赤にそまった。「庭園の門に鍵をかけないのはまずいわ。よそ者が誰彼なく入ってきてしまう」

ユーリアは応じた。「どうしてそんなことを考えるの？ 御前さまに狭量にも、ジークハルツヴァイラーの人たち、いいえ、かれらだけではなく、ここにやってくる

56　シェイクスピアの喜劇『お気に召すまま』第二幕第七場に登場する台詞で、ホフマンはよく引用している。

57　三和音にさらに三度上に音を加えた和音を「七の和音」、新たに加わった一番上の音を「第七音」と呼ぶ。「七の和音」は不協和音。

58　テオドール・ゴットリープ・フォン・ヒッペル（一七四一～一七九六）の『結婚について』（一七七四）第七章の「男の人が歌を教えているのをみると、半熟卵をゆでているところのような気がしてくる」参照。ここでは軟弱者という意。さらに彼は、五感に与える印象がソフトな楽器は男性向きではなく、男性はトランペットや太鼓がよく、ピアノやリュートは女性にまかせておこうとも述べている。

すべての人たちに対して、このへん一帯でいちばん気持ちのよい場所を閉ざしてほしいだなんて。本気とは思えない！」

公女はますます興奮した。

「私たちにどんな危険がおよぶか、考えていないのね。今日もそうだけど、お伴ひとり連れずに、ふたりだけで森の辺鄙（へんぴ）な小径を散歩していることがよくあるでしょう！——どうしよう、もしも悪者が——」

ユーリアは公女をさえぎった。

「あちこちの茂みから、おとぎ話の巨人だの、おそろしい盗賊騎士[59]が飛び出してきて、私たちを隠れ家にさらってゆくのではないかと怖がっているのね。——そんなことが起こりませんように。くわばら、くわばら！——でも正直に言うと、このさびしいロマンチックな森で、なにかちょっとした冒険が起こってくれたら、どんなに素敵で楽しいでしょう。——シェイクスピアの『お気に召すまま』のことを考えているのだけれど。あの本を母がずっと貸してくれないものだから、とうとうロターリオが私たちに朗読してくれたわね。きっとあなただってシーリアの役なら、ちょっとやってみたいでしょう。わたしはあなたの忠実なロザリンド[60]になりたい。——あの見知らぬ名手は何の役にしましょう?」

公女は答えた。「ああ、あのよそ者——彼の姿や奇妙な話に内心、説明できない恐怖をおぼえるの。ユーリア、わかる?——いまも戦慄がはしる。わたくしのあらゆる感覚を妙な具合に、同時にとほうもなく虜にする感情があって、それに負けそうなの。心の闇の奥深く眠る記憶が刺激されて、はっきりした形をとろうとして、むなしくもがく。——胸もはりさけそうな恐ろしい事件に、あの人がかかわりあっているのを見たことがある。気味の悪い夢が記憶にのこっているだけかもしれないけれど——とにかく——奇矯にふるまう、わけのわからないおしゃべりをする人は、私たちを破滅させる魔界へおびき寄せようとする物騒な幽鬼じみた存在に思えるの」

「思い過ごしよ」とユーリアは叫んだ。「わたしなら、ギターをもった黒い幽霊は道化タッチストーンか、誠実なジェイキス[61]に変えるわ。ジェイキスが説く哲学ときたら、

59　中世後期になると、貨幣経済の発達に伴い、窮乏した下級貴族が辻強盗や略奪をはたらくようになり、悪名高い伝説的な盗賊騎士まで登場した。

60　シーリアもロザリンドも『お気に召すまま』の登場人物。シーリアは公爵の娘。ロザリンドは公爵に追放された前公爵の娘。ふたりはたいそう仲が良い。

あの見知らぬ男の奇妙な独り言みたいだから。――でも、いま何よりも必要なのは、乱暴に憎々しげに茂みに投げすてられた、かわいそうなギターちゃんを救うこと」

「ユーリア――何をするつもりなの――とんでもない」

公女は叫んだが、ユーリアはお構いなしに茂みをかき分けて入り、まもなくよそ者が投げすてたギターを手にして、意気揚々ともどってきた。

公女はおそるおそる、楽器を注意深くながめた。年代や名工の名を確認するまでもなく、風変わりな形から年代物の楽器であることがわかった。サウンドホールを通して裏板にははっきりと読み取れたのは、「ステファーノ・パチーニ作、ヴェネチア、一五三二」と黒々と刻まれた銘であった。

ユーリアは矢も楯もたまらず、優雅な楽器で和音をひとつ弾いてみて、可愛らしい楽器なのに、どっしりした力強い音が響くのに驚きを禁じ得なかった。「おお、すばらしい――すばらしい」と叫んで弾き続けた。だがギターに合わせて歌うのが常だったから、いつものように、ぶらぶら歩き続けながら、まもなくわれ知らず歌いはじめた。公女は黙ってついてきた。ユーリアが歌うのをやめると、ヘドヴィガーは言った。

「歌ってちょうだい。その魔法のような楽器を弾いてちょうだい。わたくしを意のままにしようとしている力、敵意ある悪霊を黄泉の国に追い落とせるかもしれない」

「何を言いだすかと思ったら」とユーリアは応じた。「悪霊なんて、私たちふたりには縁もゆかりもないはずでしょう。でも弾きながら歌いたい。今まで手にした楽器で、これほどしっくりくるものはない。わたしの声まで、いつもよりずっと美しく響くような気がするわ」

ユーリアはイタリアの有名な小唄を弾きはじめ、胸に宿る声音をあふれんばかりに豊かに響かせて、さまざまな優美な装飾法（メリスマ）や大胆なパッセージや狂騒曲に夢中になった。

公女は先ほどのよそ者を目にしてぎくりとし、ユーリアはちょうど他の小径へ曲がろうとしたとき、眼前に思いがけず男がいたので、彫像のごとく立ちつくした。よそ者は、年のころ三十歳ぐらいだろうか、最新流行のスタイルに仕立てた黒服に

61　タッチストーンは宮廷道化、メランコリックなジェイキスは追放された公爵に仕える廷臣。ホフマンの原文では、タッチストーンはムッシュー・ジャック、ジェイキスはプローブシュタインとA・W・シュレーゲルによるドイツ語訳の名前に変えてある。

身を包んでいた。服装全体には変わったところ、おかしなところはまったくなかったが、外見はいささか奇妙で異様だった。あかぬけした服装のはずなのに、どことなくだらしなさが目につく。注意が足りないというよりは、本人もおよそ予期せぬ、服装に似つかわしくない道を歩かざるをえなかったせいらしい。ベストの前をはだけて、マフラーをおざなりに首にまきつけ、靴は埃まみれで、金の留め金がかろうじて見えるというありさまだった。小さな三角帽子は小脇にはさんで持ち歩いていたのだろうが、後ろのつばを日除け用に折るとは、なんともばかげている。彼の乱れた黒髪にはモミの針葉がどっさりついていたから、庭園のいちばん奥深い茂みをかきわけてやって来たのだろう。彼は公女の顔をちらりと見た。それから大きな黒みがかった瞳を輝かせて、ユーリアに心のこもったまなざしを注いだが、そのためユーリアはいっそうどぎまぎして、こういう場合はいつもそうなのだが、目に涙を浮かべた。

ついによそ者は穏やかな優しい声で話しはじめた。

「あの天上の音楽がぼくを見たら沈黙し、溶けて涙になったのですね」

公女はよそ者から受けた第一印象をむりに抑えて、毅然として彼をみつめ、やや辛辣な口調で言った。

「むろん、あなたが不意に現れたから驚いたのですよ。イレネーウス公の庭園にこんな時刻に客人がおでましになるとは。——わたくしは公の娘ヘドヴィガー」

公女が話しはじめると、よそ者はすばやくそちらを向き、しげしげと彼女の瞳をのぞきこんだが、彼の顔つきは別人のようだった。憂いに満ちた憧れの表情はかき消え、心の奥底からわきおこる感動は跡形もなく失せて、ひどくひきつったような微笑は辛辣な皮肉っぽいものになり、しだいに道化じみた、おどけたものになった。——公女は雷に打たれたかのように、話の途中で口がきけなくなり、顔を真っ赤にして目を伏せた。

よそ者が口を開こうとした瞬間、ユーリアが話しはじめた。

「わたしったら、まぬけなお馬鹿さんね。びっくりして、つまみ食いの現場を押さえられた幼い子供のように泣くなんて！——そうです、つまみ食いですね。ここであなたのギターのすばらしい音色をちょっとばかり楽しみました。——なにもかもギターのせい、私たちの好奇心のせいです！——あなたがこの愛らしい楽器にあんなにも感じよく話しかけるのを、それから怒って、このかわいそうな楽器を茂みにぽんと投げ捨てるのを、楽器が大きな悲嘆のため息をつくのを立ち聞きし、この目で見ていました。そうしたら、胸がいっぱいになって、茂みに分け入り、この素敵な可愛らしい楽器を拾い上げずにはいられませんでした。——若い娘とはどういうものかご存じでしょう。ギターをポロンポロンとかき鳴らしたら、指が勝手にうごいて、やめられなくなりました。——ごめんなさい。楽器をお返しします」

ユーリアが楽器をよそ者にさしだすと、彼は言った。

「これは古き良き時代の、まれにみるほど響きの豊かな楽器です。ただぼくは手先が不器用で——でもこの手が——この手ときたら！　この乙なおチビちゃんと仲良しの不可思議な音楽の精霊は、ぼくの胸にも住んでいますが、ちっとも自由に動けない蛹（さなぎ）なんですよ。でもお嬢さん、あなたの内面からは音楽の精霊がかがやく孔雀蝶（くじゃくちょう）のように無数の色にきらめきながら、明るい天空へと舞い上がります。——お嬢さん、あなたが歌っているとき、森じゅうにあらゆる切ない愛の苦しみが、うっとりするような甘美な夢想が、希望が、願望がただよい流れ、すがすがしい露のように、香る花の蕚（うてな）や耳をかたむけるナイチンゲールの胸に下りていった！——あなたの手にかかると、この楽器は……ここに閉じこめられている魔力を自在にあやつれるのは、あなただけです！」

「あなたは楽器を投げすてましたが」とユーリアは頰を紅潮させて答えた。

「そのとおりです」とよそ者は言いながら、ギターをはげしくつかみ、胸に抱きしめた。「そのとおりです。ぼくはこのギターをぽんと投げすてましたが、いま、こうして浄めて返していただいた。二度と手ばなしたりしません！」

とつぜん、よそ者の顔はまたもやおどけ者の仮面に変わり、つんざくような高い声音でこう言った。

「ラテン語学者やその他のりっぱな人たちの言葉を借りれば、こんなにも ex abrupto（だしぬけに）あなたがたの前に現れたのには訳があります。じつは、運命やら悪しきデーモンやらが、ぼくにひどい悪さをしたせいなのですよ。尊敬おくあたわざる淑女のお二方！――さあ、公女さま、遠慮しないでぼくを頭のてっぺんから、つま先までじっくりと観察なさいませ。このいで立ちを見れば、遠路はるばる訪ねてきたことがおわかりでしょう。――ジークハルツヴァイラーまで馬車で乗りつけて、すてきな町に、生身のぼくはともかく、せめて名刺を置いて帰ろうと考えました。おお、そんな！　公女さま、ぼくにはコネがないとお思いですか？　お父上の式部卿デーロはかつてぼくの親友だったではありませんか？――彼がここでぼくをみたら、サテンのシャツの胸にぼくを抱きしめて、嗅ぎタバコをひとつまみ勧めて、感動の面持ちで〈ここだけの話、きみにならわが胸の内を、たのしい心情を腹蔵なく話せる〉と言うでしょう。――そうしたら、公女さま、イレネーウス公に謁見を許され、あなた様にもお目通りを許されたことでしょう！　たとえぼくが七の和音、極上の不協和音を奏でて、お返しに平手打ちを頂戴する形でのお目通りになりましても、いまよりはあなた様の寵愛を得たことでございましょう。

ああ、それなのに！――この庭園で、カモの池とカエルの墓所のあいだで、ふさわしくない場所で自己紹介せざるをえないとは、一生の不覚、不運の極みです！

おお、せめて魔法がつかえたら、即座にこの上品な爪楊枝のはいった小箱を〈彼はベストのポケットから取りだした〉、イレネーウス公の宮廷のこぎれいな侍従に変身させることができれば、その侍従がぼくの服の裾をつかんで、〈公女さま、こちらの方は、かくかくしかじか……でございます〉と紹介してくれるでしょう！――ああ、それなのに！――なんということでしょう！――お慈悲を、お慈悲を。公女さま、淑女方、紳士方！」

よそ者は公女の前に身を投げ出し、金切り声で歌った。「Ah Pietà pietà signora!」[62]

公女はユーリアにしがみつくと、「狂ってる、狂ってる、頭がどうかしてる」と叫び、ふたり一緒にそこから脱兎のごとく駆けだした。

離宮のすぐ前で顧問官夫人が少女たちを出迎えた。ふたりは息も切れ切れで夫人の足元に今にも倒れそうだった。

「どうしたの？　そんなに慌てふためいて逃げてくるなんて、いったい何があったの？」と夫人は聞いた。

公女は度を失って、なおもうろたえていて、口ごもりながら、狂人に不意打ちされたことを途切れ途切れに話すのがやっとだった。ユーリアのほうは、落ち着いて慎重に何が起こったのかを語り、「あの来訪者は決して狂人ではなく、皮肉をとばすひょうきん者にすぎず、じっさいにアーデンの森の喜劇[63]にぴったりの廷臣ジェイキスのような方だと思うわ」と言葉をむすんだ。

62　イタリアの作曲家ニコロ・ヨンメッリ（一七一四〜一七七四）の『ミゼレーレ』の冒頭部のパロディー。イタリア語。「お慈悲を、お慈悲を、わが貴婦人よ」の意。『ラモーの甥』の音楽家も感極まると、その瞬間にフランス語とイタリア語でアリアを歌いだす。
63　シェイクスピアの『お気に召すまま』の主要舞台はアーデンの森。注60、注61参照。

ベンツォン顧問官夫人はもう一度、一部始終を話してもらい、微に入り細に入り問いただし、来訪者の歩きぶり、姿勢、身ぶり、口調などにいたるまで説明させ、それから「そう、まちがいないわ。あの人、まさしくあの人です。他ならぬ――それ以外の何者でもありません」と叫んだ。

公女は「だれ――だれなんですか」とじれったそうにたずねた。

「落ちついて。ヘドヴィガーさん。息を切らせる必要なんかなかったのよ。ひどく恐ろしく思えても、そのよそ者は狂人じゃないわ。一癖あるけど、そういう人間にありがちな、場所柄をわきまえない悪ふざけをしたとしても、彼と仲直りできるでしょう」

「断じて」と公女は叫んだ。「二度と顔も見たくないわ、あんな――七面倒くさい変わり種」

「おやおや、ヘドヴィガーさん」とベンツォン夫人は笑いながら言った。「どうしてまた、『七面倒くさい』などという言葉が浮かんだのでしょう。でもさきほど起こったことから判断すると、あなたの見立てや当て推量よりもはるかにふさわしいものですね」

ユーリアが口をひらいた。

「ヘドヴィガー、どうしてそんなにあの来訪者のことを怒るの？――ふるまいは道化じみているし、わけのわからないお喋りをするけれど、ちっとも不愉快じゃないし、妙に心をかきたてる何かがあるわ」

「あなたはいいわね」と公女は目に涙をうかべながら言った。「いいわね、そんなに落ちついて天真爛漫でいられて。わたくしのほうはあの恐ろしい人に嘲笑されて、胸がはりさけそうだというのに！――ベンツォンさん！――だれなの、あの狂人はだれなの？」

「一言で」と夫人は言った。「なにもかも説明がつきますよ。わたくしが五年前に――」

（ムルは続ける）真の深遠なる詩人は、孝心をも失わず、同胞の苦境にはあわれみをもよおすことを確信した。

若きロマン派の人たちは、心のなかで偉大で崇高な思想を発展させる闘いに耐えるとき、しばしばある種の憂鬱にみまわれる。ちょうどそんな憂鬱のために、わたしは孤独へと追いやられ、しばらく屋根や地下室、屋根裏には足を運ばなかった。かの詩人[64]とともに、シラカバやシダレヤナギがほの暗い木陰をつくる、ささやく小川のほとりの小さな家にこもる甘美な牧歌的喜びを感じつつ、夢想に浸りながら暖炉のしたにうずくまっていた。そういうわけで、あの優しい美しいブチ猫ママのミーナにも会わずじまいだった。

わたしは学問に安らぎと慰めを見出した。おお、学問とはすばらしいものである！——これを発見した気高き者に熱烈な感謝を捧げよう。——学問の発見は、はじめて火薬製造をくわだてた恐ろしい僧侶[65]の発明よりも、どれほどすばらしい有益なものであることか。火薬はその性質も作用も、死ぬほど厭わしい代物だ。後世の人びとは、切れ者の学者や広く全体を見わたす統計学者、要するにえり抜きの教養人を称えるのに、今日なおも「あのひとは火薬は発明しなかった[66]」とことわざ風に述べることで、あの野蛮人ベルトルトを軽蔑というかたちで罰している。

有望なネコ青年を啓発するために一言いっておくが、学問をしたくなると、目を閉じて先生の書斎にとびこみ、このツメにあたった本を手あたりしだい引っ張りだし、どんな内容のものであろうと通読した。この勉強法によってわたしの精神は、しなやかで多様性に富むものとなり、後世の人びとも称賛するような多彩で輝かしい豊かな知識を手に入れた。ここでは、この詩人らしい憂鬱の時代に次々と読んだ本には触れないでおく。言及するならもっと適切な場があるかもしれないし、タイトルを失念したからである。まあもっとも、たいていタイトルを読まないので、知る由もないのだが。——だれもがこの説明で満足し、伝記にしては軽率ですね、などと咎めたりはしないだろう。

64　ホラティウスを指している。『エポーデス』Ⅱ第一歌では田園の美しさと牧歌的生活の幸福が歌われる。シラカバやシダレヤナギはムルによる追加。

65　ドイツのフランチェスコ会修道士で錬金術師ベルトルト・シュヴァルツは十四世紀に偶然黒色火薬を発明したといわれる。

66　この文言は通例、「とくに頭がいいわけではない。顕著な功績があるわけではない」という意で用いる。しかしムルは、「『切れ者の学者や広く全体を見わたす統計学者、要するにえり抜きの教養人』は知の世界で偉業を成し遂げた。火薬の発明のような悪しき行いはしていない」という意味で用いている。

新たな経験が目前に迫っていた。

ある日のこと、先生は二つ折り判の大型本を開いて読みふけり、わたしは書き物机の下にもぐり、先生のすぐそばで、大きく広げた極上の洋紙（英国規格で、その名もロイヤル）に寝そべり、ことのほか意のままになりそうなギリシア語の著作を読もうとしていると、急ぎ足で青年がはいってきた。先生のところでたびたび見かける青年で、優れた才能や決定的な天才を遇するにしかるべき温かい尊敬の念、それどころか、心地よい崇拝の念をもってわたしに接する。というのも、彼は先生に挨拶しおわるといつも、わたしに向かって「おはよう、ネコ君！」と言って、そのつど耳の後ろをちょっとくすぐり、やさしく背中を撫でてくれるので、こうした振る舞いを〈その内なる天与の才を世人に示しなさい〉という率直な励ましだと思っていたのである。

ところが今日、なにもかも一変することになった！

これまで一度もなかったことだが、青年のあとから、黒いもじゃもじゃのモンスターが目をギラギラさせて書斎へとびこんできて、わたしを見るなり、まっしぐらに飛びかかってきた。わたしは筆舌に尽くしがたい不安にかられて、さっと先生の書き物机に跳びのり、恐怖と絶望の声をしぼりだすと、そのモンスターは机めがけて高くとびあがり、おまけにたいへんな騒ぎをおこした。やさしい先生はわたしを気づかって抱きあげると、ガウンの下にかくまってくれた。しかし青年はこう言った。

「心配いりませんよ、アブラハム先生。ぼくのプードルはネコをいじめたりしません。遊びたいだけです。ネコをおろしてください。ぼくの愛犬とあなたの愛猫がお近づきになるのを楽しくながめましょう」

先生はじっさいにわたしを下におろそうとしたが、わたしはしっかりとツメを立ててしがみつき、哀れっぽく大声で嘆き悲しみはじめた。少なくともその甲斐あって、先生は腰をおろし、自分のすぐそばの椅子にわたしをおいた。

先生の庇護に勇気づけられたわたしは、しっぽ巻き座りをし、敵とおぼしき黒いモンスターにたいして、威厳と貴族的なプライドを見せつけるポーズをとった。プードルはわたしの前方の床にお座りをして、まじろぎもせずわたしの瞳をのぞきこみ、とぎれとぎれの言葉で話したが、むろんそんな言葉は分かるはずもない。わたしの不安はしだいに薄らぎ、すっかり消え失せた。気持ちが落ち着いてくると、プードルの目つきから、温厚で単純朴訥(ぼくとつ)な気性の持ち主であることに気づいた。わたしの気持ちは信頼に傾き、無意識のうちにしっぽがやさしく揺れだすと、プードルもすぐさま、短いしっぽを品よくパタパタ振りはじめた。

おお！　わたしの心が彼に語りかけ、ふたりの気持ちが通じ合ったことはまちがいない！　わたしは自分に向かって言った。〈どうして、このよそ者の見慣れぬ振る舞いに、あんなにも驚愕し恐れをいだいたのだろう？――跳びあがってキャンキャンいうのも、はしゃいで走って吠えるのも、若者らしさのあらわれではないか。激しく力強く躍動する若者の生命が愛と喜び、嬉々とした自由奔放というかたちであらわれたのではないか？――おお、あの黒い毛皮でおおわれた胸には、美徳が、高貴なプードルらしさがひそんでいる！〉――この考えに力づけられ、互いの魂をもっと緊密に結びつけるための第一歩をふみだすことに決めた。すなわち、先生の椅子から下りることにしたのである。

わたしが身を起こし伸びをすると、プードルはとびあがり、キャンキャン大声で吠えながら部屋じゅうを跳ねまわった。――生命力あふれるすばらしい心情の表出！――もはや恐れるに足りない。わたしはすぐさま椅子から下りて、慎重に足音をしのばせて新たな友に近づいて行った。私たちは、似通った魂が親密になったことを認識し、心の奥底から惹起された契りが結ばれたことを顕著に象徴するあの儀式をはじめた。ただし、近視眼的で思い上がった人間は、これを「クンクン嗅ぎまわる」という下品な卑しい表現で呼んでいる。黒い毛皮の友は、わたしの皿に盛られた鶏の骨の残りに食指をうごかした。そこで彼を賓客としてもてなすのはインテリのたしなみであり、礼法にかなっていることを、できるかぎり彼にわからせようとした。離れて見守っていると、そのあいだに彼はおそるべき食欲で平らげた。——ともあれ、魚のソテーをわきへ取りのけて、わが寝所に隠しておいたのは幸いであった。——食後、私たちは優雅な遊びをはじめ、しまいに一心同体となり、首に抱きつき、しっかりと絡み合ったまま、なんども転がりながら、心からの忠誠と友情を誓い合った。

こうして美しき魂が出会い、魅力的な青年同士が互いに認め合うことのどこが滑稽なのか分からない。しかし、先生とよその青年のふたりがたえず腹を抱えて笑っていたので、わたしが少なからず不機嫌になったのは確かである。

この新たな友から深い感銘をうけたために、わたしは日向でも日陰でも、屋根の上でも暖炉の下でもプードルのこと以外、なにひとつ考えず、なにひとつ夢想せず、なにひとつ感じなかった。プードル、プードル！　するとプードルの最も内なる特質がすばらしく生き生きと浮かびあがってきた。この認識を通して、前述した深遠なる意味をもつ作品『思考と予感、あるいはネコとイヌ』が生まれたのである。両種族の風習・習慣・言葉はそれぞれの固有性に深く根ざすものであると述べ、しかもこの両者は、ひとつのプリズムから発せられた相異なる光線にすぎないことを証明した。とりわけ言語の特性を把握し、言語はそもそも音声の形をとった自然法則の象徴的表現にすぎず、ひとつの言語しか存在しないこと、ネコ語も、プードル語という特殊形態におけるイヌ語も、系統樹の分枝にすぎず、より高次の精神からインスピレーションを得たネコとプードルは理解し合えることを証明した。この命題の真偽をあきらかにするために、両種族の言語から幾つもの例をあげて、同じ語源であることへの注意を喚起した。[67] 具体的にいえば、バウ——バウ——マウ——ミアウ——ブラフ・ブラフ——アウヴァウ——コルル——クルル——プツィ——プシュルツィ、等々。

　この書を書き終えると、プードル語を実際に習得したくてたまらなくなった。これも新たな友プードルのポントのおかげであり、プードル語はネコ族にとって本当にむずかしい言語で、なかなか骨が折れたが、成功した。このように天才は、何事にも順応する。ある有名な著述家[68]が〈外国語にはその国民の固有性がすべてそなわっているから、その国民の言葉をそっくり復唱するには、どうしても少しばかり愚か者にならざるをえない〉と主張するとき、彼は「天才」なるものを見損なっている。アブラハム先生はむろんこの著述家と同意見で、外国語から得られる学術的知識のみを受け入れたがった。彼はそれをいわゆる「おしゃべり」と対置させ、上品なレトリックを駆使した外国語によるおしゃべりを、肝心なことは何も話さずにすませる珍芸と解し、宮廷の紳士淑女がフランス語で話すのを、強硬症(カタレプシー)[69]の発作のごとく恐ろしい症状をともなう一種の病とみなすほどであった。わたしは、先生が公の式部卿デーロに向かってこのばかげた主張をするのを聞いたことがある。

67　コンディヤックやルソーをはじめ、言語の起源に関する議論は当時の言語哲学の中心テーマであった。ここでムルはヘルダーの『言語起源論』（一七七二）をふまえて自説を述べている。

68　ドイツの物理学者・思想家ゲオルク・クリストフ・リヒテンベルク（一七四二～一七九九）をさす。「外国語を正しく話すことを学び、実際に人前でその国民が話す通りのアクセントで話すには、物覚えがよく、耳がよいだけでなく、ちょっぴり気取り屋でなければならない」（『雑記帳』第一巻、一八〇〇、ゲッティンゲン）参照。

69　受動的にとらされた姿勢を随意的に変更できず、重力に抗したまま、その姿勢を長い時間にわたって保持する症状。統合失調症や心因性障害でみられる。

アブラハム先生は言った。「閣下、恐れ入りますが、ご自身を観察なさってくださ い。神さまは閣下に、りっぱな響きのよい発声器官をおさずけになったではありませんか。それなのにフランス語になると、閣下はとたんに歯のすきまからシューシュー音を出し、歯に舌端をあてて舌足らずに発音し、だみ声になってしまう。その際に、デーロ閣下の好ましい容貌が恐ろしく歪みます。ふだんの閣下は端正で確固たる厳粛な礼儀正しさを意のままになさっているのに、それがさまざまな奇妙な痙攣でだいなしになります。こうしたことはなにもかも、体内にひそむ何らかの厄介な病魔のけしからぬ所業にほかなりません！」

式部卿は大笑いし、実際に〈外国語がひきおこす病〉というアブラハム先生の仮説も一笑に付されるものであった。

ある聡明な学者がなにかの本で、外国語をすみやかに習得したいなら、その外国語で考えるように努めなさいと助言していた。すぐれたアドバイスだが、実行には危険がつきものである。つまり、わたしはまもなくプードル的に考えることができるようになったが、そのプードル的思考に深入りしすぎて、持前のさわやかな弁舌にいささか支障をきたし、われながら何を考えているのか分からなくなってしまったのだ。こうした不可解な思索の大部分を書きとめておいて、「アカンサスの葉[70]」というタイトルで集録したが、その言葉の深遠さは驚くばかりで、いまだに謎である。

　こうしてわが青春の物語をちらりと暗示しただけだが、読者は、わたしが何者なのか、また、いかにしてそうなったのかをありありと思い描くことができるだろう。

　とはいえ、わが教養の成熟期にいくぶん足を踏み入れたことをしめす出来事に触れずに、この特筆すべき波乱に富む花咲く青春時代に別れを告げるわけにはいかない。ネコ青年たちはそこから、棘（とげ）のないバラはないこと、向上心旺盛な者は行く手をはばまれ、道に躓（つまず）きの石が投げられ、それで足を傷つけるはめになることを学ぶだろ

70　ドイツ・ロマン派の詩人オットー・ハインリヒ・フォン・レーベン伯（一七八六〜一八二五）がイシドール・オリエンタリスの筆名で出した『ハスの葉』（一八一七）のパロディー。ホフマンはC・F・クンツ宛の手紙でこの書を酷評している（一八一六年十一月二十五日付け）。アカンサスはギリシア語で「棘」の意があり、葉アザミとも言われる。古代ギリシア以来、建築物や内装などの装飾のモチーフとされ、ギリシア建築のコリント式柱頭の葉飾りにもみられる。ここではエキゾチシズムや衒学趣味にたいするあてこすりとも解される。

う。――しかもそのような傷ははげしい痛み、まことにはげしい痛みをもたらすものなのだ！

親愛なる読者よ、きみはきっと、わたしの幸せな青春時代、わたしをまもる幸運の星をうらやむことだろう。――高貴ではあっても貧しい両親から窮乏のうちに生まれ、不名誉きわまる死に瀕していたわたしは、とつぜん手厚い庇護をうけることになり、文学のペルー坑道[71]に達したのである！――教養をはばまれることも、嗜好に異を唱えられることもなく、わたしは時代に先んじて長足の進歩をとげながら完成へと向かっていった。ところが突然、税関吏にひきとめられ、生きとし生けるすべての者がおさめるべき年貢を要求されたのである！

甘美で親密な友情の絆のかげに、わたしを引っかき、傷つけ、血を流させる棘がかくれていようとは、だれが想像しえただろうか！

わたしのように胸に豊かな感情があふれる者はみな、プードルのポントとの関係についての話から、この親友がわたしにとっていかなる者であったかを容易に推察するであろう。ところが、破局の最初のきっかけをつくったのは、他ならぬポントだった。もしわが偉大なる先祖の霊がまもってくれなかったら、わたしは完全に破滅していたかもしれない。——そうなのだ、読者よ、わたしには先祖がいる。もしこの先祖がいなかったら、まあ、わたしはそもそも存在していないわけだが。——偉大なるすばらしい先祖、身分も声望もあり、財産も広汎な学識もあり、卓越した美徳とすばらしい博愛精神をそなえ、エレガントで、新時代の趣向にマッチした趣味の持ち主——今はさりげなく述べるだけで、この堂々たる男性については将来あらためて詳述するが、それは誰あろう、他ならぬ天下に名高い宰相ヒンツ・フォン・ヒンツェンフェルトであり、「長ぐつをはいた猫[72]」の名で世人に親しまれ、何にもまして敬愛されているお方である。

もっとも高貴なネコであるこのお方については、前述したように、将来またの機会

71　ペルーは世界有数の鉱物資源の産出国。ムルは豊かな金鉱・銀鉱を思い描きながら、教養を無限の財宝にたとえている。自分はあやうく溺死させられそうになったが、アブラハム先生という教養人に庇護されて何不自由なく暮らし、沢山の書物に囲まれる喜びを満喫しているという意味。

72　ティークの喜劇『長ぐつをはいた猫』については五三頁、注23参照。ネコのヒンツェは最後に貴族に列せられる。

に話そう。

プードル語でたやすく優美に話せるようになったとき、わが人生における最高のもの、つまり、自分自身と自著について友ポントにしゃべらずにいられなかったというのは、致し方のないことであろう。かくしてポントはわたしの特別な知的天分や独創性や才能を知るようになったが、そのとき少なからず残念なことに、若造ポントは克服しがたく軽率で、いささかお調子者で、芸術や学問においてなにかを成すのは無理だと気づいた。彼はわたしの知識におどろくどころか、どうしてそんなものと関わり合う気になったのか見当もつかないと断言した。また、芸事なんて、棒を跳び越えるとか、川に落ちた飼い主の帽子をもってくるとかいうことに限られ、学問にいたってては、そんなものに関わったら、わたしや彼のような種族は胃をこわして、食欲をなくしちゃうよ、という意見だった。

こんな話をしながら、この若き軽率な友の蒙(もう)を啓(ひら)いてやろうとしていたら、ぞっとするようなことが起こった。というのはいつのまにか——

（反故）――「それにいつもあなたときたら」とベンツォン顧問官夫人は応じた。「とっぴな空想や、こちらの胸がはりさけそうなイロニーで、不安――混乱をひきおこし――あらゆる慣習的な状況に完璧な不協和音をうみだすのよ」

「おお、すばらしい楽長ですな」とヨハネス・クライスラーは笑いながら言った。「そのような不協和音を自由にあやつれるとは！」

「ふざけないで」と顧問官夫人はつづけた。「辛辣なジョークを飛ばしても、わたくしからは逃げ切れませんよ！　しっかりつかまえておきますよ、ヨハネスさん。――そうだわ、これからはそう呼びましょう。ヨハネスって、やさしそうなお名前よね。少なくともサチュロスの仮面のしたに、やさしく柔和な心がひそんでいると期待できそうだわ。そうしたら！――クライスラーなんて奇妙な名前は、いっそのこと黒く塗りつぶして、別の家名とすり替えたらいいのに、などと決して思わないでしょうね！」

「顧問官夫人」とクライスラーは顔じゅうの筋肉を異様にふるわせながら、無数の深い皺をこしらえて言った。

「親愛なる顧問官夫人、この恥じることとなき名前にたいして何やらふくむところがおありなのですね?――もしかしたらぼくには別の名前があったのかもしれませんが、そうだとしても、ずっと昔の話でしょうね。ティークの『騎士青ひげ』[73]に出てくる顧問官のように。その顧問官は、『昔はりっぱな名前があったのですが、悠久の時の営みのなかでほとんど忘れてしまいました。おぼろげな記憶しかございません』と言っています」

「思い出して、ヨハネス!」と顧問官夫人は目をキラキラさせて、穴のあくほど彼を見つめながら叫んだ。「半ば忘れかけた名前が、きっとまた頭に浮かぶわ」

「どうあっても」とクライスラーは応じた。「むりですね。名前は人生のパスポートのようなものでして、それに関してぼくの外見はかつて別の形態をとっていたというような、おぼろげな記憶は、ぼくがまだ生まれていない佳き時代のものでございましょう。――お願いですから、この簡素な名前をしかるべき光にかざしてご覧ください。字形といい、音色といい、字面といい、じつに素敵ですよ! それればかりか! あれこれひっくり返して、文法的解剖学のメスで細かく分析してみれば、中身があらわれます。みごとなものです! ぼくの名前 Kreisler の起源を Kraus(縮れた、乱れた)ぐらいに思っているのでしょう。Haarkräusler(髪を縮らせる理髪師[74])という語の類推でTonkräusler、[75] Kräuslerとみなすかもしれませんが、そうしたらKräuslerと綴らなければならないでしょう。Kreis（円環）という言葉をお忘れじゃありませんよね。だとしたら、ぜひとも私たちの存在全体が活動し、何をやってもそこから抜け出すことなどできないあの不可思議なKreisを考えてください。そのKreisの中をこのKreisler[76]がくるくる回っているのですよ。おそらくクライスラーはそんな円環をなす暗黒の究めがたい力と議論を戦わせ、しばしば舞踏病で跳びはねるのに疲れて、もと

73　ティークによる四幕のおとぎ話『騎士青ひげ』（一七九七）をさす。

74　「あなたが事態を紛糾させる変わり者なのは、名前のせいかもしれませんね」とほのめかす顧問官夫人は、Kraus（縮れた、乱れた）という語から、ドイツ語のことわざ「Krauses Haar, krauser Sinn.（心は形より）」、直訳すると「髪の毛が縮れているものは、心もねじれている」を思い浮かべている。これにたいして、クライスラーは言葉遊びで応酬する。Haarkräuslerは、『セビリアの理髪師』や『フィガロの結婚』に登場する理髪師にして何でも屋のフィガロをイメージさせる語。

75　Tonkünstlerは音楽家・作曲家のこと。Tonkräuslerはクライスラーの造語。直訳すると「音を縮らせるもの」だが、ここでは装飾音譜を偏愛し多用することで俗受けをねらう作曲家をさし、「音が苦家」や「殺曲家」のような皮肉をこめた当て字も可能と思われる。

もと胃弱体質の身には過ぎた憧れを抱き、外に出たがっているのでしょう。そんな憧れにひそむ深い苦悩が、まさにイロニーなのかもしれません。そのイロニーをあなたは厳しく非難し、力強い母によって産み出された、支配する王のごとく生へと足を踏み出す息子、つまり、ユーモアには目もくれない。ユーモアは、できそこないの腹違いの兄弟である嘲笑とは大違いです！」

「そのユーモアとやらは、形もなければ色もない、突飛で奇矯な思いつきの取り替え子[77]ですわ。無骨な殿方はそれを、地位や身分に応じて、だれに向けたらよいものか分かってらっしゃらない。私たちにとって大事なものをなにもかも、ひどく嘲笑してぶち壊したいときに、それを偉大で素晴らしいものだと言いくるめようとする。——クライスラー、ご存じでしょう？　ヘドヴィガー公女は、あなたが庭園にとつぜん現れたものだからびっくりし、あなたの振る舞いにいまも気が動転しているのですよ。あの方は敏感で、冗談であっても、ほんのわずかでも自分が嘲笑されたと感じると、傷つくんです。おまけに、ヨハネスさん、あなたときたら、面白がって完璧な狂人のふりをするものだから、あの方はすっかり怯（おび）えて、病に伏してしまうかもしれませんよ。申し開きが立ちますか？」

「いたいけなお姫さまがパパさん所有の出入り自由な庭園で、いやしからぬ風貌の見知らぬ男にたまたま出会い、精いっぱい感銘をあたえようとなさっているのと同じぐらい、申し開きの余地はございません」

「それはともかく」と顧問官夫人はつづけた。「あなたが庭園に突拍子もなく現れたせいで、悪い結果になるかもしれなかったのですよ。そうならずにすんだのも、公女さまが少なくとも、またあなたに会ってもよいと考えを改められたのも、みんなわたくしの娘ユーリアのおかげです。ユーリアだけがあなたを庇った。あの子は、あなたの振る舞いや話しぶりはみな、突飛な気まぐれがふきだしただけで、心に深い傷を負った人や敏感な人にありがちなことだと思っているの。一言でいえば、シェイクスピアの『お気に召すまま』をつい最近知ったユーリアは、あなたをメランコリックなジェイキスになぞらえているわ」

76　Kreisler は「旋回するもの、きりきり舞いするもの、堂々巡りするもの」の意。Kreisel は独楽のこと。
77　民間信仰で産褥中に悪い妖精やこびとによって実子と取り替えられた醜い子。

「おお、千里眼もつ天使よ」とクライスラーは目に涙を浮かべて叫んだ。

「そのうえ」とベンツォン夫人はつづけた。「娘のユーリアは、あなたがギターを即興演奏したり、あの子の話だと、合間にあなたが歌ったり語ったりしているのを聞いて、あなたのことを高邁なる音楽家で作曲家だと思ったそうよ。その瞬間、ユーリアの心に特別な音楽の精霊が宿り、見えない力が働いて歌いながら弾かずにはいられなくなり、それも今までとはまったく違って上手にできたと言っていたわ。――これだけは知っておいてね。ユーリアはあの一風変わった殿方にぜひとも再会したがっていて、〈あれは優美にして珍妙なる音楽の幻影でございます〉などという話には、決して満足しないでしょう。これに対して公女さまは、持前の激しさで〈あの亡霊じみた狂人がまた現れたら、わたしは死んでしまう〉と言い張った。ふたりの少女はいつも一心同体で、これまで一度も仲たがいしたことがないのよ。子供のころ、ユーリアが贈り物にもらった変梃(へんてこ)りんなスカラムーシュ[78]をどうしても暖炉のなかに投げ入れるといってきかなかったとき、公女さまはその反対で、この人形は自分のお気に入りだと言って庇(かば)ったことがあるの。子供時代のあのシーンが、こんどは逆にくりかえされているると言ってまちがいないでしょう」

クライスラーは高らかに笑ってベンツォン夫人の言葉をさえぎった。

「ぼくはスカラムーシュ二世ですから、公女に暖炉に投げ入れられるままになりましょう。そうして、やさしいユーリアの寵愛をあてにしましょう」

ベンツォン夫人は続けた。

「あなたにかかると、スカラムーシュの話はユーモラスな思いつきということになるのでしょうが、手前勝手な理屈をつけて、それを悪く取らないでね。それはそうと、想像はつくでしょう。あなたが庭園に姿を見せたときの様子やできごとを娘たちから聞いて、わたくしはすぐにあなただと分かりました。ユーリアがあなたにまた会いたくてたまらなくなるまでもなく、すぐさまわたくしの指示で動いてくれる人をのこらず動員して、庭園はおろか、ジークハルツヴァイラーの町をくまなく探してもらったの。ちょっと知り合っただけなのに、わたくしにとって大切な人になったあなたに再会するためです。ほうぼう探し回ったけれど、その甲斐なく、もう手の届かない遠い

78　イタリア仮面即興劇（コメディア・デラルテ）の道化役。ほら吹き隊長。黒い衣装をつけ、からいばりし、小競り合いをして逃げ回る臆病者。

人になったかと思っていたら、今朝になってわたくしのもとに見えるとは。いやがうえにも驚きますわ。ユーリアは公女さまのところにおります。いまこの瞬間にあなたがいらしたことをふたりが知ったら、まったく異なるさまざまな感情のどんな軋轢がおこることでしょう。

あなたは大公の宮廷で、正式に就任した宮廷楽長として立派な地位にあると思っておりましたが、どうしてかくもひょっこりお出ましになったのか、差し支えなければお聞かせいただけませんか」

顧問官夫人がすべて話し終えると、クライスラーは深く物思いに沈んだ。彼は床に視線を落とし、何か忘れたことを思い出そうとする人のように、指で額をはじいた。

顧問官夫人が口をつぐんでいると、クライスラーは切り出した。

「ああ、語るに値しないような、ばかげた話です。でも、いたいけな公女さまが狂人の支離滅裂なたわ言と思い込んだというのは、たしかに真相をうがっています。運悪く、あの神経過敏な姫君を庭園でびっくりさせたとき、じっさいにぼくは、ほかならぬ大公殿下ご自身を訪問した帰りでした。このジークハルツヴァイラーできわめて快適な訪問をつづけようと思っていました」

「まあ、クライスラー」と顧問官夫人は、ほんのりと微笑を浮かべて叫んだ。彼女は一度も大きな声で高らかに笑ったことがなかった。

「クライスラーったら、珍妙なことをとめどなく思いつくのね。思いちがいでなければ、大公の居城は、ジークハルツヴァイラーから少なくとも三十時間は離れているわよ」

「それはそうなんですが」とクライスラーは応じた。「ル・ノートル[79]のような人でさえ驚嘆するほど大規模に設計された庭園を逍遥（しょうよう）する旅だとしたら？　ぼくが訪問のために馬車を駆ったことはお認めにならなくても、こう考えてくださいませんか。ある多感な宮廷楽長が喉と胸には声を、手にはギターをたずさえて、かぐわしき森を散策し、さわやかな緑の野をこえ、烈風吹きつける岩の裂け目をぬけ、森の小川の清流がさらさら音をたてている狭い小橋をわたります。いたるところで大自然のコーラスが響きわたるなか、そのような楽長はソロ歌手として受け入れられ、われ知らずいつ

79　アンドレ・ル・ノートル（一六一三〜一七〇〇）フランスの造園家。パリのテュイルリー庭園、ヴェルサイユ宮殿の庭園などを設計し、フランス式庭園の様式を完成させた。

のまにか庭園の一区画へ実にスムーズに足を踏み入れます。そんなふうにジークハルト宮廷のご領主さまの庭園に迷いこんでしまったわけです。庭園といっても、大自然が設計した大いなる園のこせこせした一区画以外のなにものでもありませんが。

いや、そういうことじゃないんです！

あなたが先ほど、ぼくをつかまえるのに、迷走する猟獣を捕獲するように、陽気な捜索隊を総動員したと話したとき、はじめて、ぼくがここに来たのは必然的なことであるという、ゆるぎない内なる確信を得たのです。たとえ迷走であっても走り続けたいのに、いつかは罠にかかってしまうのは避けがたいことなのだ、と。

ご親切にもあなたは、ぼくと知り合えてよかったとおっしゃる。ぼくのほうでは、あの混乱と八方ふさがりの忌々しい日々を思い出さずにはいられない。運命の導きで私たちは出会ったというわけですか？　当時のぼくはあれこれ思い迷い、心が千々に乱れて、決心がつかなかった。あなたはぼくを温かく迎えいれ、ゆったりとした円かな女性らしさを、雲ひとつない晴れやかな空のごとく開示しながら、ぼくがやらかす放埒なハチャメチャぶりを、やむを得ぬ事情ゆえに自暴自棄になったせいだとして、たしなめると同時にゆるしてくれた。ぼく自身いかがわしいと認めざるをえない手合いからぼくを遠ざけてくれた。あなたのご自宅は平和で感じのよい隠れ家となり、あそこにいると、あなたの秘めた心の痛みを敬いながら、わが心の痛みを忘れるほどでした。あなたとの晴れやかで穏やかな語らいは、鎮痛剤のような効果がありましたが、ぼくの病のことはご存じないのですよね。実生活でぼくの地位をだいなしにできそうな怖ろしい事件でさえ、これほどぼくに敵意をみせることはありません。ぼくを苦しめ不安にする諸事情を一掃したいとかねがね願いつつ、それを実行するだけの勇気も力もなかったために、こうなっているわけで、運命を恨むわけにはいきません。断じて！

幼少のころから、わが身の自由を感じると、なんともいえない不安、しばしば自分が真っ二つに引き裂かれるような不安に襲われました。それは、憧れなどというものではありません。かの深遠なる詩人は憧れを、〈より高き生より出でて、永遠に満たされることがなく、それゆえ永遠につづくもの。欺かれることも無視されることもないが、叶えられることもない。かくして不滅である〉[80]とみごとに表現していますが、

80　ティーク『ファンタズス』から引用。

ぼくの場合はそれとは違います。——何かをもとめて荒々しい狂気じみた願望がしばしば吹きだしてくる。やみくもに駆りたてられ、自分の外部にそれをさがしますが、実はそれはぼく自身の心のなかに潜んでいます。漠たる秘密、満ち足りたパラダイスのとりとめのない謎めいた夢想。夢ですら伝えようがなく、おぼろげに予感するだけです。そしてこの予感がぼくを不安にし、タンタロス[81]の苦しみをもたらします。

　子供のころ、すでにそうした感情に突然とらわれることがよくありました。友だちと愉快に遊んでいる最中に、ふいにそうなると、森や山へ駆けだし、大地にばったりと突っ伏して、どうしようもなく涙をながし、むせび泣いたものです。もっとも、ぼくは誰よりも大はしゃぎする子供でしたが。後年、自分でいくらか抑えられるようになりましたが、気立てのよい好意的な友人たちの朗らかな集いで、とにかく芸術鑑賞をしているとき、それどころか、うわべをあれこれ取り繕わねばならない瞬間、そうです！　そんなときには一切のものがふいに惨めで取るに足らない、生彩を欠いた死んだもののように思われ、そういう状態における苦悶は、とうてい口で言い表すことができません。荒涼とした寂しい場所に追い込まれたような気がします。しかし、そうした悪霊にたいして影響力をもつ光の天使がひとりだけ存在します。それは音楽の精霊です。しばしばぼく自身のなかから音楽の精霊が凱歌をあげます。するとその力強い声に、憂き世のあらゆる苦しみは沈黙します」

顧問官夫人は発言した。

「いつも音楽は、あなたにあまりにも強い、したがって好ましくない影響をおよぼすと思っていました。だって、なにか素晴らしい作品を演奏するとき、全身全霊でうちこんでいるようで、顔つきががらりと変わってしまうんですもの。真っ青になって、一言も発せず、ただただ、ため息をついて涙を流す。その後、その大家の作品についてて一言でも話そうとする人がいると、こっぴどく嘲弄したり、相手をとことん痛めつける嘲りの言葉を投げつけたりしていますね。――そうです、そんなとき」

「おお、さすが顧問官夫人」とクライスラーは、それまでは真剣な深い感動の面持ちで話していたのに、急にまた持前の皮肉な調子に返って、ベンツォン夫人の言葉をさ

81　ギリシア神話でゼウスの息子、プリュギアの王。神々をだまそうとして罰を受け、地獄ですぐ手の届くところにある水がのめず、果実が食べられず永遠の渇きと飢えに苦しむ。タンタロスの苦しみとは、ほしいものが目の前にあるのに手が届かない状態をいう。

えぎった。

「顧問官夫人、いまではすっかり変わりしましたよ。信じがたい話かもしれませんが、ぼくは大公の宮廷で礼儀正しく思慮深い人間になったのです。まったく大いに心安らかに、のんびりと『ドン・ジュアン』や『アルミーダ』の拍子をとることができますし、プリマドンナが注目すべきカデンツ（終止形）で不安定な音階でホニャララしていても、愛想よく目配せすることができますし、ハイドンの『四季』が終わってから、式部卿が〈C'etoit bien ennuyant,mon cher maître de chapelle（これまたひどく退屈でしたな、楽長さん）〉と耳打ちしても、微笑をうかべてうなずき、嗅ぎタバコを意味ありげに嗅いでみせることができます。それどころか芸術通を気どる侍従や舞台監督が〈モーツァルトとベートーベンは、歌というものがてんで分かっていませんな〉とか、〈ロッシーニにしろ、プチッタ[82]にしろ、みんなオペラ音楽の高みへ舞い上がりたがりますね〉とか、まわりくどく語るのを辛抱強く拝聴することもできます。

まあ、なんと申しましょうか、楽長職につくと、いろいろ得難い経験ができるのですよ。とくに芸術家は心をこめず儀礼的に宮仕えすれば、万事上首尾にいくことを確信するに至りました。そうでもしなければ、高慢で思い上がった手合いとやっていけるのは、悪魔とそのお祖母さんぐらいでしょう。有能な作曲家は楽長か音楽監督にして、詩人は宮廷詩人にして、画家は宮廷肖像画家にして、彫刻家は宮廷肖像彫刻師にすればいい。そうすれば、役立たずの夢想家など、もはや国じゅうからいなくなるでしょう。いや、もっと正確に言うと、りっぱな教育を受け、礼節をわきまえた有用な市民だらけになるでしょう！」

「ほどほどにしなさい」と顧問官夫人は気を悪くして叫んだ。「そのへんで止めておきなさい。クライスラー、あなたの十八番、絶好調というわけね。ところで、何かよからぬことがあったのでは？　いまは本当にそれが知りたくてたまらないの。大公のお膝元からあんなに大急ぎで逃げ出してくるなんて、どんな具合の悪い出来事があったのか。あなたが逃げてきたということぐらい、庭園に現れたときのご様子から察しがつきますわ」

クライスラーは顧問官夫人にじっと目を注ぎながら、静かに言った。

「大公の居城から逐電せざるを得なかった具合の悪い出来事というのは、いかなる外

82　ヴィンチェンツォ・プチッタ（一七七八〜一八六一）イタリアのオペラ作曲家。

的事情とも無関係で、ひとえにぼくの内面にあると断言できます。

　さきほど内面の不安について、必要以上に真剣かつ、たっぷりとお話ししました。その内面の不安がかつてない烈しさで襲ってきて、もうこれ以上、ここにいられないという気持ちになったのです。——ぼくが大公のもとで宮廷楽長をつとめるのを楽しみにしていたことは、ご存じですね。芸術に生きることで、そうした地位につくことで心は鎮まり、内面のデーモンは打ち負かされるだろうと愚かにも思っていました。ついさっき大公の宮廷での成長ぶりをひけらかしましたが、あの片言から、ぼくのはなはだしい思い違いを察知されることでしょう。失礼を承知で申し上げますと、やむなく加担することになった神聖なる芸術との退屈な戯れや、心のこもらない、芸術とは名ばかりのやっつけ仕事をする連中や没趣味なディレッタントたちの愚行や、本物の芸術家の代わりに自動人形めいた輩（やから）がうじゃうじゃいる世間のばかげた営み全体を通して、自分という人間存在は哀れむべき無価値なものだということが、ますますはっきり分かってきました。

　ある朝、近々もよおされる祝典におけるぼくの役目を知るために大公のもとへ赴くと、当然ながらその場に居合わせた舞台監督が、なんのかんのとナンセンスで悪趣味な命令を浴びせ、この通りにやれというのです。とくに彼自身が書いたプロローグは、〈祝祭劇の目玉だから、きみに作曲してほしい〉というのです。彼は、刺すような目つきでぼくを横目で見ながら、大公に〈今回は小難(こむずか)しいドイツ音楽ではなく、趣味の良いイタリアの歌をということでしたので、わたくしみずから優美なメロディーを二、三作成いたしました。こちらの方には適切な対応をして頂きたく存じます〉と語りました。大公はなにもかも是認したばかりでなく、この機会をとらえてぼくに、イタリアの新しい音楽を熱心に研究して研鑽(けんさん)を積んでもらいたいということをほのめかしました。

　なんとみじめな気持ちだったことでしょう！――自分を深く軽蔑しました――ありとあらゆる屈辱は、自分が幼稚で愚かで、鷹揚(おうよう)にかまえてきたことにたいする当然の報いのように思われました！――二度ともどらぬ覚悟でお城を去りました。その晩のうちに暇乞いしたかったのですが、そう決心しても、気持ちはおさまりません。秘密の陶片追放(オストラシズム)[83]によって放逐されたと思っていましたから。馬車が市門の前までくると、馬車を乗り捨て、他の目的でもってきていたギターを馬車から取りだし、広々とした野外へ走りだしました。ずっと休みなく、どこまでも、どこまでも駆けていきました！――とうに夕日は沈み、山なみや森の影はますます黒々と広がっていきます。大公の居城へ戻ることを思うと、耐えがたく、絶望的な気持ちになりました。――〈いかなる力に帰途を強いられようとも、戻るものか〉と大声で叫びました。ジークハルツヴァイラーへ向かう道を歩いているのは知っていましたし、わが老師、アブラハム先生のことを思い出しました。ちょうど一日前にお手紙を頂戴していたのですよ。先生は大公の居城におけるぼくの事情を察したのか、〈さっさとそこを出て、こちらへ来ないか〉と手紙で誘ってくださったのです」

「どうして」と顧問官夫人は楽長をさえぎった。「あの変わった老人をご存じなのですか？」

「アブラハム先生は」とクライスラーは続けた。「父の親友で、ぼくの先生で、ある意味、ぼくを育て上げてくれた方です。――これでぼくがどうして立派なイレネーウス公の庭園にいたのか、詳しくお分かりでしょう。いざとなればぼくが落ち着いて、必要な歴史的精緻さをもって、自分でも怖いぐらい愉快に語ることができるのを、もはやお疑いになりますまい。そもそもぼくが大公の居城から逃げ出してきた話全体は、いま申し上げたように、たいそうばかばかしく、だれが聞いても興ざめするものに思われますし、自分で話していても、かなり気が滅入ります。

でも宜しければ、この薄っぺらな話を、おびえておられる公女さまの痙攣をしずめる水薬として、それとなくお伝えください。そうすれば、公女さまは安心なさることでしょう。それから、ばか正直なドイツの音楽家は絹の靴下をはき、きれいな馬車のなかで上品にふるまいましたが、ロッシーニとプチッタとパヴェシ[84]とフィオラヴァンティ[85]と、その他、〇〇イニーとか、〇〇イッタとかいう連中のために敗走し、如才なくふるまうことができないとお考えください。ご宥恕ねがいます！

しかしこの退屈な冒険にも、詩情あふれる余韻がありますので、そちらをお聞きください。デーモンに鞭うたれて逃げ出そうとした瞬間、世にも甘美な魔法に魅了され

83　古代ギリシアにおける陶片裁判。オストラキスモスともいう。有力者の僭主化を防ぐために公衆が危険人物の名前を陶片や貝殻などに書いて秘密投票し、一定数を超えると国外追放した。転じて過酷な判決を指す。

84　ステファノ・パヴェシ（一七七九～一八五〇）イタリアのオペラ作曲家。

85　ヴァレンティノ・フィオラヴァンティ（一七六四～一八三七）イタリアのオペラ・ブッファの作曲家。

ました。デーモンが意地悪くぼくの胸中の深い秘密をぶちこわそうとした、まさにそのとき、音楽の力強い精霊が羽ばたき、そのメロディー豊かな羽音に慰めや希望が、それどころか憧れが目覚めたのです。憧れは不滅の愛そのもの、永遠の青春の喜びです。それが目覚めて――ユーリアが歌っていたのです!」

クライスラーは口をつぐんだ。ベンツォン夫人は話の続きが聞きたくて、わくわくしながら耳をそばだてた。楽長が黙って考え込んでしまったように見えたので、彼女はそつのない親しげな口調で聞いた。

「ヨハネスさん、娘ユーリアの歌を本当に心地よいと思ってらっしゃるのね?」

クライスラーははっとして急に立ち上がり、何か言おうとしたが、胸の奥底から出たため息がそれを封じた。

「とにかく」と顧問官夫人はつづけた。「喜ばしいことね。クライスラーさん、ユーリアはあなたから、本物の歌に関してたくさん学べますわ。あなたがここに滞在なさるのは、もう決まりですね」

「それは」とクライスラーは話し始めたが、その瞬間ドアが開いて、ユーリアが入ってきた。

楽長に目をとめると、彼女の愛らしい顔がやさしい微笑みで明るく輝き、「ああ！」というかすかな声が唇からもれた。

ベンツォン夫人は立ち上がり、楽長の手をとり、ユーリアのほうへ案内しながら言った。

「さあ、こちらがあの希有の――」


（ムルは続ける）――若造ポントは、わたしの傍らにあった書き上げたばかりの原稿に跳びかかると、こちらが手出しをする隙もあたえず、歯のあいだにくわえこみ、まっしぐらに駆けだした。やつはそのとき、いい気味だと言わんばかりに大笑いしていたが、単に若者らしい気まぐれから、悪ふざけにおよんだのではなく、何やら魂胆があったのだと察するべきであった。まもなく真相が明らかになった。
二、三日後、若造ポントの飼い主が先生のところにやってきた。あとで知ったが、このロターリオ氏はジークハルツヴァイラーのギムナジウムの美学教授である。
教授はいつも通り挨拶してから、部屋のなかを見まわしていたが、わたしの姿をみとめると、言った。

「先生、あそこにいるチビ公を部屋から追い出して頂けませんか」

「なぜ」と先生はたずねた。「なぜです？——ふだんはネコ好きですよね、教授。とくにわしの秘蔵っ子、優美で利口なネコのムル君が好きでしょう！」

「そうです」と教授は、嘲るように笑いながら言った。「優美で利口な、まさしくその通りです！——でも先生、どうかその秘蔵っ子を遠ざけてください。これからお話しすることは、絶対に奴(やっこ)さんに聞かせてはなりません」

「奴さんって、だれのことかな？」とアブラハム先生は、教授の顔をまじまじと見つめながら叫んだ。

「お宅のネコです。どうかこれ以上おたずねにならずに、頼んでいる通りにしてください」

「それにしても、へんな頼みだね」と先生は言いながら、隣の小部屋のドアを開け、わたしの名を呼んでそちらへ誘導した。わたしは先生の呼びかけにしたがったが、気づかれないようにそっと元の部屋にもどり、書棚のいちばん下の段にかくれたので、誰にも気づかれずに部屋を見わたし、一言も聞きもらさずに話の中身を知ることができた。

「さて」とアブラハム先生は教授と向かい合って安楽椅子に腰をおろしながら言った。「いかなる秘密を打ち明けてくれるのでしょう。ぜひともお伺いしたい。あの口のかたいムルに聞かせてはならない秘密とは？」

「まずお伺いしますが、先生」と教授はひどく真剣な、もの思わし気な様子で話しはじめた。「体が健康であることだけを前提として、そのほか生まれつきそなわる精神能力や才能や天才ということは抜きにして、規則正しい特殊教育によって、どんな子供でも短期間で、それゆえ、まだ幼年時代に、学問と芸術におけるスーパーヒーローに仕上げることができるという主義について、どうお考えですか？」

「ああ」と先生は応じた。「その主義については、ばかげていて悪趣味だとしか思えんね。おおよそサル程度の理解力があって物覚えのよい子供に、たくさんの事柄を体系的にたたき込み、それからその子を人前に出すということは可能だし、たやすいことかもしれない。ただ、そういう子供は自然な天分をまったくそなえていない。ふつうは内奥にもっと優れた活力が秘められていて、そのようなむごい仕打ちに逆らうものだよ。でもそんなふうにシチメンチョウを肥育するように、多種多様な知識のかけらを次々と呑みこませた、いわば知識太りの単純な少年を、真の意味で学者と呼ぶ者がいるだろうか？」

「世間の人たちが」と教授ははげしく叫んだ。「世間の人たちはみな、そう呼びます！――おお、恐ろしいことです！　学者や芸術家をつくりあげるのは、生得の内なる優れた精神力だと信じてきたのに、あの酷いばかげた主義がそれを根こそぎぶち壊す！」

「そうむきにならないで」と先生は微笑みながら言った。「わしが知るかぎり、わがドイツではその教育法から生み出された実例[86]はたった一つしかない。世間の人びとも、しばらくは話題にしていたが、それが出色の出来栄えではないとわかると、だれも口にしなくなった。おまけにその標本の全盛時代は、骨折って芸を仕込まれたイヌやサルのように、安い入場料とひきかえに芸を披露していた神童たちがちょうど流行していたころだ」

「お言葉ですが」と教授が口を出した。「アブラハム先生、先生が見かけによらず、いたずら好きの皮肉屋であることや、生涯ずっと一連の驚くべき実験を披露してきたことを知らなければ、その言葉を信じるでしょうね。アブラハム先生、つつみかくさずおっしゃってください。じつはこっそりと秘密裡に、あの主義にしたがって実験しているのでしょう。いま話題にした標本製作者を凌駕したいのでしょう。——完成のあかつきには、あなたの教え子をひき連れて登場し、世の教授たちをあっと言わせ、絶望させたいのでしょう。あの結構な原理《non ex quovis ligno fit Mercurius[87]（どの木材

86　当時世間の注目を集めていた神童カール・ヴィッテ（一八〇〇〜一八八三）のこと。彼の華々しい経歴に関しては、存命中から数々の論評が出ていた。彼は四歳で読み書きを習得し、十歳でライプチヒ大学に入学、後にゲッティンゲン大学でも学んだ。十三歳で最初の本『高等数学の問題について』を刊行し、十四歳でハイデルベルク大学哲学名誉博士になり、十六歳でベルリン大学法学博士号を取得、十七歳のとき、ベルリン大学で教授資格を得るために試験的講義を行うと、満杯の大講堂に喝采と「小僧の話など聞けるか」というブーイングの嵐が吹き荒れたという。その後一八二一年にブレスラウ大学で教授資格を得ている。彼の父カール・ハインリヒ・ゴットフリート・ヴィッテ（一七六七〜一八四五）は牧師で、「神が私に息子を授けたら……その子がいかなる素質をもっているか、あらかじめ知ることはできないけれども、私は傑出した人間に教育しようとあらかじめ決心していました。私の息子は健康な体をもって生まれたので、私は彼を傑出した人間に育てあげようと決意を固めたのです」と述べている。

からもメルクリウスが生じるわけではない)》を根こそぎぶち壊したいのでしょう。――つまり、木材はそこにある。でも生じるのはメルクリウスではなくて、ネコです!」

「なんと」とアブラハム先生は高らかに笑いながら叫んだ。「ネコですって?」

「否定してもむだです」と教授はつづけた。「身に覚えがないとは言わせませんよ。あちらの小部屋にいるチビ公に何やら深遠な教育法を試みたんでしょう。奴さんに読み書きを教え、学問の手ほどきをしたんでしょう。いまじゃ、奴さんはずうずうしくも、いっぱしの作家気どりで、詩までこしらえている」

「とにかく」と先生は言った。「それは本当に思いもよらぬ、とんでもないことですな!――わしがネコを教育し、学問の手ほどきをするなんて!――教授、おかしな夢でもみて、あらぬことを口走っているのでは?――愛猫の教育にはまったく関知していないし、およそそんなことはできるわけがないと断言しよう」

「そうですか~?」と教授はまのびした口調で問いかけ、ポケットからノートを取りだした。わたしはすぐさま、若造ポントに奪われたあの原稿だとわかった。教授は朗読しはじめた。

より高きものへの憧れ

ああ　わが胸を揺さぶるのは　いかなる想いか？
この不安と――予感に満ちたおののきは　何を告げるのか
精神は高揚し　思い切った飛躍をめざそうとする
力強い守護神に鼓舞されているのか？

心は　何を思いめぐらすのか
このたゆまず燃える炎の甘美な希求は
愛の衝動に満ちた生に　何を求めるのか

87　ローマ神話におけるメルクリウスは商業・雄弁・盗賊の神。転じて機知に富む独創的な人間をさすこともある。「大人物には素質が大切」「だれもが学者になれるとは限らない」の意。

不安な胸中で脈打つものは　何か？

かなたの魅惑の国を求めて　陶然とし
一言も　一音も発せず　口はきけぬまま
切なる希望は　春風のごとくみずみずしい

まもなくわたしは　重苦しい絆から解き放たれ
それを夢み　感知し　緑の葉陰に見つけるだろう
飛翔せよ　わが心！　翼はばたかせ　それをとらえよ[88]！

わたしが「これはわが手になる初期の作品のひとつです」と断言すれば、好意ある読者はみな、心の奥底からほとばしり出たこの素晴らしいソネットの模範的な出来栄えを理解し、ますますわたしを賛美することだろう。ところが教授があてつけがましい態度で、語勢もアクセントもあったものではなく、ひどい棒読みをするものだから、自作とは思えぬほどであった。若い詩人にありがちな、とっさの憤怒にかられて隠れ場所から飛びだし、教授の顔に飛びかかり、ツメの鋭さを思い知らせてやろうとした。だが、もし先生と教授がふたりがかりでわたしに襲いかかってきたら、必然的にばかをみるのは自分だと賢く先読みし、むりやり怒りを抑えつけたものの、うっかり「フミャン（不満）」と声をもらしてしまった。教授が読み終えたとき、またもや先生がとどろくような哄笑を放たなければ、わたしが隠れていることがばれてしまったことだろう。もっとも先生の大笑いは、教授のへたくそな読み方よりももっとわたしの気持ちを傷つけた。

「ほほう」と先生は叫んだ。「ほんとうに、ネコに申し分なくふさわしいソネットだね。しかし、依然としてあなたのざれごとはどうも解せない。教授、ねらいは何なのか、率直に言ってくれませんか」

教授は先生には返事をせず、原稿をめくって読みつづけた。

88　ムルの詩「より高きものへの憧れ」は理想主義や観念論にたいするパロディー。同時に、「より高きもの＝空を飛ぶ鳥」をとらえようとするネコの本能をうたったもの。

グロッセ[89]

恋は　いたるところで花盛り
友情は　表立たないもの
恋はすばやく　しゃしゃり出る
探し求めよ　友情を[90]

焦がれ苦しみ　せつない嘆きが
いたるところで聞こえてくる
感受性は悲しみに慣れるのか
それとも　喜びに慣れるのか
しばしば自問したくなる
夢をみているのか　目覚めているのか
この思い　このときめきに
心よ　ふさわしい言葉を授けたまえ

地下室に　屋根に
恋は　いたるところで花盛り！
しかし　恋の苦しみでうけた
傷はみな癒える
さびしく静かに日々を過ごせば
あらゆる苦しみから解き放たれて
心は　まもなく健やかになるだろう
優美なネコが　いつまでも
惰弱（だじゃく）であってよいものか？
否！——悪しき渦より出でて

89 スペイン発祥の詩の一形態。他の詩人の作品を体系的に再利用するもので、ロマン派の詩人たちに好まれた。オリジナル作品の形式・内容に対するオマージュでもある。

90 ゲーテのジングシュピール『クラウディア・フォン・ヴィラ・ベッラ』（第二稿、一七八八）の一節「恋は　いたるところで花盛り／あなただけに真心を／恋はすばやく　しゃしゃり出る／探し求めて　真心を」のパロディー。

プードルとともに暖炉のしたへ行くがよい
友情は　表立たないもの！

わかっているが――

「もう結構です」と先生は読みつづける教授をさえぎって言った。「実にもどかしい。あなたか、他のいたずら者が面白半分で、ネコの気持ちになって詩をこしらえて、とりあえず〈アブラハムの愛猫ムルによる作品〉ということにして、午前中ずっとわしをからかう。まあ、悪くない遊びだね。とくにクライスラーなら大喜びで、ちょっとしたパーフォースハント[91]をはじめて、なかなかやめないだろうし、しまいにあなたのほうが追い立てられる獲物にされるよ。でも、巧みにオブラートに包むのはこのへんでおしまいにして、妙に趣向をこらしたざれごとには、いったいどんな事情があるのか、つつみかくさず、腹蔵なく言ってほしい」
教授は原稿を閉じ、先生の目を真剣に見て言った。
「二、三日前、この原稿をプードルのポントが持ってきたんです。ご存じの通り、あいつはお宅のネコ、ムルと仲良しです。ポントは何でも持ってくる習性があって、この原稿も口にくわえて持ってきました。原稿を無傷のまま、ぼくの膝に置くと、これは他ならぬ遊び仲間のムルのところから持ってきたということを、ぼくにはっきりと分からせようとするんですよ。ひとめ見るなり、独特の癖のある筆跡に気づきました。数行読むと、自分でも信じられないのですが、これはあのムルの仕業かもしれないという妙な考えが浮かびました。理性が、われわれがそこから抜け出せない、ある種の生活経験が、それは結局のところ、理性ということになるのですが、その理性が〈ネコは字を書くことも詩を作ることもできないのだから、その考えはナンセンスだ〉とどんなにぼくに告げても、その考えがどうしても念頭から離れません。そこでお宅のネコを観察しようと決心しました。ムルはお宅の屋根裏をよくうろつくとポントから聞いていましたから、ぼくはうちの屋根裏に上って、屋根瓦を二、三枚とりはずしました。そうしたら、お宅の明かり取りのなかがすっかり見えて、何というものを目に

91　イヌの群れと一緒に馬に乗って獲物を追う、大がかりな儀式的で贅沢な狩猟のこと。ここでは、わざわざ詩という形で趣向を凝らした、もってまわったやり方をさしている。

したことか！——聞いたら吃驚しますよ！

　お宅のムルが屋根裏部屋のひっそりした一隅に腰かけていました！——文房具や紙を置いた小机を前にして、しゃんと姿勢を正して座り、前足で額やうなじをこすって考えこんだかと思うと、ペンをインクに浸し、書いてはまた止めて、あらたに書きだし、書いたものにざっと目を通し、ブツブツ言って（この耳でちゃんと聞きました）、何やらつぶやき、満足気にのどをゴロゴロ鳴らしています。——ムルのまわりにいろんな書物が置いてありましたが、装丁からみて、先生の蔵書を失敬したようです」

「そりゃ大変だ」と先生は叫んだ。「蔵書がなくなっていないかどうか、すぐ調べよう」

　先生はそう言って立ち上がり、書棚に歩み寄った。わたしに目をとめるやいなや、はじかれたように三歩あとずさりし、あっけにとられた様子でわたしを見つめた。いっぽう教授は叫んだ。

「先生、お分かりになったでしょう！　このチビ公はあの小部屋に閉じ込められて、おとなしくしているとばかり思っていたでしょう。こいつは、こっそり書棚に忍びこんでいたんです。それも勉強するため、というよりもむしろ、ぼくらの話を盗み聞きするためにね。こいつは会話を残らず聞いたわけで、次の一手に出るかもしれません」

「ネコ君」と先生は、あいかわらずびっくりした様子で、じっとわたしに目を注ぎながら言いだした。

「ネコ君、おまえが自然からさずかった、れっきとした本性に徹底的に背を向けて、教授が朗読したような込み入った詩をつくることに切り替えたというのが本当なら、ネズミそっちのけで、学問を追いまわしているというのが事実なら、おまえの耳をつねって痛い目にあわせてやる。それとも――」

　わたしはおそろしい不安におそわれ、目をつぶり、ぐっすり眠っているふりをした。

「いや、とんでもない」と先生はつづけた。「教授、まあ、これをみて。裏表のない愛猫はのんきに眠ってる。この柔和な顔のどこに、そうした密かな驚くべき如何様ぶりがうかがえますか。あなたはこいつのせいにしているようだが。ムル！――ムル！」

　先生がそう呼びかけると、わたしは抜かりなく、いつも通りクルル、クルルと甘え声で返答し、目をぱっちりと見開いて立ち上がり、高々と猫背をつくり、いとも優美なアーチを描いてみせた。

教授はひどく怒って原稿をわたしの頭めがけて投げつけた。だが〈生まれつき知恵がまわる〉わたしは、あたかも教授がわたしと遊びたがっているかのように振る舞い、跳んだり跳ねたりしながら、原稿をあっちこっちへ乱暴に引っぱったので、紙はバラバラになって飛び散った。

「ほら」と先生は言った。「教授、あなたのお話は筋違いだし、ポントがなにやら嘘をついたのは、まちがいないでしょう。ムルが詩をとりあつかう様子をごらんなさい。自分の原稿をこんな風にあつかう詩人がどこにいるでしょう?」

「ご注進申し上げたまでです。先生、どうぞご自由になさってください」

教授はそう答えると、部屋を出て行った。

〈これで嵐は去った〉と思っていたら、とんでもない思い違いだった。――ひどく腹立たしいことに、アブラハム先生は、わたしが学問の世界で研鑽(けんさん)を積むのに反対の意を表明した。教授の言葉をまったく信じていないような顔をしていたくせに、まもなくわたしが行くところ、どこへでも跡をつけてくるようになり、書棚を注意深く閉めて、蔵書を利用させてくれないし、これまでのように書き物机のうえで原稿のあいだに寝そべることも徹底的に忌み嫌うようになったのである。

こうしてわが青春の胎動期に、悲哀と憂愁がおとずれた！　才能が正当に評価されていないどころか嘲笑されているのを知ることほど、天才に苦しみをもたらすものがあるだろうか。ありとあらゆる手助けを期待しているまさにそのとき、障害にぶつかることほど、偉才を憤慨させるものがあるだろうか！――しかし圧力が強ければ強いほど、それを軽減しようとする力は増大し、弓がピンと張られれば張られるほど、射る力も強くなるものだ！――読書を禁じられたことで、持前のすぐれた知性はますます伸びやかに活動し、おのずと創造力を発揮するようになった。

この時期、わたしは不機嫌で幾日も夜となく昼となく建物の地下室で過ごした。そこにはいくつものネズミ捕り器がしかけられていて、年齢も身分もさまざまなネコたちが集まっていた。

すぐれた哲学的頭脳の持ち主は、実生活のいたるところで生のひそかな連鎖を見のがさないし、まさにそこから、生が考え方や行動となって展開するさまをはっきり見きわめる。地下室においても、ネズミ捕り器とネコは互いに働きかけ影響をおよぼす関係にあることがわかって、あの精確に作動する生命なき機械が若いネコたちをひどく無気力にしていることに気づくと、気高い真心をもつネコであるわたしは発奮した。ペンをとり、すでに以前から考えていた不朽の名作『ネズミ捕り器と、それがネコ族の心情および活動力におよぼす影響について』を書いた。この小著で、ひ弱になったネコ青年たちにその鏡像をつきつけ、ずけずけと欠点を指摘した。そこには、かれらがおのれの力に見切りをつけ、怠惰に無精になり、下劣なネズミどもがベーコンのほうへ走るのを拱手傍観(きょうしゅぼうかん)する姿が映しだされていた！——惰眠をむさぼるネコ青年たちを、雷鳴のごとき言葉で揺さぶり起こしたのである。

この小著は有益であるのみならず、わたしにも執筆のメリットがあった。つまり、自分はネズミをつかまえなくてもよく、あれほど力説しておいたので、後日おそらく、〈きみが明言したヒロイズムの実例を、身をもってしめしたまえ〉などと考えつくものはいないだろう。

これをもってわが人生の第一期をしめくくり、成年期と境を接する本来の青年期に移行してもよいのだけれども、あの素晴らしいグロッセの最後の二節を好意ある読者に伝えずにはいられない。先生が耳を傾けようとしなかった、あの二節を次に掲げる。

なるほど　わかってはいる
香るバラの茂みから
甘美な愛のささやきが吹き渡ると
やさしい愛撫にあらがえないのを
恋に酔いしれた目は
愛らしい女性が　花咲き乱れる道で耳をそばだて
憧れの呼び声が響くか響かないうちに
すばやく躍り出て
敏捷に走り出るのを見ようとする
恋はすばやく　しゃしゃり出る

この憧れ　胸を焦がすこの思いに
しばしば　心奪われる
されど　跳びだし駆けつけようとするあの姿は
いかほどの間　喜びをもたらすのだろう！

優美な友情の衝動がここに目覚め
金星(ヘスペロス)の輝きで光を放つ
雄々しく純粋な高貴な男性
わが心が望む　男性を見つけようと
壁をこえ　垣根をこえて　よじ登る
探し求めよ　友情を

〈反故〉——クライスラーは、その晩、絶えて久しくなかったほどの晴れ晴れとした愉快な気分にひたっていた。この気分のせいで途方もないことが生じていた。すなわち、彼は、ひどい悲劇の長たらしい退屈きわまる第一幕の朗読を、しずかに柔和な微笑すら浮かべて聞いていた。作者である赤い頬っぺたと縮れ毛頭の前途有望な青年士官は、世にも幸せな詩人につきものの自信たっぷりの様子で朗読し、ふだんの彼なら、乱暴に立ち上がり逃げ出すのに、そうはしなかった。それどころか士官が朗読を終え、〈この作品をどう思いますか〉と勢いこんでたずねると、彼は満面に〈面白かったですよ〉という、おだやかな表情をうかべ、満足そうに、戦場の英雄であり詩壇の花形である士官に、〈呈示してくださった第一幕は、貪欲な美的グルメに供されたご馳走であり、じっさい素晴らしい思想がふくまれていて、たとえばカルデロンやシェイクスピア、現代のシラーのような世に高く評価されている大詩人も、それと同じことに目を向けていたという事情が、独創的天才の証明になります〉と断言したのである。士官は彼を熱烈に抱擁し、〈今晩のうちにも、よりぬきの令嬢たちの集いで、第一幕の卓越した箇所を披露して皆さんを喜ばせたいと思います。そのなかには、スペイン語を読み、油絵を描く伯爵令嬢もいらっしゃいます〉といわくありげに打ち明けた。士官は大成功を確信し、有頂天になって走り去った。

さて小柄な枢密顧問官は言った。

「さっぱり訳がわからない。ヨハネス、今日のきみときたら、ひどく神妙にしていた。――きみがあんな悪趣味な代物(しろもの)を、かくもおとなしく傾聴できるとは！　うかつにも油断して、あの士官の不意打ちをくらった。はてしなく続く韻文の十重二十重の罠にかかって、にっちもさっちもいかなくなったとき、わしは不安で心配になった！　きみが、今すぐにも口をさしはさむだろうと思っていた。いつもならどんなに些細なきっかけでも、そうするから。ところがきみときたら悠然とかまえて、目に満足そうな色すら浮かべている。しまいにわしはすっかり弱気になり、やりきれない気持ちになった。そのときみは、あの気の毒な男にはとうてい理解できない皮肉で、あっさり打ち負かした。少なくとも将来の詩作への戒(いまし)めというわけではないが、〈その詩はあまりにも長すぎるので、著しい切断手術をほどこさないといけませんね〉とか言って」

クライスラーは応じた。

「ああ、あんなつまらぬ忠告で何が伝わるというのでしょう！――あの士官のような詩人気取りの単細胞がすなおに応じて自作の詩句になにやら切断手術をほどこしても、あとからひそかに新しく生えてきませんか？――若き詩人たちの詩は、根元でちょん切られても、しっぽが元気にまた生えてくるトカゲのような再生力をもっていますからね！――ぼくが士官の朗読におとなしく耳を傾けていたとお考えでしたら、おおきな思い違いです！

嵐は去り、小さな庭園の草という草、花という花はうなだれていた頭(こうべ)をもたげ、雲のベールからしずくとなって落ちてくる天空の美酒(ネクタル)をむさぼるように啜っていました。ぼくは花咲く大きなリンゴの木の下に立ち、名状しがたい何かの予言のように心にこだまする、はるかな山並みの薄れゆく雷鳴に耳をかたむけ、飛び去る雲間からこかしこにきらめく天空の青を、かがやく瞳を思わせる青を見上げていました。

ところがそうしていると、伯父が〈いい子だから、部屋にお入り。新しい花模様のガウンが湿気でだいなしになるよ。でも話しかけてきたのは伯父ではなく、オウムかホシムクドリのいたずら者で、そいつは茂みの陰か、茂みのなかか、他のどこかに隠れていて、そいつなりにシェイクスピアの素敵な思想をなんのかんのと吹っかけてきて、くだらない冗談でぼくをからかうわけです。まあ、それが今回は、士官と彼の悲劇だったというわけです。

枢密顧問官、あなたと士官のもとからぼくを別天地へ連れ去ったのは、少年時代の思い出だったということをぜひとも心に留めておいてください。ぼくはほんとうに十二歳かそこらの少年にかえり、伯父の小さな庭園にたたずみ、捺染工が模様を考案した美しいインド更紗のガウンを着ていました。枢密顧問官、あなたは今日、最上級の薫香粉をふんだんにお使いですが、むだになってしまいましたね。ぼくは花咲くリンゴの木の芳香しか感じないので。へっぽこ詩人のヘアオイルの匂いも感じません。あの男は頭にオイルをてかてか塗っていますが、桂冠詩人の冠によってお頭を風雨から守ることはできません。それどころか頭にのせてよいのは、服務規定でシャコ[92]につくりあげたフェルトとなめし革だけです！

要するに、三人のなかであなただけが生贄の子羊になって、英雄気取りのへぼ詩人の聞くにたえない悲劇の刃に身をさらしたわけです。というのも、ぼくは手足を念入りに引っ込めて、小さなガウンに繭のようにくるまり、十二歳の少年の、十二ロート[93]の軽やかさで先ほど申し上げた庭園に飛びこんでいきましたし、アブラハム先生はごらんのように、三、四枚の上等の楽譜用紙にちょきちょき鋏をいれて、さまざまの面白い影絵をこしらえていたからです。先生も士官からうまく逃げていました！」

クライスラーの言う通りだった。アブラハム先生はボール紙を切り取って影絵をつくることに習熟していて、裁断された切れはしがごっちゃに重なっているのを見ても、何が何だかさっぱりわからないが、その紙のうしろに明かりをかざすと、壁面に映写される影は、世にもふしぎな形の多種多様な群像となっていた。アブラハム先生はもとより、あらゆる朗読を毛嫌いしていて、とくに士官のへたな詩は心底勘弁してほしかったので、士官が朗読をはじめたとたん、当然といえば当然なのだが、矢も楯もたまらず枢密顧問官のテーブルにたまたま載っていた楽譜用紙をひっつかみ、ポケットから小さな鋏を取りだして、悲劇の刃をふりまわすへぼ詩人の襲撃から完全にのがれる作業に没頭しはじめたのである。

「そうか」と枢密顧問官ははじめた。「クライスラー、きみの心にあったのは少年時代の思い出だったのか。今日のきみがかくも穏やかに、のんびりしていたのは、その思い出に浸っていたせいなのだね。——心から愛する友よ、なんとも癪なことだが、きみを敬愛するすべての人と同様に、わしはきみの過去の生活についてまったく知らない。それに関するどんなに小さな質問でも、きみはつっけんどんに避けて、わざわざ覆い隠すのだけれども、ときおり透けて見えるものだから、奇妙にゆがんだ、光がちらちら漏れるさまざまな像に好奇心をかきたてられる。とにかくきみが信頼を寄せ

92　軍用の帽子。円筒形または円錐形。当初はフェルトでつくられていたが、のちにサーベルの打撃から着用者を保護するために全体または一部が革でつくられるようになった。ホフマンの時代にはプロイセン軍で用いられていた。

93　ロートは当時の重量単位。一ロートは約十六グラム。

た人たちには、遠慮なく話してくれないか」——

　クライスラーは、まるで深い眠りから覚めて見ず知らずの他人をまのあたりにした人のように、ひどくいぶかしげに、目を大きく見開いて枢密顧問官を見つめていたが、やがてひどく真剣な口調でかたりはじめた。

「ヨハネス・クリュソストモス[94]の日、千七百と何年かの一月二十四日、ひとりの男の子が生まれました。頭がひとつ、手足もちゃんとついていました。父親はちょうどエンドウ豆のスープを賞味していたのですが、喜びのあまり、スプーンいっぱいのスープをヒゲにぶちまけ、出産後の産婦はそれを見たわけではないのに、お腹の皮がよじれるほど笑いました。その振動のために、乳飲み子に最新のムルキ[95]を演奏してきかせていたリュート奏者の弦がことごとくはじけ飛び、リュート奏者は〈お祖母さんのサテンのナイトキャップにかけて、このチビのハンス・ハーゼ[96]は音楽に関して、永遠にみじめな能無しでしょう〉と誓いました。するとお父さんは顎をきれいに拭いて、もったいぶって言いました。〈ヨハネスというのはよかろう。だがハーゼはいかん〉。リュート奏者は——」

「お願いだから、クライスラー」と小柄な枢密顧問官はさえぎった。

「たちの悪い冗談はやめてくれ。息の根がとまりそうだ。歴史的事実の実用的教訓に着目した自叙伝をきかせてほしいわけでも、きみと知り合いになる前の幼少時の生活を、きみが許す以上にのぞかせてほしいわけでもない――じっさい、好奇心を悪くとらないでほしい。好奇心は、心の奥底からほとばしる切なる愛情を源泉とするものだから。ついでながら、きみのふるまいは突飛だから、きみにみられるような心性をこねあげ形づくるのは、波瀾万丈の人生、たくさんの途方もない出来事にほかならないと誰もが思っている。きみだってそれに反対しないだろう」

「とんでもない思い違いです」とクライスラーは、ほうっと深いため息をついて言っ

94　ヨハネス・クリュソストモス（三四七〜四〇七）はコンスタンチノープルの大司教、聖人。雄弁だったのでの「黄金の口の」ヨハネと呼ばれた。モーツァルトの洗礼名は Johannes Chrysostomus Wolfgangus Theophilus Mozart。ホフマンはクライスラーに、尊敬するモーツァルトの洗礼名ヨハネスと、ホフマン自身の誕生日一月二十四日を与えた。

95　オクターブのアルペジオを特徴とする曲。

96　ハンスはヨハネスの愛称形。ハーゼはウサギを指し、「臆病者」の意でよく用いられる。ホフマンはこれをしばしば「愚か者」の意で用いている。

た。「ぼくの青春時代は、花も実もない不毛の荒地そっくりで、わびしい単調さに精神はたるみ、心情も萎えていました！――」

「いや、そんなはずはない」と枢密顧問官は叫んだ。「少なくとも、その荒地には美しい小さな庭園があって、そこの花咲くリンゴの木は、わしの上品な最上級の薫香粉にまさる馥郁たる香りをただよわせていたじゃないか。さて、ヨハネス、きみが今しがた言った通り、今日のきみの心を完全にとりこにしている幼いころの思い出を披露してくれるのだろうな」

「クライスラー、わしも思うのだが」とアブラハム先生は、出来上がったばかりのカプチン僧に、トンスラ[97]の切り込みを入れながら言った。

「今日のきみはまずまずの気分のようだから、心情というか、内面というか、さもなければきみが胸中の宝箱と呼んでいるものを開けて、そこからあれこれ取りだすのが一番いいんじゃないか。つまり、伯父さんはいろいろ気遣ってくれているのに、きみは聞き入れずに雨のなかを駆けだし、どんどん微かになってゆく雷鳴の予言に、迷信よろしく耳をかたむけたと打ち明けてくれた。それならいっそ、もっとくわしく当時の状況をなにもかも話してくれないか。だが、嘘をついてはいかん、ヨハネス。わかっているだろうが、少なくともきみがはじめてズボンをはき、はじめて弁髪を編んでもらった時代については、このわしが睨みをきかせているからね」

クライスラーは何やら答えようとしたが、アブラハム先生はすばやく小柄な枢密顧問のほうを向いて言った。

「信じられないことかもしれませんが、ヨハネスは幼少期のことを話すとなると、もっともめったに話しませんが、嘘の神さまに身も心も捧げてしまいます。その見事さといったら……。子供たちがパ〜パ、マ〜マと片言をいって、ロウソクの炎に指を突っこんでいた時期に、ヨハネスは何事にも注意をはらい、人間の心を深くのぞき込んでいました」

「それはあんまりですね」とクライスラーはおだやかに微笑みながら、やさしい声で言った。「先生、ひどすぎますよ！　みえっぱりの気取り屋がやるように、早熟な知力をよそおうなんて、ぼくにできるはずがないでしょう？——何人もの驚くほど聡明な人たちが、無気力な植物的状態とよび、本能しか認めようとしない状態、もっとも

97　トンスラは聖職者の剃髪した髪のこと。

そういう本能は私たち人間よりも動物のほうが優れていますが、そういう状態から、ある刹那がしばしば魂の前に光り輝いてあらわれる——顧問官、そんなことがあなたの身にも起こりはしないでしょうか。——ぼくは、それには特別な事情があると思っています！　明瞭な意識がめざめる最初の瞬間は永遠に究めがたい！——とつぜん、そんなことが起こりうるとしたら、私たちは驚愕のあまり死んでしまうでしょうね。——自分自身を感じながら、自分自身を想起せねばならないとしたら、深い夢や前後不覚の眠りからめざめる最初の瞬間の不安を感じない者がいるでしょうか！

夢中になりすぎてわれを忘れてしまいましたが、要点をかいつまんで話すと、あの成長期のあらゆる強い心的印象は種子をあとに残し、その種子はほかならぬ知力の発芽とともに成長していきます。黎明期に生じたあらゆる苦しみ、あらゆる喜びが私たちのなかで生き続けます。甘美で悲しげな愛の声でふっと目をさましたとき、夢のなかで聞いた声のように思っていますが、じっさいは、私たちのなかでなおも響き続けている愛の声なんです！

先生が何をあてこすっているのかは分かります。いまは亡き叔母の話でしょう。でも先生はこの話をお認めになりたがらないので、かなり先生の不興をかうことになりますが、枢密顧問官、少しばかりセンチメンタルな子供っぽさを大目にみてくださるなら、あなたにだけお話ししましょう。エンドウ豆のスープとリュート奏者について――」

「いいかげんにしなさい」と枢密顧問官は楽長をさえぎった。「いま、わかった。わしをからかう気だね。無礼じゃないか」

「決してそんな気はありません」とクライスラーはつづけた。「でも、リュート奏者の話からはじめないと……。というのも、彼が自然な橋渡し役となって、リュートの妙（たえ）なる音色が幼子をやさしく揺さぶり、甘美な夢の世界へいざなうからです。母の妹[98]は、いまでは古楽器博物館行きにされそうなこの楽器の名手でした。書いたり計算したり、おそらくそれ以上のことができる分別ある男性たちは、今は亡きゾフィー嬢のリュート演奏を思い出しただけで、ぼくの前で涙をこぼしました。ですから、自分のこともままならず、まだお喋りするほどの意識が芽生えていない渇望する幼子が、

98　二十三歳で他界した、ホフマンの母方の叔母シャルロッテ・ヴィルヘルミーネ・デルファー（一七五六～一七七九）がモデルとされる。ゾフィーは母方の伯母の名。

リュートを弾く叔母の内奥から流れ出るすばらしい音楽の不可思議な哀愁をがつがつ貪るように啜ったとしても、それを悪くとることはできないでしょう。

ゆりかごのそばにいたリュート奏者は、その亡き叔母の先生でした。ひどい蟹股（がにまた）の小柄な方で、ムッシュー・トゥルテルと呼ばれ、幅広の髪嚢（ヘアサック）のついたたいへん綺麗な白髪のかつらをかぶり、赤いマントを着ていました。

こんな話をするのはひとえに、あの当時の人びとがいかにはっきりと目に浮かぶかを示したいからです。ぼくはまだ三歳にもならない子供でした。うら若い娘の膝のうえにいて、娘のやさしいまなざしがぼくの魂を照らし、話しかけ歌いかける彼女の甘美な声に耳をかたむけ、この優美な女性にありったけの愛と情愛を捧げていました。これらを今なおよく覚えているときっぱり言っても、アブラハム先生であれ、他の誰であれ、うたがうことは許されません。その女性は、フュースヒェン[99]という妙な略称で呼ばれていた叔母ゾフィーでした。

ある日のこと、フュースヒェン叔母の姿が見えないのでひどく泣いたら、子守娘がフュースヒェン叔母の寝ている部屋にぼくを連れて行ってくれました。ところが叔母のかたわらに座っていた老人は、すばやく立ち上がると、ぼくを抱いていた子守娘をはげしく叱りつけて部屋から追い出しました。その後まもなく、ぼくは服を着せられ、分厚い毛布にくるまれて、まったく違う家へ連れていかれました。その家にいた人たちは、口々にぼくの伯父伯母を名乗り、〈フュースヒェン叔母さんは重い病気で、もしそばにいたら、おまえも同じ病気になってしまうよ〉と断言しました。二、三週間後、ぼくはもとの家へ連れもどされました。泣き叫んでフュースヒェン叔母さんのところへ行きたがり、その部屋へ入るやいなや、フュースヒェン叔母さんが寝ていたベッドへちょこちょこと走り寄り、カーテンをさっと引き開けました。ベッドは空でした。伯母[100]だという女性がさめざめと涙を流しながら、〈あのひとはもういないのよ。ヨハネス、亡くなったの。土の下で眠っているの〉と言いました。

当時のぼくには、その言葉の意味が理解できませんでした。それでも今なお、あの瞬間のことを思い出すと、あのときぼくをおそった名状しがたい感情におののきます。

99 「小さな足」という意。足取り軽やかな、可愛らしい足の持ち主を思わせる愛称。

100 ホフマンの母方の伯母ヨハナ・ゾフィー・デルファー（一七五四～一八〇三）がモデルとされる。

死神の手でその氷の甲冑におしこめられ、ぼくは心の奥底まで震えあがり、幼年時代のあらゆる喜びは恐怖でかじかんでしまいました。

それから自分がどうしたのか、もはや分かりませんし、知る由もないのですが、そのときの話はたびたび聞かされています。ぼくはカーテンからゆっくりと手をはなし、深刻な顔つきで無言でしばらく立ちつくし、深く物思いにふけり、今しがた言われたことを考えこむように、ちょうど手近にあった小さな籐椅子に腰を下ろしたそうです。〈こういうとき、ふだんなら激しく感情を爆発させそうな子供がひっそりと悲しみに沈む様子に、なにやら言葉にあらわせないほど胸を打たれた。きみが何週間もそうした状態で、泣きもせず笑いもせず、まったく遊ぶ気にもならず、やさしい言葉をかけても応じないし、まわりのことに一切注意をはらわないものだから、なにやら精神的に良からぬ影響をもたらしたのではないかと心配した〉と付け加える方もいました。——」

ちょうどその瞬間、アブラハム先生は十字形や斜め十字形に鋏をいれて、奇妙な格好に切り抜いた紙を手にもち、燃えさかるロウソクの前にかざした。すると壁には、風変わりな楽器を演奏する修道女の合唱団が映しだされた。

「ほほう！」とクライスラーは、お行儀よくならんだシスターの一団に目をやりながら叫んだ。「先生、ぼくに何を思い出させようとしているかが分かりましたよ！――いまも思い切って申しますと、先生が〈歌い演奏する修道女の一団を愚かにも調子はずれの声でぶちこわしかねない、わからず屋のきかん坊だ〉といって叱りとばしたのは、ひどすぎます。先生が〈第一級のカトリック音楽を聞かせてあげよう〉といって、郷里の町から二十マイルか三十マイルはなれたクララ会[101]に連れだしたときの話ですよね。わんぱく盛りのまっただなかですから、不作法きわまりない態度をとるのはごく当然でしょう？　それだけに、三歳だったときの古傷の痛みが新たな力で目覚め、幻想をうみだし、心臓をえぐるような哀愁はすべてを鎮める恍惚感となって胸をいっぱいにしたというのは、なおさらすばらしいことではありませんか？――トロンバマリーナ[102]という風変わりな楽器を演奏しているのは、とうにこの世を去ったフュース

101　カトリックの女子修道会。アッシジのクララがフランチェスコの指導のもとに一二一二年に創立した。きびしい清貧、禁欲生活を通じ、神との交わりをめざす観想生活を特色とする。

ヒェン叔母さんでした。どんなに説得されても、自説を曲げず、そう言い張るのはいけないことでしょうか?――あの合唱団のなかに、バラ色のリボンのついたグリーンのドレスを着たフュースヒェン叔母さんがいたんですよ。どうして先生は、ぼくがあそこに割って入るのをとめたのですか!」

クライスラーは壁のほうをじっと見つめて、感動にふるえる声で言った。

「ほんとうです!――フュースヒェン叔母さんがシスターたちのなかにすっくと立っています!――足台にのって、むずかしいとされる楽器を扱いやすくしています」

けれども顧問官は、影絵が見えないようにクライスラーの前に歩み寄り、彼の両肩をつかんでこう言った。

「ほんとうに、ヨハネス!　奇妙な夢想にふけって、ありもしない楽器の話なんぞしないほうがいいんじゃないか。トロンバマリーナなんていう楽器、わしは生まれてこのかた聞いたこともない!」

アブラハム先生はボール紙をテーブルの下に投げ込んで、トロンバマリーナをもつ架空のフュースヒェン叔母さんもろとも、シスターの合唱団全体をすばやく消して、笑いながら言った。

「いや、顧問官さん、楽長はいつも通り、いまも理性的な落ち着いた人ですよ。空想家でもなければ、たわけ者でもない。彼のことをそう言いたがる人は大勢いるようですが。リュートを弾く女性があの世に旅立った後、霊妙なる楽器に鞍替えして、みごとに奏でるかもしれませんよね？　もしかしたら今も、ときたま女子修道院でその楽器を目にして、びっくりなさるかもしれませんよ。――えっ、なんですって！――トロンバマリーナなんて存在しないですって？――お手持ちのコッホの『音楽事典』[103]で、その項目をさがしてみてください」

枢密顧問官はすぐ事典を開き、音読した。

「《この古い簡素な弓弦楽器は、長さ七シュー[104]の三枚の薄板からなり、底部の床の上に立つ部分は幅六ないし七ツォル[105]で、上部は幅二ツォルに足らず、三角形に組み立て

102　中世およびルネサンスのヨーロッパで使用された三角形の弦楽器。十五世紀には非常に人気があったが、十八世紀の終わりには廃れてしまった。

103　ハインリヒ・クリストフ・コッホ（一七四九〜一八一六）。宮廷音楽家・音楽理論家。彼の『音楽事典』（一八〇二）は今日なお、十八、十九世紀の音楽の分析に用いられている。

104　当時の長さの単位。一シューが約三十センチ。

られ膠づけされている。ボディーの上部には糸倉のようなものがあり、底部から頭部にいくにつれて細くなっていく。この三枚の板のひとつが、数個の響孔と一本のやや丈夫なガットをそなえた響板となる。演奏のさいには、この楽器をからだの斜め前に固定して、その上部を胸にあてて支える。演奏者は左手の親指で奏すべき音が出るあたりの弦に、ごくやわらかく、およそヴァイオリンのフラウティーノもしくはフラジオレット奏法[106]とほぼ同じように、そっと触れながら、右手にもった弓で弦をこする。弱音器をつけたトランペットの音色にも似たこの楽器の独特な音色は、底部の響板に張られた弦の下におかれた特別の駒（ブリッジ）によって出される。この駒は、小さな靴の形をしていて、前部はきわめて低く薄いが、後部は逆に高く厚くなっている。駒の後部には弦が張り渡されていて、ちょっと弾くと、その震動によって、駒の前部の薄い部分が響板のうえで上下にうごき、こうして弱音器をつけたトランペットに似た柔らかい音が生まれる！》」

顧問官は「こんな楽器をつくってくれませんか」と目を輝かせて叫んだ。「アブラハム先生、こんな楽器をつくってくれたら、ナーゲルガイゲ[107]は隅にほうりだし、ユーフォン[108]にはもう指一本ふれず、トロンバマリーナでこのうえなく素晴らしい歌を奏でて、宮廷や町の人びとを驚かせてやります！」

「つくりましょう」とアブラハム先生は答えた。「顧問官さん、グリーンのタフタのドレスを着たフュースヒェン叔母さんの霊が降りてきて、あなたに霊感を吹きこむといいですね！」

枢密顧問官はうっとりしてアブラハム先生を抱擁したが、クライスラーはふたりの間に割って入り、腹立たしげな様子で言った。

105　英米のインチに相当する当時の長さの単位。地方により異なるが一般には二・五四センチ。

106　フラウティーノは弦楽器で弦を指で軽く触れることにより発生する倍音を利用した奏法。柔らかく透明な響き。フラジオレットは倍音奏法ともいう。弦を指板にまで押さえつけずに軽く触れる程度で弾くと、触れた箇所を節とする倍音だけが鳴る。

107　一七四〇年頃発明された、響箱に多くの鉄や鋼のピンを円弧状に配した楽器。ヴァイオリンの弓で演奏される。ネイルフィドル、ネイルヴァイオリンとも呼ばれる。

108　ユーフォンはギリシア語で「良き響き」という意味。ドイツの物理学者・天文学者エルンスト・フローレンス・フリードリヒ・クラドニが一七九〇年に発明した楽器。音響学の父とも呼ばれる彼は、グラスハーモニカの開発後、オルガンとピアノに似た形態のこの楽器を発明した。濡れた指でガラス管に触れて演奏する。

「おやまあ、昔のぼくを上回るたわけ者になって、口では〈きみのことが好きだから……〉と言っておきながら、心ない仕打ちをするんですね！　楽器の使用説明書を読みあげて、楽器の音色に心底感動したぼくの逆上せた頭に冷水を浴びせる。それでもう十分じゃありませんか。あのリュートを奏でる叔母の話はやめてください！

　ときに、顧問官さん、あなたはぼくの少年時代の話を聞きたがり、アブラハム先生はあのころの局面にふさわしい影絵を切り抜いてくれた。ぼくの伝記の草案はいわば銅版画で美しく装丁されたわけで、これで気がすんだでしょう。でも、あなたがコッホの『音楽事典』の項目を読んでおられたとき、ぼくはコッホと同じく事典をつくったゲルバー[109]を思い出しました。なんだか自分が、解剖台のうえに大の字に寝て、伝記向きに解剖されるのをまちうける死体になったような気がしました。——解剖を行った医師は、〈この青年の体内をはしる何千もの血管には、音楽の血しか流れていないが、驚くにはあたらない。なぜなら、青年の多くの血縁者がやはりそうだったからであり、それこそまさに血のつながりである〉と言うでしょう。

　つまり、ぼくの伯父伯母の大多数のものが、先生もご承知の通り、そして顧問官さんも今しがた知った通り、少なからぬ数の者が音楽をやり、おまけに大部分が当時ですら滅多にない、いまでは廃れてしまった楽器を弾いていたということが言いたいのです。いまも夢のなかで、十歳か十一歳ごろまで聞いていた摩訶不思議なコンチェルトが聞こえてきます。――ぼくの音楽の才がはじめて芽生えたとき、早くも独自の流儀の楽器編成だと言われ、あまりにも空想的だと非難される傾向をとったのは、そのせいかもしれませんね。

顧問官さん、もしもあなたが古くさい楽器ヴィオラ・ダモーレ[110]のすばらしい演奏を聞いて、涙を流さずにいられるなら、それは造物主がさずけた頑健な体質のおかげでしょう。ぼくなんぞ、エッサー[111]があの楽器を弾いてみせたときには、あたりかまわず泣きましたから。それ以前にも、僧衣がじつによく似合う長身の堂々たる人が――叔父ですけど――ヴィオラ・ダモーレを演奏して聞かせてくれたときは、もっと激しく

109　エルンスト・ルートヴィヒ・ゲルバー（一七四六～一八一九）ドイツの作曲家・オルガニスト・チェロ奏者。『音楽家史事典』（一七九〇～一七九二）の著者として知られる。

110　バロック時代、とくに十七世紀の終わりから十八世紀の前半に用いられた擦弦楽器。

111　カール・ミヒャエル・リッター・フォン・エッサー（一七三六?～一七九五）ヴァイオリンの名手として知られる。ヴィオラ・ダモーレも演奏していた。

泣きました。また別の親戚[112]によるヴィオラ・ダ・ガンバの演奏は、実に心地よく、ほれぼれするほどでした。伯父[113]はぼくの教育者、というよりはむしろ教育しなかった人ですが、スピネット[114]のとてつもない名手で、当然ながら、その親戚の演奏を〈拍子に難あり〉とけなしていました。その親戚は浮かれてしまい、サラバンデ[115]の音楽に合わせてポンパドゥール風メヌエットを踊ったことが知られてしまい、かわいそうに、一族の物笑いの種になっていました。ぼくの親族はしばしば並ぶ者のないやり方で音楽を楽しんでいましたので、音楽にまつわる肩のこらない逸話でしたら、たくさんお話しできます。でも、お笑い草になるような奇矯な話がかなりまぎれこんでいるでしょうし、両親の手前、わが親族を笑い者にするのは遠慮しておきます」

「ヨハネス！」と枢密顧問官は口を切った。「きみの心の琴線にふれて悲しい思いをさせるようなことになっても、ゆったりと受けとめて悪くとらないでくれ。伯父さんや叔母さんの話ばかりしているが、お父さん、お母さんのことも忘れないでくれ！」

「まさに今日」とクライスラーは深い感動の面持ちで答えた。「思い出していたところです。――でも記憶にあるとか、夢にみたとか、今日おぼろげに感じてもすべてを理解したわけではない幼年時代の哀愁がよみがえった刹那とか、そういうことではございません。それから雷雨がすぎさった後の森の物思わしげな静寂に似た静けさが、ぼくの心におとずれました！――先生、おっしゃる通り、ぼくはリンゴの木の下にたたずみ、予言よろしく次第に遠ざかってゆく雷の音に耳をすませていました！

母が亡くなったの[116]は、ちょうどそのころですが、ぼくにさしたる印象を与えません

112　ホフマンの父で弁護士のクリストフ・ルートヴィヒ・ホフマン（一七三六頃～一七九七）がモデルとされる。父についてホフマンは「覚えているかぎりでは、パパがヴィオラ・ダ・ガンバを弾いたとき、三、四歳だった私はワッと激しく泣き出して、レープクーヘン（ハチミツや香辛料入りの焼き菓子）で釣っても宥めようがありませんでした。（……）パパがメヌエットをポロネーズ風に踊ったというひどい中傷もありました」（一八一七年七月十日付け、兄宛の手紙）と記している。

113　ホフマンの母方の兄オットー・ヴィルヘルム・デルファー（一七四一頃～一八一一）がモデルとされる。

114　小型のチェンバロ。

115　三拍子による荘重な舞曲。スペイン発祥。

116　ホフマンの母ルイーゼ・アルベルティーネ・ホフマン、旧姓デルファー（一七四八～一七九六）が亡くなったのは、ホフマンが十九歳のときである。

でした。こう言うと、フュースヒェン叔母を失ったときの茫然自失状態がどういうものだったか、よりはっきりと想像できるでしょう。二、三年間、ずっとそういう状態だったらしいのです。しかし父はなぜ母の兄にぼくをまかせっきりにしたのか[117]、あるいは、そうせざるを得なかったのかについては、お話しするまでもないでしょう。陳腐な家族小説や、イフラントの家庭内のゴタゴタをあつかった喜劇で、似たような話をご存じでしょうから。ぼくは幼年時代[118]、それどころか青少年時代の大部分、わびしく単調な日々を過ごしましたが、それは両親がいなかったからで、境遇のせいだと申し上げればおそらく十分でしょう。だめな父親であっても、りっぱな教師より、ずっとましな存在だと思いますよ。愛情もなければ理解もない両親は子供たちを手放し、かれこれの教育施設に追いやります。そこでかわいそうな子供たちは個性などおかまいなしに、一様に型にはめられて鍛え直されるわけです。子供の個性なんて両親にしかわからないものなのに。ぞっとしますね。

教育という点ですが、世間の誰であれ、ぼくが不作法なのをふしぎがってはいけません。なにしろ伯父は、まったく躾（しつけ）も教育もせず、家にやってきた家庭教師の好き勝手にまかせていましたから。家庭教師をつけたのも、ぼくが学校に通って同い年ぐらいの少年と親しくなって、独身の伯父が陰鬱な老僕だけを置いて住んでいる家の閑寂を乱されたらたまらん、というのがその理由でした。[119]

無関心といえるほど無頓着で冷静な伯父が、ぼくに平手打ちをくらわせて、ちょっとだけ躾のまね事めいた行為におよんだことが三度あるのを思い出しました。じっさい、少年時代に三度、平手打ちをくらいました。枢密顧問官さん、いまおおいにしゃべりたい気分ですので、この三発の平手打ち事件を〈こころと頬にひびくロマン主義

117　ここもホフマンの少年時代と類似している。彼の両親は一七七八年に離婚し、母はホフマンを連れて生家に戻り、母の兄オットー・ヴィルヘルム・デルファーがときおりホフマン少年の教育を引き受けた。

118　アウグスト・ヴィルヘルム・イフラント（一七五九〜一八一四）劇作家・俳優。家庭や家族のもめ事をテーマにした戯曲を多数執筆。市民的・道徳的内容のものが多い。ロマン派の人びとからは純文学の敵として排斥されたが、性格俳優として優れており、その作品も舞台効果のあるものだった。

119　ホフマン自身は一七八二年、六歳からケーニヒスベルクの学校に通っている。一七八七年にテオドール・ゴットリープ・フォン・ヒッペルと親しくなり、ヒッペルは生涯の友となった。

の三連発〉として持ち出すこともできます。でも、あなたはぼくの音楽方面の勉学についで知りたくてたまらず、ぼくがはじめて作曲したときの様子を知りたがっているとお見受けしましたので、いちばん中心となる事件だけを取りあげましょう。

伯父はかなりの蔵書家で、ぼくは思いのままに本を探しまわって、好きなものを読むことができました。ルソーの『告白』[120]のドイツ語訳を手にしたことがあります。十二歳の子供向けに書かれたものではなく、ぼくの内面に悪しき種子をまき散らしかねない本でしたが、むさぼるように読みました。かなりきわどい部分もありますが、そのなかに心をわしづかみにする一瞬の出来事があり、残りはすっかり忘れてしまうほどでした。すなわち、ルソー少年が強大な内なる音楽の精霊にかりたてられ、和声学や対位法の知識も、実際的な補助手段もまったくないまま、オペラを作曲しようと決心して、部屋のカーテンを閉め、ベッドにごろんと寝ころんで、想像力のおもむくまま霊感に身をゆだねると、自作のオペラが壮麗な夢のごとく脳裏にうかんだという話に、雷に打たれたようになりました!

昼も夜も、ルソー少年におとずれたと思われる、その至福の瞬間のことばかり考えていました!――たびたび自分まで、そうした至福の恩恵に浴したかのような気持ちになりました。ぼくのなかにも音楽の精霊がかくも力強く羽ばたいているのだから、その楽園に飛んでいけるかどうかは、かたい決心しだいであると思いました。とにかく、お手本通りにやってみようという気になったわけです。くわしく申し上げます。伯父がいつになく家をあけた、ある秋の嵐の晩、すぐさまカーテンというカーテンをおろし、伯父のベッドに身を投げ出し、ルソーのように、オペラの楽想をえようとしました。準備万端、懸命に詩神の心をうごかして楽想をえようとしましたが、詩神は頑（かたく）なで、微動だにしません！

すばらしい着想が脳裏に浮かぶどころか、耳もとでブンブンいっているのは、〈私はイスメネだけを愛していた、イスメネは私だけを愛していた〉[121]というお涙頂戴的な

120　十八世紀フランスを代表する思想家ジャン＝ジャック・ルソー（一七一二〜一七七八）の『告白』（一七八二〜一七八九）。ルソーはみずから「音楽は恋と並ぶもうひとつの情熱であった」と述べ、生来音楽家であることを公言している。幕間劇『村の占い師』（一七五二）を作曲、バレエ場面の器楽曲は「むすんでひらいて」の原曲として知られる。

121　十八世紀のドイツ民謡。この歌詞はシュリーベン伯作とされている詩「寛大な恋人」（一七六六）の冒頭部。

歌詞ではじまる古臭い哀れな歌ばかり。おまけに、どんなに抵抗しても、歌はいっこうにしずまりません。〈さあ、こんどは崇高な司祭の合唱だ。オリンポスの高嶺から高く〉とひとりで叫びましたが、〈私はイスメネだけを愛していた〉のメロディーがぶんぶん鳴り続け、しまいにぐっすり眠りこんでしまいました。大きな声がして目をさまし、耐えがたい悪臭が鼻につき、息がつまりそうでした！　部屋じゅうに煙が濃くたちこめ、もうもうたる煙のなかに伯父が棒立ちになり、洋服だんすを覆っていたカーテンの燃え残りを足で踏みつけながら、〈水を――水を！〉と叫んでいました。ついに、老僕が水をなみなみと持ってきて、床にぶちまけ、火を消し止め、煙はゆっくりと窓から流れていきました。伯父は〈悪さをする小僧はどこだ〉と言って、室内を明かりであちこち照らしました。伯父が誰のことを言っているのか、よくわかっていたので、息をころしてベッドのなかでじっとしていました。とうとう伯父はつかつかと歩み寄り、腹立たしげに〈すぐに出てこい！〉と言ってぼくをベッドから引っ立てると、〈いたずら小僧が家に火をつけた〉と続けました。

　さらにあれこれ尋問されましたが、ぼくはおちついた態度で〈『告白』の内容にならって、ルソー少年がやったのと同じように、オペラ・セリア[122]を作曲していましたので、どうして火事になったのか、さっぱり分かりません〉と断言しました。〈ルソーだと？　作曲だと？　オペラ・セリアだと？——たわけ者が！〉——伯父は怒りのあまり口ごもり、ぼくに強烈な平手打ちをくらわせました。平手打ちを頂戴したのは、これが二度目でして、ぼくは恐怖のあまり身がすくみ、言葉を失って立ちつくしました。そのとき強打の余韻のごとく、〈私はイスメネだけを愛していた云々〉が実にはっきりと聞こえてきました。この瞬間から、この歌や、作曲の霊感といったものにたいして、はげしい嫌悪を抱くようになりました」

「それにしても、どうして火事になったんだろう」と枢密顧問官はたずねた。

「いまでも」とクライスラーは応じた。「いまこの瞬間においてさえも、いかなる偶然によってカーテンが燃えたのか、また伯父のきれいなガウンや、伯父が髪の薄くなった部分を巧みに隠し、ヘアスタイル全体を美しく整えるために愛用していたヘアピースが三つか四つ、一緒にだいなしになってしまったのか分かりません。平手打ちをくらったのは、ぼくの落ち度ではない火事のせいではなく、ただ作曲を企てたせい

122　正歌劇。喜歌劇（オペラ・ブッファ）とは対照的な、高貴かつシリアスな歌劇。

ではないかという気がいつもしていました。

妙なことに、伯父がぼくにやれやれときびしく勧めたのは、音楽だけなんですよ。もっとも教師は、ぼくが一瞬だけ音楽に嫌気がさしたと言ったことを真に受けて、ぼくを音楽とは無縁の輩とみなしていましたが。そもそもぼくが何を学びたいのか、あるいは学びたくないのか、そんなことは伯父にとってまったくどうでもよいことでした。伯父はたびたび〈この子を励まして音楽をやらせるのは、ひどく骨が折れる〉とさかんにこぼしていましたから、数年後、ぼくのなかで音楽の精霊が、他のすべてを凌駕するほど力強く羽ばたいたとき、〈伯父さんはさぞかし喜んだでしょう〉と誰だって思いますよね。でも、まったくそうではありませんでした。まもなくぼくがいくつかの楽器をかなり巧みに弾きこなしたり、教師や玄人筋のお眼鏡にかなう数々の小曲をこしらえたりしたことに気づいても、伯父はちょっぴり微笑むだけでした。そう、ちょっぴり微笑むだけなんです。褒めちぎる人がいると、伯父はぬけめのない顔つきで〈甥っ子ときたら、おかしな子でね～〉と言いました」

「伯父さんが」と枢密顧問官は言葉をはさんだ。「きみの素質が自由に羽ばたくのを容認せず、別の道をむりやり歩ませたというのがどうも腑に落ちない。わしの知るかぎり、きみが楽長になったのは、それほど昔のことではない」

アブラハム先生は「それに、それほど的外れなことでもない」と笑いながら叫び、奇妙な体つきの小男の影絵を壁にうつしだして、話をつづけた。

「こんどはわしが、そのりっぱな伯父さんの肩をもとう。伯父さんの名はOttfried Wenzelだったので、不埒な甥っ子は頭文字をとって茶化して、〈O Weh（困った）おじさん〉と呼んでいた。[123] 楽長ヨハネス・クライスラーは公使館参事官になって、彼の内奥の本性に反する厭わしい事柄で、自分を苦しめようという気をおこしたが、それは〈困ったおじさん〉のせいではないということを、わしは世間に向かって断言するよ」

「先生」とクライスラーは言った。「その話は勘弁してください。それから、伯父の影絵を壁から消してください。伯父は実際にこっけいな姿をしていたかもしれませんが、今日は、とうに奥津城にねむる老人を笑いものにしたくありませんから！」

「今日のきみは、いやに殊勝でセンチメンタルだね」とアブラハム先生は応じたが、

123　ホフマンも実際に伯父のOtto Wilhelm Doerferのことを「O・W・おじさん」と呼んでいた。

クライスラーは気にとめず、小柄な枢密顧問官のほうを向いて言った。

「ぼくにおしゃべりさせたことを後悔するかもしれませんよ。尋常ならざる話を期待していたのに、人生において何千回もくりかえされるような、なんの変哲もない話ばかり聞かされるので。――じっさい確かなのは、教育上、無理強いされたわけでも、ままならぬ運命に翻弄されたわけでもなく、ごくありふれた事のなりゆきで前へ前へと押し出され、行きたかったわけではないところへ、心ならずもたどり着いたということです。

どの一族にも、特にすぐれた才能があったり、いくつもの有利な出来事がうまく重なり合ったりして相当な地位まで出世した人がいますよね？　そういう人物は、一族の中心に立つヒーローで、親戚一同からうやうやしく仰ぎ見られ、彼の意見表明は有無を言わせぬものであり、鶴のひと声よろしく、くつがえしえない決定的な宣告になります。――伯父の弟[124]がそんな具合でした。彼は音楽一家から巣立ち、首府で公使館参事官をつとめ、大公のお側でかなりの重要人物になりました。彼の立身出世は、つねに一族の驚きと称賛の的でした。ものものしい厳粛な面持ちで、彼のことを口にし、〈公使館参事官さんからお手紙を頂きました。公使館参事官さんがかくかく、しかじか、おっしゃっておられます〉というときには、皆がかしこまって、物音ひとつたてずに、耳をそばだてたものです。そういうわけでぼくは幼少のころから、首府にいる伯父を、人間が努力の限りを尽くして到達しうる最高目標を達成した男とみなしてきましたから、この伯父をみならうほかないと考えたのは、むりからぬことでしょう。やんごとなき伯父の肖像画が豪華な部屋に飾ってあり、ぼくの最大の望みは、肖像画の伯父と同じように髪をカールさせ、同じような服装で歩きまわることでした。養育者はこの望みをかなえてくれたので、ぼくはじっさいに、前髪をおもいきり高く盛りあげた巻き毛の〈アピース、小さなまん丸の髪嚢（ヘアサック）、細い銀糸で刺繍をほどこした黄緑色の上着、絹の靴下、小さな剣という、十歳の少年としてはかなり優美な身なりをしていたにちがいありません。少し年齢があがると、この子供じみた懸命さはますます高じ、無味乾燥な学問にたいするぼくの意欲をかきたてるために、〈伯父さんのよ

124　ホフマンの母方の伯父で、法律家のヨハン・ルートヴィヒ・デルファー（一七四三～一八〇三）がモデルとされる。一七七〇年から九八年までグローガウ（現在はポーランド領）の参事官、その後ベルリンの最高裁判所の首席裁判官をつとめた。

うに、将来いつか公使館参事官になるには、勉強が必要だよ〉と言ってやれば十分でした。ぼくの心を占めていた芸術を、本来めざすべきものとし、真の唯一の生きる目的にしてもよいのだとは夢にも思いませんでした。〈音楽、絵画、詩は人間の心を晴れやかにし楽しませるのに役立つ気慰みでしかない〉という話を聞かされるのに慣れっこになっていましたから、なおさらでした。障害らしきものはひとつもなく、みずから得た知識や首府における伯父の後押しによって、いわば自分でえらんだ道を驀進し、そのスピードたるや、ふりかえって、自分のとった進路が方向ちがいであることに気づくゆとりもないほどでした。目的地には着いたわけですが、かつて背を向けた芸術が思いもよらぬ瞬間に、ぼくに復讐の牙をむきました。人生を棒に振ったという考えにとりつかれて絶望的な悲しみをおぼえ、とうてい断ちきれそうにない鎖につながれているのがわかったときには、もはや引き返すことはできませんでした！」

「それでは」と枢密顧問官は叫んだ。「カタストロフィーはきみを桎梏から解き放ち、永遠の至福をもたらし、めでたし、めでたしというわけだ」

「そう言えればよいのですが」とクライスラーは答えた。「解放はおそすぎました。ようやく解放されても、娑婆の喧噪や日の光と縁が切れていたものですから、黄金の自由を享受できず、また獄にもどりたいと願う囚人のような気分でした」[125]
「それは、ヨハネス」とアブラハム先生は口をはさんだ。「考えすぎだよ。なにやかやと、ごちゃごちゃ考えていると、自分を苦しめ、他人を困らせることになる。——前へ、前へ進みなさい！——運命はいつもきみに好意的だった。でもきみがふつうの単調な歩みを続けることができず、右にとびだしたり、左にとびだしたりするのは、ほかならぬきみ自身のせいだ。きみの子供時代についていえば、運命の星が特別にはたらきかけていたのは、おそらく間違いない。そして——

125　ホフマンは友人宛の書簡で、これと類似の比喩を用いている。「高等裁判所にいると、こんな考えが自然に浮かんできます。監獄の囚人が丸太を自分の後ろに引きずるように、私は自分の職業生活を自分の後ろに引きずっていて、広々とした野外に耐えられず牢獄に戻ってしまうのは、私がたくさんの罪過をおかした罰であるような気がします。ちょうど甘やかされた小鳥が、かごの中で飼われて人間にあまりにも長いことエサを与えられていたために、もはや野外でみずからエサを探すことができなくなるように」（一八一六年八月三十日付け、ヒッペル宛）

第二章　青年の人生経験　われもまたアルカディアに[1]

（ムルは続ける）ある日のこと、アブラハム先生は独り言をいった。

「もしあそこの暖炉の下にいるグレーのチビ君が、本当に教授が言い張るような特性の持ち主だとしたら、おかしなことであると同時に、とてつもなく注目すべきことだ！――フム、もしそうなら、あいつは〈姿なき少女〉よりも、もっとわしを金持ち

1　パリのルーブル美術館にあるフランスの画家プッサンの名画、三人の牧人と一人の女性が Et in Arcadia ego という銘のある墓碑をながめている絵によって特に知られている。アルカディアはギリシアの碑銘であるが、イタリア・ルネサンスの牧歌文学以来、平和郷を意味することになった。シラーの詩「諦念」（一七八四）やゲーテ『イタリア紀行』（一八一六）の題詞など。ここではパロディーになっている。

にしてくれるかもしれない。檻に閉じこめたら、たくさんの入場料を惜しげもなく払う世間の人びとの前で、あいつは芸をしてくれるにちがいない。学のあるネコにくらべたら、知識をたたきこまれた早熟な少年なんぞ、ものの数ではない。――おまけに書記をやとわなくてすむ！――もっと詳しく事情をさぐってみなくては！」

先生の油断のならない言葉を聞いたとき、忘れえぬ母ミーナの警告を思い出した。ごくわずかな素振りで、先生の話を理解していることがばれてしまうかもしれないので、十分に用心し、細心の注意をはらって、わたしの教養をかくそうと固く決心した。そこで夜だけを読書と執筆にあてたが、その際にありがたく天恵に浴した。なにかと軽視されるネコ族は、いわれなく万物の霊長を名のる二本足の種族にまさる利点をいくつもそなえている。つまり、うけあってもよいが、双眸の燐光は闇夜でも煌々とかがやくので、勉学にいそしむとき、ロウソク製造者や油製造業者の世話にならずにすんだ。それゆえわたしの作品は、昔のある作家に浴びせられた〈あいつの精神の所産はランプの臭いがする〉などという非難をものともしないのも確かである。

しかし、自然からさずかった抜きんでた卓越性を心から確信していたとはいえ、この世のあらゆるものは、いくばくかの不完全さ、それもある種の従属関係が透けて見える不完全さをはらんでいると打ち明けよう。わたしにはごく自然なものに思われ、医師は自然ではないと言う肉体上の事柄には、まったく触れないことにして、心的機構に関して、かの従属性がそこにもはっきりとあらわれているのに気づく。私たちが飛翔しようとするとき、しばしば鉛のおもりのようなものに妨げられるのは、永遠に真実ではないのか？　しかもその鉛のおもりのようなものの正体は何なのか、それはどこから来るのか、誰が私たちにぶらさげたのか、見当もつかないのである。

しかし、あらゆる禍は悪しき先例のせいであり、悪しき先例にしたがわざるを得ないのが、生まれながらの弱みであると主張するなら、そのほうがおそらくもっと適切であろう。わたしは確信しているが、悪しき先例をつくるのは人間という種族の定めでもある。

この書を読むネコ青年よ、人生においてきみ自身にも説明のつかない状態におちいり、いたるところでひどく非難されたり、ネコ仲間にしたたか咬みつかれたりしたことはないだろうか？　きみは怠け者で、口やかましくて、乱暴で、食いしん坊で、すべてが気に入らず、いつもおじゃま虫で、みなに負担をかけて、要するに、がまんのならない若造だった！――ネコ君、気を落とすことはない！　このどうしようもない時期は、きみの本来の深い内面から形作られたものではない。この一時的な状態をもちこんだ人間の悪しき先例にしたがうことによって、きみは、私たちを支配する原理にたいして納めねばならない税を納めたのである。ネコ君、気を落とすことはない！かくいうわたしも、順調に事がはこんだわけではないのだから。

　夜、勉学にいそしんでいたら、その最中にとつぜん気分が悪くなってきた。消化しきれない食べ物で飽和状態になっているような不快感におそわれ、すぐさま読んでいる本や書きかけの原稿のうえで縮こまって眠りこんだ。このような無精はますます助長し、もはや書いたり読んだり、跳んだり走ったり、友だちと地下室や屋根のうえで遊んだりする気にはなれなかった。その代わり、先生や友だちが嫌がること、厄介だと思うことなら何でもやってみたいという抑えきれない衝動をおぼえた。先生に関しては、先生は長いこと、わたしが〈立ち入り厳禁ゾーン〉を寝所にえらんだときには、わたしをしっしっと追いはらえば、それで済んだのだが、ついにわたしを打擲(ちょうちゃく)せざるをえなくなった。わたしは何度も先生の机のうえに跳びあがり、いつまでも悠々としっぽをあちこちふったので、ついにしっぽの先っちょが大きなインク壺にはまり、床とソファーに世にも美しい絵を描きだした。先生はこのジャンルの芸術をまったく解さない方だったらしく、逆上した。わたしは中庭へ逃れたが、そこでさらにひどい目にあった。威風あたりをはらう大きなネコはずっと前からわたしの態度が気に入らないと言っていたのだが、わたしは愚かにも、彼がまさに食べようとしていたご馳走を失敬しようとした。すぐさま、彼の強烈な往復ビンタをくらい、わたしは失神せんばかりになり、両耳からは血が出た。――おもいちがいでなければ、この立派な紳士はわが伯父である。彼の顔容（かんばせ）からは母ミーナの面ざしが輝きあふれ、ヒゲの生え具合をみても、親族であることは明白だった。

　要するに、この時期のわたしは、やんちゃの限りをつくしたと白状しよう。先生は「おまえの気持ちがまったく分からないよ。ムル、もしかしたら、腕白時代に突入したのかもしれない！」と言った。先生の言う通りで、それは人間の悪しき先例によれば、自分でなんとか切り抜けねばならない呪わしい腕白時代であった。先に述べたように、人間はこの救いがたい時期を、根深い本性に起因するものとしてもちこんだ。腕白時代と呼ばれるこの時期から一生抜けだせない人間もかなりいる。ネコ族なら腕白週間というところだろう。わたしはといえば、いきなりどんと、脚一本か肋骨二、三本へし折られそうな強烈な突きをくらって一挙にそこから抜けだした。じつに激越なやり方で腕白週間から、まさしく飛びだしたのである。

事の次第を語ろう。

先生の住まいの中庭に、なかのクッションが心地よくふっくらとした四輪馬車があった。あとで知ったところによると、イギリス式半蓋馬車だという。当時の気持ちとして、この馬車に苦労してよじ登り、こっそり潜りこみたいというのは、ごく自然なことであった。中にあるクッションはたいそう心地よく魅惑的だったので、たいていはこの馬車のクッションで眠ったり、夢想にふけったりして過ごした。

ゴットンと激しく大きく揺れたかと思うと、ガタガタ、ガラガラ、ビュービュー、乱雑な騒音がつづき、ちょうどウサギのローストやそうしたご馳走の快い夢をみていたわたしは目を覚ました。馬車全体が耳を聾するような轟音をたてて動いていて、わが身がクッションのうえでバタンバタン突き上げられているのを知ったとき、どんなに驚いたことか。その突然の驚愕を言いあらわせる者がいるだろうか。不安はいよいよ高まり、絶望に変わった。思い切って馬車からとびおりると、地獄の悪鬼どものいななくような嘲りの笑いが聞こえ、蛮声を耳にした。背後で「ネコだ、ネコだ、シッ、シッ！」という金切り声がして、わたしは無我夢中でそこから駆け出した。わたしめがけて小石が次々と飛んできた。ついに暗い建物のなかに入りこみ、気が遠くなってぶっ倒れた。

そのうち、なんだか頭上を人が行き来するのが聞こえるような気がした。いままでにも似たような経験があるので、この足音の響きから推し量ると、いまいるのは階段の下にちがいない。はたしてそうであった！

だがそこからこっそり出てきてみると、なんたることか！　目の前にはてしない街路が幾すじものびていて、大勢の人がひしめき通り過ぎていく。見覚えのある顔はひとつもなかった。そのうえ馬車はガラガラ音をたてて走り、イヌはやかましく吠え、ついには兵士の一団が銃剣を太陽にきらめかせ、街路いっぱいに進んでいく。誰かがすぐそばで、だしぬけに大きな太鼓をひどく打ち鳴らしたので、わたしは思わず三エレ[2]ほど跳びあがった。当然ながら、胸はただならぬ不安でいっぱいだった。いまや自分が、屋根のうえから遠くながめていた世界、しばしば憧れと好奇心をもってながめていた界隈のまっただなかに、右も左も分からぬよそ者として佇んでいることに気づ

2　当時の尺度で、一エレは五十〜八十センチメートル。

いた。用心しながら、建物に沿って通りを散策し、とうとうネコ族の二、三の若者に出会った。立ち止まって、かれらと会話をはじめようとしたが、かれらは目をぎらつかせてわたしをじっと見つめるだけで、跳んでいってしまった。

「軽率な若者よ、きみは道で出会ったのは何者かを知らない！――こんなふうに偉才は認められることも顧みられることもなく、世を渡っていく。――それは限りある命を生きる賢者の宿命なのだ！」と思った。

　わたしは人間たちがもっと関心をしめすことを期待して、とある地下室の高い入り口に跳びあがり、道行く人の心を惹きそうな快活な鳴き声ニャッを連発した。ところが、どいつもこいつも冷ややかで、わたしにまったく関心をしめさず、ほとんど目もくれず、素通りしていく。ようやくブロンドの巻き毛の美少年がわたしに気づくと、やさしげに見つめ、ついに指をパチンと鳴らして「ニャンコちゃん――ニャンコちゃん」と呼んだ。「美しき魂よ[3]、わたしのことをわかってくれるんだね」と思って跳びおり、喉をゴロゴロ鳴らしながら、少年に近づいていった。彼はわたしを撫ではじめ、〈親切な人だから気をゆるしても大丈夫だろう〉と思っていたら、しっぽをいきなりひどくつねられ、わたしはすさまじい痛みに悲鳴をあげた。それこそ、この陰険ないたずら小僧の思う壺だったらしい。なぜなら、彼は大声で笑い、わたしをしっかり押さえつけ、またもやあのペテンをくりかえそうとしたからである。かっとなったわたしが復讐心に燃え、少年の両手と顔にツメを立てて深く溝を掘ると、彼は甲高い叫び声をあげてわたしを放り出した。だが、そのとき「チュラス――カルテュス、行け、行け！」と叫ぶのが聞こえた。――二匹のイヌがワンワン大声で吠えながらあとを追いかけてくる――わたしは息が切れるまで走ったが、イヌどもはすぐそこまで迫っていた――もうだめだ！

恐怖のあまり無我夢中で、一階の窓に跳び込むと、窓ガラスはカチャカチャ鳴り、窓台に置いてあった二、三の植木鉢がドサリと部屋のなかへ倒れ落ちた。座ってテーブルで仕事をしていた女はびっくりして椅子からとびあがり、「この忌まわしい畜生め！」と叫ぶと、杖をつかんでわたしに向かってきた。しかしわたしの憤怒に燃える目、剝きだしの鋭く長いツメ、破れかぶれの唸り声が彼女をたじろがせ、かの悲劇に

3　ゲーテの長編小説『ヴィルヘルム・マイスターの修業時代』（一七九五～一七九六）第六巻「美しき魂の告白」参照。

あるように、振りあげた杖は空中に一瞬静止し、彼女は力に訴えることも、意志で抑えることもできず、何もできぬまま絵に描かれた暴君のように立っていた！[4]——その瞬間、扉が開き、わたしはすばやく決心を固め、部屋に入ってきた男の両足のあいだをスルリとくぐり抜けて、首尾よくその家から街路へ逃げ出すことができた。

　すっかり疲れ果てて気力も失せて、ようやくひっそりとした場所にたどり着き、少し身を横たえることができた。ところが猛烈な空腹がわたしをさいなみはじめ、いまや初めて深い悲しみとともに、過酷な運命によって引き離された親切なアブラハム先生のことを思い出した。——どうすれば先生に再会できるだろう！——物悲しくあたりを見まわし、帰路をさぐる可能性がまったくないことがわかると、目にキラキラした涙があふれてきた。

　しかし街角に、おいしそうなパンやソーセージをならべた小さなテーブルの前に座るうら若い愛想のよい少女をみとめたとき、あらたな希望が芽生えた。彼女にゆっくりと近づくと、彼女はわたしにほほ笑みかけた。すぐさま自分が教養ある慇懃な青年であることを示すために、かつてないほど高々と美しい猫背をやってみせた。ニッコリしていた彼女は、声高らかに笑った。

「ついに美しき魂、思いやりのある人に出会えた！——おお、痛手をうけた胸はなんと慰められることか！」

そう考えたわたしはソーセージの一本を自分のほうに引き寄せた。ところがその瞬間、少女は甲高い悲鳴をあげ、わたしめがけて、ごつごつした薪をなげつけた。もしこれが命中していたら、少女の誠実さや博愛の美徳を信頼して失敬したソーセージであれ、何か他のものであれ、わたしはもはや享受しえなかったであろう。わたしを追いかける血も涙もない鬼女からのがれるために、最後の力をふりしぼった。それに成功し、ようやく落ち着いてソーセージを平らげることのできる所にたどり着いた。

つましい食事の後、おおいに晴れやかな気持ちになった。ちょうど陽光が毛皮に暖かくふりそそぎ、この世は美しいとしみじみ感じた。しかしその後、冷たく湿っぽい夜がおとずれ、親切な先生の家のように柔らかい寝床はなく、寒さに凍えながら、またもや空腹に苦しめられ、翌朝目をさますと、絶望感におそわれ、ほとんどすてばち

4　A・W・シュレーゲルの独訳による『ハムレット』第二幕第二場参照。こちらは「彼」で、振り上げているのは杖ではなく「剣」である。

な気分になった。わたしは声に出して嘆いた。

「これが、故郷の屋根からあこがれていた世間なのか？――美徳や知恵、高度に発達した道徳心を見出せると期待していた世間なのか！――おお、思いやりのかけらもない野蛮人どもよ！――ぶん殴るときしか、力をふるえないのか？　あざ笑い嘲笑することしか、頭にないのか？　多感な者をねたんで迫害する以外に、やることはないのか？――ここを出なくては！――このみせかけのきらびやかさと欺瞞に満ちた世界から離れなくては！――心地よく懐かしい地下室よ、おまえの涼やかでひっそりとした世界にわたしを迎え入れておくれ！――おお、屋根裏よ！――わたしを喜ばせる孤独よ、切に思い焦がれる孤独よ！」

みじめさ、絶望的な状態をおもい、わたしはすっかり打ちひしがれ、目をつぶり、はげしく泣いた。

聞きおぼえのある声が耳朶を打った。

「ムル――ムル！　おい、どこから来たんだ？　どうかしたのかい？」

目を開けると、若造ポントが前に立っていた！

ポントにたいそう自尊心を傷つけられたとはいえ、はからずも彼があらわれて嬉しかった。彼にひどい仕打ちをされたことも忘れて、事の顚末を語り、涙をポロポロこぼしながら、現在のよるべない悲惨な境遇をうちあけ、最後に、いまにも死にそうな空腹に苦しんでいることを訴えた。

思っていた通り、若造ポントはいたわりの情をしめすどころか、大声でげらげらと笑いだし、それからこう言った。

「ムル君、きみはじつに愚かな気取り屋だね？――まず臆病者が柄にもなく半蓋馬車に乗りこんで、眠りこみ、馬車がはしりだすと、びっくりして馬車から世の中へ飛びだし、自宅の玄関前すらほとんど眺めたことがないのに、世間には自分を知る者はひとりもおらず、自分の愚行がいたるところで冷遇されたといってひどく驚き、そのうえ間抜けで、飼い主のもとへ戻る道すらわからないときている。ねえ、ムル、きみはいつも自分の学問や教養を鼻にかけ、いつもおれにたいして上

5　ティークの童話『金髪のエックベルト』（一七九七）に登場する有名な Waldeinsamkeit（森の孤独）の詩の一節「わたしを喜ばせる森の孤独」参照。この Waldeinsamkeit は、A・W・シュレーゲルによって「ティークのポエジーの精髄」と称揚され、後にロマン派の一つの象徴語とされている。

品ぶっていた。ところがいま、きみは心細く、途方にくれてそこにいる。きみの知性という偉大なる特性は、どうすれば空腹をしずめ、先生の家に帰れるのかを教えるのに十分でなかったわけだ。

きみは自分より格下だと思っている奴の世話にならなければ、結局のところ、みじめな死をとげる。きみの学識や才能を問題にする人間はひとりもいないし、きみが友人あつかいしている詩人たちの誰ひとりとして、きみが浅はかにも飢え死にした場所にご親切にラテン語で Hic jacet!（ここに憩う）などと書いてくれない！——これでわかったろう？　おれは学校を優秀な成績で卒業し、片言のラテン語を混ぜることにかけちゃ、だれにも負けないいんだぜ。

かわいそうなネコ君、腹ペコなんだね。まずこの要求から片づけねばなるまい。一緒に来いよ」

若造ポントは上機嫌で踊るような足取りで先を歩き、わたしは後悔に打ちひしがれて、その後をついて行った。彼の演説はすきっ腹の身には、かなり真実をふくむように思われた。ところが驚いたことに——

（反故）——なによりも嬉しいことに、この書の編集者はクライスラーと小柄な枢密顧問官との特筆すべき会話をまるごと、できたてのほやほやの状態で知ることができました。この風変わりな男性の伝記を書きつけることをいわば余儀なくされていますが、おかげで彼の幼少期のシーンを少なくとも二、三、読者にお目にかけることができ、それらは描写と雰囲気に関して、十分に特徴的で意義深いものとみなされうると考えています。少なくともクライスラーがフュースヒェン叔母と彼女のリュートについて話したところによれば、音楽はその霊妙な哀愁や至上の恍惚感とともに、少年の胸の無数の血管と一体化してしまったことに疑いの余地はなく、したがって彼の胸は少しでも傷つくと、たちどころに熱い血潮がふきだしてくるというのも驚くにあたらないでしょう。編集者がとくに知りたくてたまらない、というよりも執心しているのは、愛すべき楽長の生涯における二つの契機です。すなわち、永遠の御力はあらゆる者を適時、適所に配すると信じておりますが、どんなふうにしてアブラハム先生はその家庭にもぐりこんで小さなヨハネスを感化したのか、また、いかなる破局が正直なクライスラーを首府から追いだし、楽長——もともとそうすべきだったんです——に鞍替えさせたのかという二点です。こうした事柄についてはかなり突きとめたので、すぐさま読者にお伝えしましょう。

まず、ヨハネス・クライスラーが生まれ養育されたゲニエネスミュールに、人となりといい、行いといい、なにもかも風変わりで特色ある男がいたことは、まったく疑いえない。そもそも小都市ゲニエネスミュールは、あらゆる変わり者の真のパラダイスだった。クライスラーは世にも風変わりな人たちにかこまれて成長し、少なくとも少年時代には同年代の子たちとまったく交流がなかったので、これらの大人たちはいよいよ強烈な印象を彼にあたえたにちがいない。かの男性は、有名な風刺作家[6]と同じ苗字で、アブラハム・リスコーという名だった。彼はパイプオルガン製作者だったが、その職業をひどく蔑(さげす)むかと思うと、あるときはとてつもなく褒めちぎったので、みなは彼の真意をはかりかねていた。

クライスラーが語るところによれば、家族はリスコー氏のことをいつも賛美の念をもって話していた。およそこの世に存在しうる芸術家のなかで、いちばんの名人として彼の名をあげ、ただ惜しむらくは、彼のとんでもない気まぐれや常軌を逸した思いつきのせいで、みなに敬遠されてしまうのだと言った。リスコー氏がじっさいに居合わせて、グランドピアノの外装を外して新たに整調・調律・整音を行ってくれたのは、特別な僥倖（ぎょうこう）だったと褒めたたえる人があちこちにいた。リスコー氏の奇想天外ないたずらについても、あれこれ話題になっていて、小さなヨハネスに特別な印象をあたえたので、ヨハネスは面識のないこの男について明確なイメージを持ち、彼にあこがれていた。伯父が「ひょっとしたら、うちにもリスコー氏がやってきて、調子の悪いグランドピアノをなおしてくれるかもしれない」とはっきり口にすると、ヨハネスは毎朝、「リスコー氏はいったい、いつになったら来てくれるの？　結局来てくれないのかな？」と聞くほどであった。見知らぬリスコー氏にたいする少年の興味は高まり、ふだん伯父の行かない主要教会ではじめて大きな美しいパイプオルガンの力強い音色を聞き、伯父から「この名器を製作したのは、ほかならぬリスコー氏だよ」とおしえられると、少年の驚嘆と畏敬の念は最高潮に達した。この瞬間から、ヨハネスがリスコー氏にたいして描いていたイメージは消えて、まったく異なる姿にとって代わった。

6　クリスティアン・ルートヴィヒ・リスコー（一七〇一～一七六〇）啓蒙主義時代のドイツの外交官で風刺作家。

少年の意見によれば、リスコー氏は堂々たる風貌の長身の美男子で、朗々と響く声で力強く話し、とりわけ幅広の金モールのついた濃いプラム色の上着を着ているにちがいなかった。名親の商業顧問官[7]はそんな服装をしていて、小さなヨハネスはそのゴージャスな衣装にたいして、このうえない敬意を抱いていたのである。

ある日のこと、伯父がヨハネスと一緒に、開けはなたれた窓辺に立っていると、薄緑色のファスティアン織のロクロール[8]を着た小柄な痩せた男が通りを疾走してきた。開けたままの袖口が奇妙に風になびき、上下にヒラヒラしていた。おまけに白い髪粉をふった髪に小さな三角帽を猛々しく押しつけ、長すぎる弁髪を背中へうねうねと垂らしていた。彼のしっかりした足取りは舗道にひびくほどで、二歩ごとに、手にもっていた長い奇妙な籐(とう)のステッキではげしく地面をついた。男は窓辺を通り過ぎるとき、伯父の挨拶にはこたえずに、キラキラした真っ黒い瞳から刺すような一瞥を伯父になげつけた。小さなヨハネスは、全身が氷のように冷たくなってガタガタ震えると同時に、この男のことをひどく笑わずにはいられないのだが、そうできないのは、胸がひどく締めつけられるせいだという気がした。

「あれがリスコー氏だよ」と伯父は言い、「ぼくにもわかりましたよ」とヨハネスは答えたが、その言葉に偽りはなかったことだろう。リスコー氏は長身の堂々たる男ではなく、名親の商業顧問官のように、金モールのついた濃いプラム色の上着姿でもなかったが、奇妙にも、いや、素晴らしいことに、ヨハネスがパイプオルガンを聞く以前に思い描いていたのとまったく同じ風貌だった。ヨハネスがまだ激しい驚愕に比すべき感情から回復しないうちに、リスコー氏はとつぜん立ち止まり、くるりと向きを変え、街路沿いにバタバタ走って窓際までくると、伯父に深々とおじぎをし、高らかな笑い声をあげて走り去った。

「いったいあれが分別ある男のふるまいだろうか?」と伯父は言った。「浅学というわけではないし、免許のあるオルガン製作者としては名人の域に達しているし、国の法律によって帯刀もゆるされているのにね。朝っぱらから酔っぱらってるとか、頭がどうかしてるとか、誤解されるんじゃないか?　でも、いつかやってきて、グランド

7　一九一一九年まで商工業功労者に与えられた称号。

8　ファスティアン織は裏をけば立たせたフランネル。ロクロールは十八世紀に男子が着た膝までのマント。

ピアノを直してくれるだろう」

　伯父の言う通りだった。翌日、リスコー氏はやってきたが、グランドピアノの修理にはとりかからず、小さなヨハネスに「弾いてごらん」と言った。少年は書物を積みあげた椅子のうえに掛けさせられ、リスコー氏は彼と向き合ってグランドピアノの細いほうの端っこで、楽器に両腕をつき、少年の顔をじっと見つめた。そのため、ヨハネスはすっかりあがってしまい、古い楽譜から弾いたメヌエットとアリアはたどたどしいものだった。リスコー氏は真剣な顔つきのままだったが、とつぜん少年が滑ってグランドピアノの脚下へ沈むと、オルガン製作者は少年からいきなり足台[9]をひったくり、手放しで大笑いした。少年は恥ずかしくて、じたばたしながらやっと起き上がったが、そのときにはもうリスコー氏はグランドピアノの前にすわり、ハンマーを取りだして、あたかもすべて粉みじんにしたいかのように、哀れな楽器を容赦なくトントンたたいた。

「リスコーさん、正気の沙汰じゃない！」と伯父は叫んだ。しかし小さなヨハネスはオルガン製作者のやり方にひどく憤慨して、われを忘れ、全力をあげて楽器の蓋に体を押しつけたので、蓋は大きな音をたてて閉まり、リスコー氏がすばやく頭を引っ込めなければ、はさまれてしまうところだった。それから少年は叫んだ。

「伯父さん、この人はあの素晴らしいパイプオルガンをこしらえた名人なんかじゃありません。そんなはずはありません。なにしろ、ここにいるのは、腕白小僧のふるまいをする大人げないバカ野郎ですから!」

伯父は少年の厚かましさに驚いたが、リスコー氏はいつまでも少年の顔をじっと見つめ、「なかなか面白い見かたをするムッシューだね!」と言うと、グランドピアノの蓋を静かに慎重に開け、道具をとりだして仕事をはじめ、二、三時間で終えたが、そのあいだ一言も話さなかった。

このときからオルガン製作者は少年を特別に可愛がるようになった。ほぼ毎日、その家にやって来て、少年の活発な精神がより大胆かつ自由に活動できる、目新しく多彩な世界を開示して、まもなく少年の心をとらえた。リスコーは、特にヨハネスがかなり大きくなってからだが、しばしば伯父本人をターゲットにした奇抜な揶揄で、少

9　小さな子供が床に足が届かないときなどに用いる小さな椅子。四脚の木製で、上部に柔らかいクッションがついている。

年に伯父をからかいたいという気持ちを起こさせた。むろん伯父は了見がせまく、滑稽な特性をたくさんもち、そのきっかけをたびたび作っていたのだが、これは決して褒められるべきことではない。だがクライスラーが少年時代のどうしようもない孤独についてこぼすとき、また、しばしば心の内奥をかき乱す自分の矛盾した性格をあの時代のせいにするとき、伯父との関係を考慮にいれねばならないのはたしかだ。ヨハネスは、父親代わりであってしかるべき男、しかも、その行状すべてが滑稽に思われてならない男を尊敬することができなかったのである。

リスコーはヨハネスの心を完全に自分に惹きつけたかった。もし少年の気高い気性がそれにあらがわなければ、うまくいったことだろう。透徹した思考力、深みのある情意、並みはずれて鋭敏な才知、これらはすべて誰もがみとめるオルガン製作者の長所だった。しかし彼が口癖のようにユーモアと呼んでいたものは、――「生きる」ということをじっくり観照すると、生のありとあらゆる制約がみえてくるわけだが――敵対する諸原理の闘いから生まれる、あの得も言われぬ稀有な情趣ではなく、才能を発揮するいっぽうで、みずからは奇人であらざるをえないはぐれ者の明白な感情表出にすぎない。それこそ、リスコー氏がいたるところで発散させる嘲弄の根底にあるものだった。彼は意地悪い喜びをおぼえながら、〈矛盾をはらんでいる〉と認識したすべてを、隠された片隅にいたるまで倦むことなく追求した。こうした意地悪い喜びに満ちた嘲笑は少年の繊細な気持ちを傷つけ、真情において父親のような友人なら昵懇（じっこん）の間柄になれそうなのに、そうはならなかった。しかしまた、この風変わりなオルガン製作者は、少年の内面にひそむ深いユーモアの萌芽をはぐくみ育てるのに打ってつけの人物だったことも否めない。のちに、このユーモアの萌芽は十二分に繁茂し成長することになる。

リスコーは、若いころ腹心の友だったヨハネスの父のことをよくいろいろ話したが、これは養育者である伯父にとって不利であった。弟の姿が明るい陽光のなかにあるとき、いつも伯父は目だって陰に沈んでしまうからである。ある日のこと、リスコーは「お父さんは音楽を深く理解していた」と褒めたたえ、「伯父さんがきみに音楽の初歩を教えたやり方ときたら、本末転倒だね」と嘲笑した。いちばんの近親者でありながら、どんな人だったのか知らない父の想い出に心の隅々まで浸されていたヨハネスは、もっともっと聞きたがった。しかしリスコーはふいに口をつぐみ、なにやら生を把握する考えが心に浮かんだ人のように、目を落としてじっと床を見つめた。

「どうしたんです、先生？」とヨハネスはたずねた。「そんなに感動なさっておられるとは」

リスコーは夢からさめたようにハッとし、微笑をうかべて話した。「おぼえているかい、ヨハネス。わしがきみの脚下の足台を引っぱって取り払ったために、きみがグランドピアノの下に滑り落ちたことを？　伯父さんがきみに、あのぞっとするようなムルキやメヌエットを演奏させたときのことだよ」

「ああ、初めて先生にお目にかかったときのことですね」とヨハネスは答えた。「あのことは思い出したくありません。先生は、子供の気を滅入らせて面白がっていた」

「そしてその子供は」とリスコーが口を開いた。「おもいきり乱暴だった。――あのころは、きみのなかにこんなに優れた音楽家がひそんでいようとは、夢にも思わなかった。お願いだから、紙製のポジティブで本式のコラールを聞かせてくれないか。わしがオルガンのふいごを踏んであげよう」

ここで付け加えておくが、リスコーはいろいろ変わったふしぎな玩具に目がなく、それでヨハネスをおおいに楽しませた。ヨハネスがまだ幼かったころ、訪問するときはいつもなにか珍しいものを持参した。

子供のころは、皮をむいたとたんに何百もの破片に割れるリンゴや、なんだか妙な形のクッキーをもらっていた。かなり大きくなると、あれやこれや、自然の神秘の力を活かした驚くべきマジックで楽しませてもらったし、青年になると、光学器械をつくったり、シークレット・インク[11]を調合したりする手伝いなどもした。オルガン製作者がヨハネスのためにこしらえた機器はいろいろあるが、そのトップに立つのは、八フィートの閉口音管があり、音管が紙でできているポジティブであった。それはユージーン・カスパリーニ[12]という十七世紀の老オルガン製作者がつくった、ウィーンの帝室博物館で見られる楽器と同じものだった。リスコーの不思議な楽器は、その力強く優美な音色で否応なく人びとを魅了し、ヨハネスは今なお、「あの楽器で演奏すると、

10　小型の持ち運びできるオルガン。手動。
11　交感神経インク、化学インクとも呼ばれる。はじめは無色だが、光線や熱や薬品によって色が出る。十七世紀から十九世紀にラブレターや密書などに用いられた。
12　ドイツ名はヨハン・オイゲン・カスパー（一六二三〜一七〇六）ドイツの有名なオルガン製作者。長年イタリアで活躍。一六九四年からウィーンの帝国オルガン製作者に任命されている。

かならずや深く心を動かされますし、幾多の真に敬虔な教会音楽が明瞭に浮かび上がります」と断言している。

ヨハネスはオルガン製作者にこのポジティブを演奏して聞かせた。リスコーの望み通りに二、三のコラールを弾いてから、数日前に自分で作曲したMisericordias domini cantabo（主の慈愛をわれは讃えん）という聖歌を演奏しはじめた。

ヨハネスが弾き終わると、リスコーはだしぬけに立ち上がり、彼をはげしく胸に抱きしめ、からからと笑って、大声で叫んだ。

「たわけ者め、きみの哀歌でひやかす気かね？　わしが今も昔もきみのふいご係でなかったら、きみは決して気の利いた作品をつくることはできなかったろう。

さらば！　きみを置き去りにして、わしは行くよ。わしと同じようにきみに好意をもつ、別のふいご係を世間にさがしなさい」

こう言いながらリスコーの目にはキラキラした涙があふれていた。彼は戸口から飛びだし、ドアをバタンとひどく乱暴に閉めたが、もう一度顔をつきだすと、たいへん優しく言った。

「こうなるほかない。さようなら、ヨハネス！――もし伯父さんが赤い花模様のトゥール産の絹のベストが見当たらないといったら、わしが失敬して、トルコの大帝にお目通りするためにターバンをこしらえたと伝えてくれ。さようなら、ヨハネス！」

なぜリスコー氏はとつぜん居心地のよいゲニエネスミュールの町を去ったのか、また、なぜ彼は決心した行先をだれにも打ち明けなかったのか、それを知る者はひとりもいなかった。

伯父は言った。「あの落ち着きのない男がいずれ逃げ出すだろうということぐらい、とうに察しがついていた。なにしろ、すばらしいパイプオルガンをこしらえはするが、『その地にとどまり、誠実に暮らしなさい』[13]という格言には与しない男だから。――うちのグランドピアノが使える状態になって、まあ良かった。あんな常軌を逸した男のことなど、たいして気にかけていない！」

ヨハネスは、おそらくまったく違う考えだった。リスコーがいなくて寂しくてたまらなかった。

13　『詩編』第三十七章三節「主を信頼し、善を行いなさい。その地にとどまり、誠実であり続けなさい」参照。

らなかったのである。いまや彼には、ゲニエネスミュール全体が生気のないわびしい牢獄のように思われた。

こうして彼はオルガン製作者の忠告にしたがって、別のふいご係を世間にさがそうとした。伯父は、甥が学業を終えたら、首府にいる例の公使館参事官のつばさの庇護のもとに置こう、そうすれば立派に孵化するだろうと考えていた。――はたしてその通りになった。

ここで伝記作家はおおいに憤慨します。というのも、読者のみなさまにお伝えすると約束したクライスラーの生涯における第二の契機、すなわち、ヨハネス・クライスラーが公使館参事官という既得のポストをどのように失い、いわば首府から追放されたのかという点になると、伝記作家の意のままになる情報はいずれも貧弱で不十分で浅薄で脈絡がないことに気づいたからです。

しかしながら結局のところ、こう申し上げれば、おそらく事足りるでしょう。すなわち、クライスラーが亡き伯父のあとを継いで公使館参事官になってまもなく、予期せぬうちに、王冠を戴いた強大な権力者[14]が首府の君公をふいに訪れ、親友と呼んで鉄の腕で熱烈に抱きしめたので、君公は今にも息の根が止まりそうになった。この強大な権力者の行動と物腰には、有無を言わせぬものがあり、たとえすべてが混乱し窮地におちいっても、実際そうなったが、彼の願いをかなえないわけにはいかなかった。この権力者の友情は命取りになりかねないと考え、抵抗を試みようとする者もかなりいたが、かれらはそのために、この友情のすばらしさを認めるのか、あるいは、権力者をより適切に観察するために、国外に他の足場を求めるのかという、進退きわまる窮地におちいった。

クライスラーは後者に属していた。

外交的手腕を要する地位にありながら、クライスラーにはいまだに純真なところが多分にあり、まさにそのために、どう決心してよいかわからない瞬間があった。喪に服している美女に、「あなたはそもそも公使館参事官というものをどうお考えになり

14　一八〇四年にフランス皇帝となったナポレオン・ボナパルトを暗に指していると考えられる。一八〇六年、ナポレオン軍がワルシャワに進駐、プロイセン政府の解体により、ホフマンもクライスラーと同じように失職、芸術家としての勤め口をさがすことを余儀なくされている。彼はさしあたり一八〇七年にベルリンへ行き、その翌年バンベルクの劇場の音楽監督に就任した。

ますか?」とたずねたのは、ちょうどそんなときである。彼女は優美かつ丁寧な言葉でいろいろ答えたが、結局あきらかになったのは、公使館参事官が彼女に心をかたむけずに、芸術に血道をあげるようでしたら、とたんに公使館参事官のことなど気にかけなくなるかもしれません、ということであった。

クライスラーは言った。「ご主人を亡くされて哀しみのなかにある奥さま、ぼくは逃げだします!」

早くも旅行用のブーツをはき、手に帽子をもって、感動し別離の悲しみをもって暇乞いをしようとしたとき、寡婦はクライスラーのポケットに、イレネーウス公の領土を併呑した大公の招聘状をつっこんだ。楽長としてお迎えしますという趣旨の書状であった。

この喪中の貴婦人が、顧問官であった夫君を失ったベンツォン夫人その人だったことは、ほとんど言い添えるまでもない。

奇妙なことに、ベンツォン夫人はちょうどそのとき――

（ムルは続ける）

ポントはパンとソーセージを売っている娘のところへ、まっしぐらに飛んでいった。愛想よく接近したわたしを殴り殺さんばかりだった、あの娘である。

「プードルのポント君、プードルのポント君、何をする気だ。気をつけたまえ。血も涙もない野蛮な女、復讐心に燃えるソーセージ原理に用心したまえ！」

ポントの後ろから叫んだが、彼はわたしの言うことは気にもとめず、どんどん進んで行った。そこで万一、彼が危険に瀕した場合には、ただちにそっと逃げだせるように、かなり距離をおいてついて行った。

ポントがテーブルの前に行って、後ろ足で立ち上がり、その娘のまわりを愛くるしく跳ねまわると、娘は大喜びでポントを呼び寄せた。ポントは近寄り、彼女の膝に頭をのせ、またしても跳びあがり、嬉しそうに吠え、またもやテーブルのまわりを跳ねまわり、慎ましやかに鼻をクンクンさせ、愛想よく娘の目をのぞきこんだ。

「お利口なプードルちゃん、ソーセージがほしいの？」

娘がそうたずねると、ポントは嫋（たお）やかにしっぽをふりながら、あからさまに歓声をあげた。少なからず驚いたことに、娘はもっとも大きくて見事なソーセージのなかから一本を選び取ると、それをポントに差し出したのである。ポントは礼を述べるかのように、ちょっとしたバレエを披露すると、そのソーセージをくわえてわたしのもとに走ってきて、それを下に置き、「さあ、これを食べて元気を出しなよ！」とやさしく言った。わたしがソーセージを平らげると、「アブラハム先生のところに連れ帰ってあげるから、ついておいで」と誘った。

私たちは並んでゆっくりと歩いて行ったので、歩を進めながら筋の通った会話を交わすのは難しくなかった。

「よくわかったよ」とわたしは会話をはじめた。「きみはわたしよりもはるかに、はるかに世渡り上手だということが。きみはいとも簡単にやってのけたけど、あの野蛮な女の心をうごかすなんて、わたしにはとても無理だ。

だが失礼ながら、あのソーセージの売り子にたいするきみの態度全般に、わたしの持って生まれた性分に反するものがある。どことなく相手におもねる卑屈な態度だの、自負心や生来の高潔さをはなから否定するところだの――いや！　プードル君、わたしはきみのように、あれほど人なつっこく振る舞ったり、巧みに息をはずませながら策略を駆使したり、へりくだっておねだりしたりすることはできないだろう。わたしはひどい空腹をおぼえたり、何か特別なものが食べたくなったりしたときでも、先生の後ろで椅子に跳びのって、おだやかに喉をゴロゴロ鳴らして、こちらの願いをほのめかすのが、せいぜいだ。それですら、〈お願いだから、ちょうだい！〉というよりも、〈そなたには、余の欲求を察し配慮する義務がある。そのことを思いださせて進ぜよう〉という意味合いだから」

わたしがこう話すと、ポントは大声で笑い、それから口を切った。

「ムル、親愛なるネコ君、きみはりっぱな詩人で、おれには見当もつかないようなことに熟達しているかもしれない。だが実人生ということになると、きみは何もわかっちゃいないし、世渡りの才がまったく欠落しているから、そのうち身を滅ぼすことになりかねない。――まず、ソーセージを食べる前だったら、今とはちがう判断をしたかもしれない。なにしろ飢えた連中は、満腹している連中よりも、ずっと礼儀正しくて従順だからね。それから、おれのいわゆる〈卑屈な態度〉という点について、きみはひどい思い違いをしている。きみも知っているように、おれは踊ったり跳ねたりするのがとっても楽しい。だから、たびたび自分から進んでやっている。人間たちの前で芸をするのは、そもそも運動したいからだよ。それなのに阿呆どもは、特に〈この私〉のご機嫌をとろうとして、ひたすら〈この私〉を喜ばせ楽しませたくてやっていると信じているのだから、こちらとしては笑いが止まらない。たとえ他の下心が透けて見えても、やつらはそう信じている。ほら、きみはたった今、その生々しい実例を見たじゃないか。ソーセージがお目当てだっていうことぐらい、あの小娘だってすぐに分かったはずだ。けれども彼女は、おれが〈お会いするのは初めてですが、この種の芸を評価できる方ですね。そんなあなたの前で披露いたします〉というふうにやってみせたことに大喜びして、上機嫌でこちらのもくろみ通りに動いた。世才に長けたものは、ひたすら自分のためにやっていても、他人のためにやっているかのように見せかける術を心得ている。そうすると、あちらもおおいに恩義を感じて、こちらのもくろみが何であっても、すすんでやってくれる。世間には、親切で世話好きで謙虚で、他人の望みをかなえるためにだけ生きているようにみえる人がかなりいるが、そういう人の念頭にあるのは、実は〈可愛いわが身〉だけなのさ。でも他の連中は、そんなこととは露知らず、その人の意のままに動いている。そういうわけで、きみは〈相手におもねる卑屈な態度〉だと言うが、あれは如才ない立ち回り以外の何ものでもなく、そもそも基にあるのは、他者の愚かさを見抜いて、からかいながら利用することだ」

「おお、ポント」とわたしは応じた。「きみはじつに世慣れた男だね。それは確かだ。くりかえすが、人生というものをわたしよりもはるかによく心得ている。とはいえ、きみの奇天烈な芸当がきみ自身にも楽しいだなんて、どうにも腑に落ちない。きみはわたしの見ている前で、かなり大きな焼肉をちゃんと口にくわえて、きみの主人のところに持っていき、主人が食べていいと目配せするまで、ほんの一口も食べずにいたことがあったね。少なくともあの恐るべき芸当は、骨の髄までしみた」

「ムル君、それから、どうなったか言ってごらんよ」とポントは言い、わたしは答えた。

「きみの主人とアブラハム先生のふたりは、きみを褒めちぎり、焼肉を盛った皿ごと、きみに供した。きみはおどろくべき食欲で平らげた」

「それじゃ」とポントは続けた。「もし、おれがあのちっぽけな肉片を口にくわえて運んでいる最中に食べてしまっていたら、あの後、あんなにたっぷりと焼肉を大盤振る舞いしてもらえたと思うかい？　世間知らずの若造よ、習得したまえ。〈大きな獲物にありつくには、小さな犠牲を厭うなかれ〉ってね。きみは読書家なのに、〈エビで鯛を釣る〉とはどういう意味か分かってないなんて、おかしいよ。――じっさい白状すると、もしたった独りで隅っこにいて、美味しそうな焼肉を見つけたら、主人の許可をまたずに、すっかり平らげてしまうだろう。だれにも知られずに、やり遂げられたら、の話だけどね。隅っこにいるときにやることと、衆人環視のなかでやることが違うのは、自然の理だ。——ちなみに、〈ささいなことでも正直に。それが得策[15]〉というのは、深遠なる世間知から得られた原則でもある」

わたしはポントの言った原則を熟考しながら、しばらく沈黙した。〈各人、おのれのやり方が一般原理として通用するように行動しなさい[16]〉とか、〈みなが私のことを配慮し、私のために喜んでしてくれますように[17]〉などという文章をどこかで読んだことに思い当たった。この原理を、ポントの世間知と調和させようと努めたが、むだだった。ポントがいま見せている友情はことごとく、わたしをだしにしてポント自身の利益をはかっているだけであるという考えが頭にうかび、つつみかくさず彼にそう言った。

「たわ言ほざくおチビちゃん」とポントは笑って叫んだ。「きみのことなんか問題じゃない！——毒にも薬にもならん。きみの死んだ学問なんぞ羨ましくないし、きみのやることなんぞ、どこ吹く風だね。かりにきみが敵意むきだしでかかってきても、強さ、機敏さで、おれに敵うわけがない。おれがさっと飛びかかって、鋭い牙でガブッとひと咬みすれば、きみはあっというまにお陀仏だ」

わたしはわが友ポントのことがひどく怖くなった。大きな黒いプードルがポントに親しげに型どおりの挨拶をし、両者がギラギラした目でわたしを見ながら、何やらひそひそ話し合ったとき、恐怖はいよいよ増した。

わたしが両耳をピタッと寝かせて、わきで縮こまっていると、ほどなく黒犬と別れたポントがわたしのほうへ飛んできて、叫んだ。「こっちにおいでよ！」

わたしは狼狽してたずねた。「おやまあ、あの物々しい男性はいったい何者？　きみと同じように、世渡り上手とお見受けしたが」

ポントは応じた。「おれの伯父さん、プードルのスカラムーツが怖いんだろう？

15　ドイツのことわざ「正直は最上の策（正直がいちばん長持ちする）」参照。
16　カント『実践理性批判』（一七八八）の有名な定言命法参照。
17　『マタイによる福音書』第七章十二節「人にしてもらいたいと思うことはなんでも、あなたがたも人にしなさい」参照。ムルは「自分がしてほしいことを人にもしなさい」という黄金律をパロディー化している。

何を内緒で胡散臭そうに、ひそひそ話をしていたんだい？」

「隠し立てはしない。ムル君、腹蔵なく言おう。年老いた伯父は、すこし気むずかしくて、老人たちにはありがちなことだが、時代遅れの偏見にとらわれている。おれたちが一緒にいるのを訝しがっている。階級がちがうのだから、親しくなるのはもってのほかだと言うんだよ。だからおれは、きみが教養のある感じのよい青年で、ときどき大笑いさせてくれると断言した。そうしたら伯父は、〈ときどき会って二人きりで話すのはかまわないが、あいつをプードルの集会に連れて行こうなんて気は起こすんじゃないぞ。ネコはあのちっちゃな耳のせいで、プードルの集会に断じて参加できない。あの耳で、あまりにも卑しい素性がバレてしまい、りっぱな大きな耳をしたプードルたちに、実に不作法だと思われるだろう〉と言うのさ。だから、〈連れて行きませんよ〉と約束した」

もし当時わたしが、ゴットリープ王[18]の腹心の友で、高位高官についたわが偉大なる先祖、「長ぐつをはいた猫」について多少とも知っていたら、プードルの集会のメンバー全員が著名なる一門の出であるわたしの出席を名誉に思うはずであるという証拠を、いともたやすく友ポントにつきつけたことだろう。だが遺憾ながら、まだ高貴な血筋を公（おおやけ）に知らしめることができなかったわたしは、自分たちをわたしよりも上位に置くスカラムーツとポント、ふたりの思い上がりに目をつぶらねばならなかった。

私たちはさらに歩を進めた。と、すぐ前を歩いていた青年が大きな歓声をあげて、ひょいと後ずさりした。もしわたしがすばやく脇へ跳びのいていなかったら、大けがをしていただろう。彼のほうへ向かって通りを歩いていた、もう一人の青年がやはり同じように大声で叫んだ。ふたりは久々に再会した友人のように互いに抱きつき、しばらく手をつないで私たちの前を歩いていたが、ついに立ちどまり、どちらも同じように愛情をこめて別れを告げ、互いに離れた。私たちの前を歩いていた青年は、遠ざかっていく友をしばらく見送ってから、そそくさと家のなかへ入った。ポントは立ち

18　ゴットリープはティークの『長ぐつをはいた猫』の登場人物。粉屋の三男坊で、遺産分割でネコのヒンツェをもらう。「親切で気高い人」であるゴットリープは、ヒンツェのおかげで最後に王女と結婚する。

どまり、わたしも立ちどまった。すると青年の入っていった家の三階の窓が開き、すばらしく可愛い娘が顔をのぞかせて外を見やった。例の青年が娘のうしろに立っていたが、今しがた別れたばかりの友の後ろ姿を見送りながら、娘とふたりで笑いこけた。ポントは窓のほうを見あげて、口のなかでブツブツ言ったが、何のことやら分からなかった。

「ポント君、なぜここに立ちどまっているんだい？　先へ行こうじゃないか」

こう聞いても、ポントは相手にせず、しばらくしてから激しく頭をふり、ようやく黙って歩きだした。

木々に囲まれ、彫像で飾られた気持ちのよい場所にくると、彼は言った。

「ここで一休みしよう、ムル君。通りであんなに愛情こめて抱き合っていたふたりの青年のことが、頭からはなれない。ダモンとピュラデスのような無二の親友だ」

「ダモンとピュティアスだよ」[19]とわたしは訂正した。「ピュラデスはオレステスの友人だ。[20]復讐の女神やデーモンがこの可愛そうな男オレステスをはげしく責め苛（さいな）むたびに、まめまめしく彼にガウンを着せて寝所へ連れて行き、カモミールティー[21]を飲ませてやっていた。ポント君、きみは歴史にあまり精通していないようだね」

「そんなことはどうでもいい」とプードルは続けた。「とにかく、あのふたりの友人についての話なら、詳しく知っている。主人から二十回も聞かされた通りに、細大もらさず話してあげよう。きみは、ダモンとピュティアス、オレステスとピュラデスと並ぶ第三のペアとして、ヴァルターとフォルモーズスの名を挙げるようになるかもしれない。フォルモーズスというのは、大好きなヴァルターに再会した喜びのあまり、きみを踏んづけそうになった青年だ。

あそこの明るいガラス窓のある素敵な家には、年老いた大金持ちの長官が住んでいる。フォルモーズスは分別があって如才なく物知りで、老人に取り入る術を心得ていたので、まもなく老人にとって息子同然になった。ところがフォルモーズスはとつぜ

19　両者はギリシアの伝説で真の友情を示す人物とされ、シラーのバラード「人質」（一七九八）で有名。この題材は日本では太宰治の『走れメロス』で人口に膾炙している。

20　オレステスはホメロスの叙事詩『イリアス』に登場する総大将アガメムノンの息子で、ミュケナイの王子。復讐譚「オレステイア」の主人公。ピュラデスは彼の従兄弟で、無二の親友。

21　安眠・リラックス効果があるとされるハーブティー。

ん快活さをうしない、青ざめて病人のように見え、十五分のあいだに十回も胸の奥底から、まるで自分の生命を吐き出すかのようにため息をつき、もの思いにふけり、ぼんやりして、この世のなにものにたいしても、もはや心を開くことはできないというふうになってしまった。

老人は長いこと青年に、秘めた悩みの原因を打ち明けてくれと迫ったが、むだだった。だがついに、青年が長官のひとり娘に死ぬほど惚れていることが明らかになった。娘を地位も職もないフォルモーズスと結婚させようなどと少しも考えていなかった老人は、はじめは驚いたが、かわいそうな青年がますますやつれていくのを見て、勇を鼓して娘のウルリーケに聞いた。『あの若いフォルモーズスのことをどう思う？　彼は何か愛について語ったことがあるのかね？』ウルリーケは目を伏せて『若いフォルモーズスは控えめで遠慮深く、わたしに何も打ち明けてくれませんが、彼がわたしを愛していることには、とうに気づいておりました。こうしたことは隠しおおせるものではございません。とにかく、あの若いフォルモーズスがとっても好きです。もし、差しさわりがなければ、もし、愛しいお父様が反対でなければ――』と、要するにウルリーケは、もはや花盛りをすぎて〈わたしを妻に迎える方はだれかしら？〉と一生懸命考える独身女性たちが、このような場合に口にしがちなセリフをすべて言った。

そこで長官はフォルモーズスに言った。『ねえ、きみ、元気をだしたまえ！　おおいに喜びたまえ、娘のウルリーケはきみのものだよ！』こうしてウルリーケは若い紳士フォルモーズスの許嫁（いいなずけ）になった。世間の人はみな、ひかえめな美青年の幸福を祝ったが、ひとりだけ、そのために悲嘆にくれて絶望する人間がいた。それは、フォルモーズスが幼少のころから一緒に過ごした一心同体の友ヴァルターだった。ヴァルターはウルリーケに二、三度会っていて、おそらく話したこともあり、彼女に夢中だった。フォルモーズスよりも、もっと夢中だったかもしれない！

惚（ほ）れた腫（は）れたの話ばっかりしているけど、ネコ君、きみは恋をしたことがあるかい？　こういう気持ちが分かるかい？」

「わたしに関して言えば」と答えた。「ポント君、過去に恋をしたことはなく、現在もしていないと思う。幾多の詩人が書いているような状態にいまだに陥ったことがないという自覚があるからね。詩人たちをいつも信頼しているわけではないが、これまでの知識、本で読んだところによると、恋とはそもそも心の病的状態にほかならず、人間という種族における局部的狂気であることが判明している。ある対象が本来の姿とはまったく違った風に見えてくるんだよ。たとえば、くつ下を繕っているぽっちゃりした小娘が、女神に見えてくる。しかし先を続けてくれたまえ、プードル君、仲良し同士のふたりヴァルターとフォルモーズスの話を」

「ヴァルターは」（とポントは話をつづけた）「フォルモーズスの首っ玉に抱きついて、おおいに涙を流した。『きみはぼくの生涯の幸福を奪ってゆく。でも、そうするのがきみであること、きみが幸せになることで、ぼくは慰められる。さようなら、愛する友よ、永遠にさようなら！』

それからヴァルターは灌木のいちばんこんもりと茂ったところに駆けこみ、ピストル自殺をとげようとした。しかし絶望のあまり、ピストルに弾丸をこめるのを忘れていたので、未遂に終わった。その常軌を逸した行為を毎日くりかえし、狂気をいくばくか爆発させると、気が済むというわけだ。ある日のこと、何週間も顔をあわせていなかったフォルモーズスがひょっこり彼のところへ行ってみると、ちょうどヴァルターは、ガラスのカバーと額縁をつけて壁にかけていたウルリーケのパステル画の前にひざまずき、大声でひどく嘆き悲しんでいるところだった。フォルモーズスはヴァルターを胸に抱きしめて叫んだ。『ぼくはきみの悲痛や絶望に耐えられない。きみのためなら、喜んでぼくの幸福を犠牲にしよう。ウルリーケをあきらめた。老父にきみを娘婿にするように頼んできた！――ウルリーケはきみを愛している。おそらく自分でそれに気づいてないんだよ。――彼女に求婚したまえ。ぼくは去ろう！――さようなら！』

フォルモーズスは去ろうとし、ヴァルターは彼をひきとめた。ヴァルターは夢のなかにいるようで、フォルモーズスが老長官自筆の書状をとりだすまでは、何もかも信じられない気持ちだった。書状にはこうあった。〈気高き青年よ！　きみは勝った。きみを手放したくはないが、昔の小説に出てくるような英雄的行為にもひとしいきみの友情に敬意を表する。ヴァルター君は立派な特性をそなえた男で、実入りの多い立派な官職についている。彼が娘のウルリーケに求婚し、娘が彼と結婚する意志があるならば、わたしとしては何も異存はない〉フォルモーズスはじっさいに旅立ち、ヴァルターはウルリーケに求婚し、ウルリーケはじっさいにヴァルターの妻となった。

老長官はフォルモーズス宛にもう一度手紙を書き送り、彼をやたらと褒めちぎり、こうたずねた。〈これは埋め合わせというわけではない。そういうケースでないことはよく承知しているからね。そうではなく心から好ましく思っていることのささやかなしるしとして、三千ターレルを気持ちよく受け取ってもらえないだろうか〉とね。フォルモーズスはこう答えた。〈ご老台（ろうだい）はぼくの寡欲をご存じですね。お金があっても、ぼくは幸せになれないでしょう。時だけが、ぼくが失ったものを慰めてくれます。だれの咎（とが）でもなく、親友の胸にウルリーケへの愛をかきたてた運命のせいであり、ぼくはこの運命に屈したのです。ですから、気高い行いといわれるようなものではございません。ところで贈与の件ですが、ご老台が、しかじかの所で品行方正な娘とともに苦境にあえぐ貧しい寡婦にお与えになる、という条件で拝領できればと存じます〉とね。ほどなく寡婦の居所がわかり、彼女はフォルモーズスに与えられるはずだった三千ターレルを受け取った。まもなくヴァルターはフォルモーズスに〈きみなしでは生きていけない。ぼくの腕へ帰ってきておくれ！〉という手紙を書き送った。フォルモーズスは親友から乞われるままに戻ってきて、そのときヴァルターが、ずっと前から類似のポストを望んでいたフォルモーズスがそのポストにつくという条件で、実入りの多い立派な官職をしりぞいたことを知った。フォルモーズスはじっさいにそのポストにつき、ウルリーケとの結婚の点で期待を裏切られたことを別にすれば、きわめて快適に暮らした。町の人も田舎の人も、友人ふたりの〈心の気高さくらべ〉に驚嘆し、ふたりの行いはとうの昔に消え去った美しき時代のなごりとして、高邁なる精神の持ち主だけがなしうる英雄的行為の手本として取りざたされた」

ポントが黙ると、わたしは口を切った。「ほんとうに、わたしがこれまでに読んだあらゆる書物から判断すると、ヴァルターとフォルモーズスは高潔で勇気ある人物だね。ふたりは互いに邪心なく自分を犠牲にし、きみが褒めたたえる世才とはまったく関わりがない」

「ふん」とポントは意地の悪い微笑をうかべなら言った。「そこが問題だ！――町の人たちは気にもとめないが、主人から聞いたり、こっそり盗み聞きしたりして知りえた事情が若干ある。それを付け加えておかなくちゃ。

金持ちの長官の娘にたいするフォルモーズス君の恋心は、老人が信じこんでいたほど激しいものではなかった。なにしろこの青年は、いまにも死にそうなほどの情熱の絶頂にあるときも、昼間じゅう絶望したあとで、毎晩せっせと、きれいで可愛らしい婦人帽製作者のもとへ通っていたんだから。さて、ウルリーケのフィアンセになってみると、まもなく、この天使のように柔和なご令嬢が適切な機会さえあれば、突如、悪魔の手先のような性悪女に変貌する特異な才能の持ち主だったことが分かった。そのうえ、ウルリーケ嬢は恋と恋の幸福にかけて、首府でじつに並々ならぬ経験を積んでらっしゃるという、うんざりするような報告が、たしかな筋から彼に届いた。そこで、やにわにフォルモーズスは抑えがたい気高い心の持ち主になり、ゴージャスな婚約者を友人にゆずったというわけさ。

ヴァルターはといえば、公（おおやけ）の場でドレスとヘアメイクで麗々しく飾り立てたウルリーケを見て妙に心乱れたことがあって、じっさい彼女に惚れていた。ウルリーケのほうでは、フォルモーズスかヴァルターか、ふたりのどちらが夫になっても、ほとんど気にならなかった。ヴァルターはじっさい、実入りの多い立派な官職についていたが、不祥事をおこし、いずれ解雇されるのは時間の問題だった。そこでヴァルターはいち早く友人のためと称して辞職し、どこから見ても高潔の士と思われる行動に出て、面目をたもつことを選んだのさ。三千ターレルは有価証券のかたちで、たいそう上品な年配の女性に渡された。この女は例のきれいな婦人帽製作者の、ときには母親、ときには叔母、ときにはハウスキーパーを演じていた。本件では彼女は一人二役で登場した。まずお金を受けとるときは母親役、それからお金を届けて駄賃をたっぷり頂戴するときには娘のハウスキーパー役。ムル君、君も知っての通り、ついさっき、フォルモーズス君と一緒にあの窓から外を眺めていた女性だよ。

とにかく、フォルモーズスとヴァルターはふたりとも、ずっと前から〈心の気高さくらべ〉の内実を知っていたから、互いに激賞しあうのは遠慮したくて、長く顔を合わせるのを避けてきた。今日、偶然にもふたりが通りで出くわしたとき、あんなにも熱烈な挨拶をたっぷり交わしたのは、そういうわけなのさ」

その瞬間、おそろしい騒ぎがはじまった。人びとが入り乱れて走りながら「火事だ！　——火事だ！」と叫んだ。馬に乗った人たちが通りを疾駆し、馬車はガラガラ音を立てて走った。——ほど遠からぬ家の窓から煙と炎が流れ出ていた。——ポントはすばやく駆けだしたが、わたしは不安のあまり、とある家にもたせかけてあった梯子をかけのぼり、いちはやく安全な屋根のうえに出た。とたんに——


（反故）——「まったく思いもかけぬ不意打ちです」とイレネーウス公は言った。「式部卿に問い合わせることもなければ、当直の侍従に取り次いでもらうこともなく、ほぼ——これは内緒の話です。アブラハム先生、他言は無用——だしぬけに——控室には従僕がひとりもおらず、間抜けどもは入り口の間でカードゲームに興じていました。賭け事は大変な悪習です。すでに彼は中に足を踏み入れていて、運よくそこを通りかかった食膳係が彼の上着の裾をつかんで、〈どちら様でしょうか。ご領主さまにはご用向きをどのようにお伝えいたしましょうか〉と聞いたわけです。でもあの男は大いに気に入りました。実に感じのいい人間ですな。しがない平凡な音楽家どころか、相当の地位にいたと聞きました」

アブラハム先生は断言した――クライスラーはかつて王侯のご陪食の栄に浴するほどのまったく違う境遇で暮らしていましたが、そんな境遇から放逐されたのは、ひとえに時代の荒れ狂う嵐のためで、とにかく彼はみずから過去に投げかけたベールをそっとそのままにしておいてほしいと願っています。

「では」と公は発言した。「貴族の出ということですな。もしかしたら男爵――伯爵――もしかしたらもっと――夢のような当て推量はほどほどにしておきましょう！――そうしたミステリアスな事柄に目がなくてね！　侯爵は封蠟を製造し、伯爵は透かし模様のナイトキャップを編み、ただ平凡な市井の男(ムッシュー)でありたいと思い、人びとが大規模な仮面舞踏会に興じたのは、フランス革命後の面白い時代だった。――

フォン・クライスラー君[22]に関しては！――ベンツォン夫人がそうしたことに明るくて、彼を称賛し推薦してきたんです。夫人の言う通りでした。帽子を小脇にはさむやり方で、彼が教養ある、洗練されたマナーの人物だとすぐにわかりました」

公はなおもクライスラーという人物の見た目についてあれこれ褒めたので、アブラハム先生は、計画はうまくいくと確信した。つまり、彼は親友を楽長としてこの白日夢めいた宮廷へおしこみ、ジークハルツヴァイラーに引きとめておこうと考えていたのである。ところが彼があらためてそのことを話すと、公はきっぱりと、まるっきりどうにもならないと答えた。

「先生ご自身はどう考えているのでしょう？」と公は続けた。「アブラハム先生、あの感じのよい男を楽長にしてわたしの配下の者にすれば、わが一門の内輪の集まりに引き入れることができると本当に思っていますか？――宮廷職をあたえて、余興・祝祭係長、御遊（ぎょゆう）の師（メートル）にすることはできるでしょう。でも彼は音楽にかけては根っからの玄人で、先生の話によると、演劇にも精通している。わたしは、神のみもとに憩う

22　クライスラーを貴族に見立てて、「フォン」をつけている。

亡父の主義を曲げるわけにはいきません。亡父はいつも、『師たるものは断じて、その師をもって任じる事柄に熟達していてはいかん。もし熟達していると、その師をもって任じる事柄を気にかけすぎるし、そこで働いている人たち、たとえば俳優や音楽家などに関心を持ちすぎるから』と主張していました。――そういうわけでフォン・クライスラー君には、稀人（まれびと）の楽長に扮してもらいます。その仮面をつけて、王家の奥の間まで悠然と入ってきてほしいですね。しばらく前、かなり身分の高い男が卑しい古代ローマの役者よろしく忌まわしい仮面をつけて、優雅な道化役を演じて、よりすぐりの人たちを面白がらせていましたが[23]、あれを手本にしてほしいですね」

「それから」と公は立ち去ろうとしたアブラハム先生に呼びかけた。「先生はいわばフォン・クライスラー君の代理公使らしいから、つつみかくさず言いましょう。あの男について、あまり気に入らない点が二つだけあります。癖というよりは、むしろ習慣かもしれません。――むろんこの意味はお分かりでしょう。

まず第一にわたしが話すとき、彼はわたしの顔を真正面からじっと見つめます。わたしはかなり目ヂカラがあって、炯々（けいけい）たる眼光をはなつことができます。ちょうどフリードリヒ大王のように。わたしが恐ろしい目つきで、相手をじっとにらみつけながら、『不品行なやつめ、また借金をつくったな』とか『マルチパン[24]をすっかり平らげたな』と聞くと、侍従であれ小姓であれ、敢えて面(おもて)をあげる者はいません。ところがフォン・クライスラー君ときたら、思いっきりにらみつけても、平気の平左(へいざ)でわたしにほほえみかけるんですよ。わたしのほうがつい目を伏せるはめになる。それからあの男の話し方、答え方、会話を続けるやり方は一種独特なので、ときおり本当に、わたしの話はさしたるものではなく、わたしは首領(ドン)ならぬ鈍物(ドン)なのでは……という気がしてくる。でも聖ヤヌアリウスにかけて、先生、あれは我慢できません。フォン・クライスラー君にこの癖もしくは習慣をやめるように計らってください」

アブラハム先生は、イレネーウス公の仰せの通りにいたしましょうと約束して、再び立ち去ろうとすると、公はなおも公女へドヴィガーがクライスラーをとくに毛嫌いしていることに触れた。公女はしばらく前から奇妙な夢や空想に苦しめられていて、

23　悪名高きいかさま師カリオストロ伯こと、ジュゼッペ・バルサモ（一七四三～一七九五）を指す。ゲーテの五幕の喜劇『大コフタ』（一七九一）は彼をモデルにしている。
24　砂糖とアーモンドを挽いて練り合わせた洋菓子。

いまや〈クライスラーは精神科病院から飛びだしてきたの。機会がありしだい、さまざまな災いをひきおこすわ〉と妙なことを考えているので、侍医が来春、ホエイ療法[25]をやるように勧めたという。

「アブラハム先生」と公は言った。「あの分別ある男は、ほんの少しばかり頭がどうかしているんじゃないのかな?」

アブラハム先生は答えた。「クライスラーの頭はわたしと同様、少しもおかしくありません。ただときおり妙なことをして、ほとんどハムレット王子のような状態になります。そうすると、いっそう面白味が増します」

「わたしの知るかぎりでは」と公は発言した。「若きハムレットは由緒ある王家の立派な王子で、ただときおり〈廷臣はみな笛を吹くことに長けていなくては[26]〉などという、おかしな考えをいだきます。高貴な人たちは妙なことを考えついたほうがよく、そのほうがいっそう尊敬されます。地位も身分もない人なら、〈たわごと〉呼ばわりされることでも、高貴な人たちの場合には〈非凡なる才気をほとばしらせるご様子のなんと好ましいことよ〉といわれ、驚嘆と称賛をよびおこします。――フォン・クライスラー君には非凡なる才気をほとばしらせたりしないで、常道をはずれずにいてほしいですね。しかし、どうしてもハムレット王子をまねたいというなら、それはより高きものをめざす努力でしょうし、音楽研究にたいする熱意がそうさせるのかもしれませんね。彼がときどき妙な振る舞いをしても、許すことにしましょう」

アブラハム先生は、今日は一度も公の部屋から出してもらえそうになかった。というのは、彼がドアを開くと、公はもう一度呼び返し、「ヘドヴィガーがクライスラーを異様に毛嫌いするのは、なぜなのか知りたい」と言ったからである。アブラハム先生は、クライスラーがジークハルト宮廷の庭園で、公女とユーリアの前に初めて姿を見せたときの様子を話し、「楽長はあのとき気が高ぶっておりましたから、繊細な貴婦人の反感をかってしまったのでしょう」と言った。

公は、少し短気をおこして自分の真意を悟らせた。「フォン・クライスラー君には、

25　ホエイは乳脂肪分や主要なたんぱく質であるカゼインなどを取り除いた液体のこと。乳清、ホエーともいう。ホフマンの時代には治療薬として用いられ、温泉保養地で入浴や食事療法、戸外での運動と組み合わせると効果的と考えられていた。

26　『ハムレット』第三幕第二場、ハムレットがギルデンスターンに笛を吹くように頼む箇所参照。

じっさい徒歩でジークハルト宮廷にくるのではなく、馬車を庭園のここかしこの広い車道に止めてほしかった。徒歩の旅なんて、下賤の身の冒険家のやることだから」

アブラハム先生は「ライプチヒからシラクサまで徒歩で、それも長ぐつ一足で旅した勇敢な士官の前例[27]をありありと思いうかべることもできますが、クライスラーに関してては、じっさい馬車は庭園で止まったと確信しております」と言った。——公は満足した。

こうしたことが公の部屋で起こっているあいだ、ヨハネスはベンツォン夫人のところで名人ナネッテ・シュトライヒャー[28]の製作した見事なグランドピアノの前にすわり、グルック作『アウリスのイフィゲニア』[29]中のクリテムネストラのすばらしい情熱的な叙唱をユーリアのために伴奏していた。

ここで伝記作家は遺憾ながら、主人公クライスラーをただしく人物描写しようとすると、常軌を逸した人間として描かざるをえず、とくに音楽方面の熱狂ぶりに関しては、しばしば冷静な観察者にはほとんど狂人のように思われると表現せざるをえません。伝記作家は前にも主人公の度を越した言い回しをまねて、「ユーリアが歌っているとき、森じゅうにあらゆる愛の憧れにみちた苦痛が、あらゆる甘美な夢の恍惚が、希望が、欲望がただよい流れ、すがすがしい露のように、香る花の萼や耳をかたむけるナイチンゲールの胸に下りていった」と書かざるをえませんでしたが、これによると、クライスラーのユーリアの歌にたいする判断は、とりたてて価値あるものではないようです。それでも伝記作家は、この機会に親愛なる読者に、ユーリアの歌――残念ながら一度も直に聞いてはいないのですけど――はなにか神秘的なもの、なにか不可思議なものを宿していると断言できます。

最近になってようやく弁髪を切り落とした筋金入りの堅物で、大きな法律事件や悪性の疾患や、入荷したばかりのストラスブール産フォアグラのパテなどにしかるべき

27　ドイツの詩人・作家ヨハン・ゴットフリート・ゾイメ（一七六三～一八一〇）の紀行文『シラクサへの逍遥』（一八〇三）参照。徒歩で旅したゾイメは「この長ぐつで出発し、戻ってきた。新しい靴に履き替えたりしなかった」と記し、長ぐつをつくった靴屋を称賛している。

28　ナネッテ・シュトライヒャー（一七六九～一八三三）ドイツの有名なピアノ製作者。作曲家・作家としても知られる。

29　一七七四年初演のオペラ。『オリドのイフィジェニー』と表記されることもある。

対応をしたあと、劇場でグルックやモーツァルトやベートーベンやスポンティーニを聞いても、礼儀作法にかなった落ち着きを少しも失わない人びとがしばしば確言しています。「ユーリア・ベンツォン嬢が歌うと、どういうわけか、ふだんとはまったく違った妙な心持ちになる。なんだか胸が締めつけられるような、それでいて、えもいわれぬ心地よさを呼びおこす感情にとらわれて、しばしば愚行をやらかし、若い夢想家やへぼ詩人のように振る舞ってしまう」と。

さらに例をあげると、かつてユーリアが宮廷で歌ったときに、イレネーウス公ははっきりと聞きとれる呻き声をあげ、歌が終わると、つかつかとユーリアのほうへ歩み寄り、彼女の手をとって自分の唇に押しあてて「お嬢さん！」と涙声で言いました。——式部卿は敢えて「イレネーウス公はじっさいユーリア嬢の手に接吻し、その際に両眼から二、三粒の涙がこぼれ落ちました」と主張しましたが、宮内大臣夫人の「不穏当な主張で、宮廷の繁栄を益するものではございません」という提唱によってもみ消されてしまったのです。

さて、はりがあって鈴のように澄んだ豊かな声を自在にあやつるユーリアは、情感豊かに感動をこめて歌った。それは心の奥底でゆれる想いからあふれでるもので、今日も彼女がふるう魔法の不思議な抗しがたい魅力はそこにあるのかもしれない。彼女が歌うと、聴衆のだれもが息をひそめ、甘美な名状しがたい哀感に胸が苦しくなった。彼女が歌い終わって数秒たつと、ようやく恍惚感は解かれ、嵐のような果てしない拍手となった。クライスラーだけはじっと動かず、だまって肘掛け椅子に寄りかかって座っていた。それから彼は静かにゆっくりと立ちあがった。ユーリアは彼のほうを向いて、〈あれでよかったでしょうか〉と明らかに問いかけるまなざしを送った。——しかしクライスラーが片手を胸に置いて震える声で「ユーリア！」とささやくと、彼女は赤くなって目を伏せ、うつむいたまま歩を進めるというよりも、そっと足音をしのばせて貴婦人たちの輪のうしろへ姿を消した。

やっとのことでベンツォン顧問官夫人は、公女ヘドヴィガーを夜会に姿を見せるように説き伏せることができた。夜会に出れば、楽長クライスラーと顔を合わせないわけにはいかない。顧問官夫人がたいそう真剣に、「ある男がいわば補助貨幣風に鋳造された人間の部類に入らず、ときおりとっぴな特徴を見せるからといって、その男を避けるのは、いかにも子供じみていますよ」と言ってきかせると、公女は譲歩した。

「それにクライスラーは公に採用されたのですから、奇妙なわがままを通すわけにはいかないでしょう」と夫人は言った。

公女へドゥヴィガーは夜会のあいだじゅう、実に巧みに身をかわした。クライスラーはもともと素直で悪意がなかったので、公女と仲直りしようと、あれこれ骨を折ったが、彼女に近づくことができなかった。いかに巧みな策略であっても、公女はぬけめのない戦術で対処することができた。——ベンツォン夫人はそのすべてを見てとった。それだけにいま、公女がいきなり貴婦人たちの輪を突っ切って、楽長のもとに真っすぐに歩み寄ると、いっそう夫人の注意を引いた。深く物思いにしずんでいたクライスラーは、公女に「ユーリアがあんなに拍手喝采されたのに、感動のしるしもみせず、一言も発しないのはあなたひとりですわ」と話しかけられて、ようやく夢から覚めた。「公女さま」とクライスラーは内心の動揺をかくせない調子で応じた。「有名な作家の定評ある意見によると、天国に行った人たちは、言葉の代わりに、思いとまなざしをもつとか。——ぼくは天国にいたのだと思います！」

「それでは」と公女は微笑みながら答えた。「ユーリアは光の天使ですね。あなたにパラダイスを開いてみせたのですから。——でも今はちょっとその天国をはなれて、わたくしのような哀れな浮き世の子に耳をかしてくださいな」

　公女は、クライスラーが何か言うのを期待するかのように、話を中断した。しかしクライスラーが黙って目をキラキラ輝かせて、彼女をじっと見つめたので、公女は目を伏せて、すばやく踵（きびす）をかえした。すると、軽く羽織っていたショールが肩からひらりひらりと波打つように落ちてきて、クライスラーはそれを途中でキャッチした。公女は立ちどまり、それから、なんらかの決断にもがき苦しみ、ひそかに決心したことをなかなか打ち明けられずにいるかのような、自信のない躊躇（ためら）いがちな口調で言った。

「詩情ゆたかなことを、散文的にお話しします。ユーリアに歌のレッスンをなさっているのでしょう。ありていに申しますと、あれからユーリアの発声と歌唱ははかりしれないほど上達しています。そこで、あなたでしたら、わたくしのように月並みな才能でも伸ばせるのではないかしらと望みをかけたのです。――つまり」

　公女は真っ赤になって口ごもり、ベンツォン夫人がやってきて「公女さまはご自分の音楽の才能は月並みだなんておっしゃっていますが、たいへんな間違いですわ。公女さまはピアノを上手に弾きこなしますし、じつに表現力ゆたかにお歌いになります」と断言した。クライスラーは、当惑している公女が不意にこよなく愛らしく思われ、やさしい言葉遣いで滔々と語り、「公女さまが音楽を学ばれるにあたって、ぼくの惜しみない助力をお許しくださるなら、それにまさる幸福はございません」と言って締めくくった。

公女はありありと満足の表情をうかべて、楽長の言葉に耳をかたむけた。彼が話し終え、ベンツォン夫人のまなざしが、礼儀正しい男にたいする公女の奇妙な恥らいをとがめると、公女は低い小声で言った。「ベンツォンさん、あなたの言う通りだわ。わたくしはしばしばひどく子供じみたことをしてしまうの」

この瞬間、彼女は視線を向けずにショールを彼女にわたしした。その際、われ知らずクライスラーはずっと両手でもっていたショールをつかみ、クライスラーは、どうしたはずみか公女の手に触れた。心臓のはげしい鼓動が全神経にとどろき、彼はいまにも気が遠くなりそうだった。

暗雲から差す一条の明るい光のように、クライスラーはユーリアの声を聞いた。

「クライスラーさん、皆さんがもっと歌ってほしいとおっしゃって、わたしをはなしてくれません。――先日あなたに教えて頂いた、あの美しいデュエットを歌ってみたいのですが」

ベンツォン夫人は言った。「うちのユーリアの頼みを断らないで。さあ、楽長さん──グランドピアノのところへ！」

クライスラーは一言も言わずにグランドピアノに向かい、不思議な陶酔に魅了され虜（とりこ）になったかのように、二重唱の最初の和音を弾いた。ユーリアは歌いはじめた。Ah che mi manca l'anima in si fatal momento（あの運命の瞬間に私の意識がうしなわれるとは）──ここで言っておかねばならないが、この二重唱の歌詞はありふれたイタリア風に恋人同士の別れを単純に歌ったもので、momento（瞬間）は当然ながら sento（私は感じる）や tormento（苦悩）と韻を踏んでおり、また似たような数百の二重唱におけるように、Abbi pietade o cielo（神よ、憐れみたまえ）や pena di morir（死の苦しみ）という文句に事欠かなかった。とにかくクライスラーは感きわまったさなかに、情熱をこめてこの歌詞に曲をつけており、天からまずまずの耳を授かった者がのこらず抗しがたく魅了される歌となった。この種のもっとも情熱的なものに引けをとらない二重唱だったし、クライスラーはひたすら刹那（せつな）の最高の表現を求め、歌い手が気楽に難なく体得できるものをめざしていなかったので、楽曲の出だしはかなり難しかった。ユーリアはおずおずと、いささか確信を欠いた声で歌いだし、クライスラーの導入もそれより上手というわけではなかった。ところがまもなくふたりの声は、輝く白鳥のごとく歌の波にのって飛び立ち、あるときははげしく羽ばたきながら黄金色にかがやく雲間にのぼり、あるときは甘美な愛の抱擁に息も絶え絶えとなって、激流を思わせる荒々しい和音にかき消され、ついには深い吐息が間近にせまる死をつたえ、最期の別れは猛々しい悲痛のさけびとなってほとばしり出て、千々にみだれた胸の奥底から血しぶきをあげるようだった。

この二重唱に深く感動しなかった者は一座のうちにひとりとしていなかった。多くの者は目に涙をうかべ、ベンツォン夫人でさえ、芝居で立派に演じられた別れのシーンでも、このような感動をおぼえたことはないと打ち明けた。みなはユーリアと楽長に賛辞を浴びせ、真の霊感がふたりの心に吹きこまれたと言って、彼が作った曲をおそらく実際にそうである以上に高く評価した。

歌のあいだじゅう、公女へドヴィガーの内面の動揺がそぶりから察せられた。それでも公女はつとめて平静をよそおい、心のなかにひろがる波紋をひた隠しにしようとした。公女のとなりには若い女官が頬を紅潮させて、泣きたいのか笑いたいのか本人にもよく分からない様子で座っていた。公女は女官の耳もとでなんのかんのと囁いたが、女官は宮廷のならわしを懸念して切れ切れの言葉をもらすだけで、それ以上の返事は得られなかった。もう一方の隣に座っていたベンツォン夫人にも、公女は二重唱がまったく耳に入らないかのように、関係のないどうでもよいことを囁いたが、夫人は彼女一流の厳格な作法で、「公女さま、二重唱が終わるまで歓談はおひかえください」と頼んだ。いまや公女は顔をほてらせ、眼から稲妻のような光を放ちながら、一同の賛辞をかき消すほど大きな声で言った。

「わたくしの考えを申し上げても宜しいでしょうか。作曲作品として価値ある二重唱らしいこと、ユーリアさんの歌が素晴らしかったことは認めますわ。でも、感じのよい談話がなによりも貴ばれ、花壇のあいだをやさしく流れる小川のように、会話や歌が互いの刺激となって滞りなく進んでいくことが求められる、なごやかな集いの場で、胸を切り裂くような暴力的で破壊的な印象を拭い去ることのできない常軌を逸したものを供するのは、適切でふさわしいことなのでしょうか？　クライスラーさんが私たちの傷つきやすい内面をあざけるために作曲した冥府の激しい苦しみにたいして、わたくしは耳と胸を閉ざそうと努めましたが、どなたもわたくしの心を汲んでくださいませんでした。楽長さん、わたくしの弱さをあなたのイロニーにさらしてもかまいません。実を言えば、あの二重唱の悪しき印象のせいで、わたくしは具合が悪くなってしまいましたの。

夜会にふさわしい曲作りをしたチマローザやパイジェッロ[30]のような方はいないのですか？」

「これはこれは」とクライスラーは、なんともいえない可笑しみがこみあげてきたときにはいつもそうであるように、顔面の筋肉を複雑にピクピクふるわせながら叫んだ。「公女さま！　やさしく恵み深いそのお考え、世にも哀れな楽長であるぼくは公女さまと同意見です！——あらゆる悲哀や悲痛や恍惚を閉じこめた胸を、礼儀作法にかなったフィシュー[31]でちゃんと覆わないで、社交の場にお出ましになるのは、風習やドレスコードに反することではないでしょうか？　いたるところでエチケットを火消し役にしていますが、そんなものが役に立つのでしょうか？　ここかしこで燃えあがろうとするナフサ[32]の火を弱めるのに、それで十分だというのでしょうか？　私たちがどんなに大量のお茶や砂糖水や、礼儀正しい会話や心地よくも無意味な長話をぐっと飲みくだしても、あれやこれやの恥知らずな放火殺人犯はコングリーブ焼夷弾[33]をなかに投げこむことができます。その火焔は燃えあがり、明るく照らし、それどころか焼きつくします。ピュアな月光にはそんな真似は決してできません！

公女さま！——そうです、このぼく、この世のあらゆる楽長のなかでもっとも呪われた楽長は、恐ろしい二重唱で恥ずべき罪をおかしました。それは、まるでいろいろな発光信号弾、彗星のように尾を引く花火、爆竹、爆裂花火をたずさえた地獄の花火のように、お集まりの方々のなかへ飛んで行き、遺憾ながらほぼ至るところで発火しました。ああ！　火事だ——火事だ——人殺しだ——燃えている——消防署が炎上している——水だ——水だ——助けて、救助を！」

クライスラーは楽譜ボックスのほうへ駆けていき、グランドピアノの下からそれを

30　ドメニコ・チマローザ（一七四九〜一八〇一）とジョヴァンニ・パイジェッロ（一七四〇〜一八一六）はともにイタリアのオペラ作曲家。前者はローマで成功したオペラ・ブッファの第一人者で、ゲーテも高く評価している。後者は優美な旋律で知られる。

31　婦人用の軽量の三角形のスカーフまたはショール。肩にかけて胸のところで結ぶ。

32　ナフタともいう。原油成分を分留して得られる未精製のガソリン。

33　イギリスのウィリアム・コングリーブ（一七七二〜一八二八）が発明した焼夷弾。ロケット兵器の初期のタイプ。

取りだし開けて――あたり一面に楽譜を投げ散らし、あるスコアを引っ張りだした。それはパイジェッロの La Molinara（美しい水車小屋の娘）だった。彼はピアノに向かって腰かけ、水車小屋の娘が登場する La Rachelina, Molinarina[34] という有名なきれいな小アリアのリトルネルロ[35]を弾きはじめた。

「クライスラーさん！」とユーリアはすっかりおどおどして、驚いて言った。

しかしクライスラーはユーリアの前に両ひざをついて懇願した。

「かけがえのない優美なユーリアさん！　栄えあるお集まりの皆さまを憐れみ、失意にしずむ方々を慰撫し、『水車小屋の少女ラーエル』を歌ってあげてください！　歌ってくださらないなら、あなたがご覧になっているその前で、ぼくは絶望の淵に身投げするほかありません。すでに崖っぷちにいます。お優しい気遣いから〈待って、ヨハネス！〉などと叫んで、破滅した宮廷楽長の上着の裾をつかんでも無駄です。ときすでに遅し、ぼくはとうに冥府の川をわたり、いとも優美に跳びはねて鬼気迫るショールダンス[36]を敢行しています。お願いですから歌ってください！」

ユーリアはいささか渋っていたが、それでもクライスラーの願いを聞き入れた。

小アリアが終わると、クライスラーはすぐさま、公証人と水車小屋の少女とのよく知られたコミカルな二重唱をはじめた。

ユーリアの歌は、声と歌唱法からすると、荘重なもの、悲壮感に満ちたものに向いていた。だがコミカルなものを歌うときには、軽妙な調子を自在にあやつり、このうえなく魅力的で愛らしかった。クライスラーは、イタリアのオペラ・ブッファの歌手の奇妙だけれども抗しがたく魅力的な歌い方をわがものとしていたが、今日はやりすぎではないかと思われるほどだった。なぜならクライスラーは、声に無数のニュアンスをつけておそろしく劇的に誇張したので、同一人物の声とは思えないほどで、おまけにカトー[37]のような人間でさえ吹きだしそうな奇妙なしかめ面（つら）をしてみせたからで

34　オペラ『美しい水車小屋の娘』（一七八九）のアリア「水車小屋の少女ラーエル」。ナポリの恋のから騒ぎをあつかったこの作品はさかんに上演され、当時の人びとをおおいに楽しませた。ホフマンも一八一三年および一四年に指揮している。

35　特に十七、十八世紀のオペラなどでアリアの前奏・間奏・後奏として反復される器楽部分。ここでは導入的部分をさす。

36　第一帝政時代のフランスで一般的だったダンス。通例はシルクのスカーフを用いて偶数の若い女性のグループで踊る。官能的で表現豊かな踊り。

ある。

　当然ながら、みなは高らかな歓声をあげて、どっと笑いくずれた。

　クライスラーは夢中になってユーリアの手にキスしたが、ユーリアはすっかり気を悪くして、すばやく手を引っこめた。

「ああ、楽長さん」とユーリアは言った。「あなたの異様な気まぐれ――奇想天外と言うのでしょうか――には、まったくついていけません！――こんなふうに極端から極端へと跳ぶなんて、あまりの無謀さに胸がはりさけそうです！――お願いですから、クライスラーさん、わたしが深く感動し、まだ胸に深い悲哀の音楽が響いているのに、コミカルなものを歌ってほしいだなんて言わないでください。たとえ優美で綺麗な曲であっても。優美で綺麗な曲であることは承知しております――歌えますし、やり通すことはできます。でも、そのために、すっかり疲れ果てて病気になってしまうのです。――これ以上、望まないでください！　クライスラーさん、約束してくださいますね？」

　楽長は答えようとしたが、その瞬間、公女が羽目を外した大笑いをしながらユーリアを抱きしめた。どこやらの宮内大臣夫人が不穏当とみなし責を負いかねるほどの笑い声だった。

「この胸にしっかりと抱かせてね」と公女は叫んだ。「あなたは、世界一優美で、世界一素敵な声をした、世界一気まぐれな水車小屋の少女よ！――世界じゅうの男爵や行政官や公証人を煙にまいて、そのうえ――」。このあとの言葉は、またもや公女が放った周囲にひびきわたる哄笑に消されて聞くことができなかった。

　それから公女はすばやく楽長のほうを向いた。「クライスラーさん、すっかり仲直りできたわね！――いまは、あなたの弾むようなユーモアがわかるわ。――素敵！ほんとうに素敵！――多種多様な感情の葛藤、相反する感情の対立があってこそ、より高次の生が花開くのね！――ありがとう、ほんとうにありがとう――さ！　手の甲にキスしてもかまいませんわ！」

　クライスラーは差しだされた手をとった。すると、前ほど強くはなかったものの、心臓の鼓動が全身をつらぬいたので、一瞬ためらわずにはいられなかったが、いまも

37　ローマの執政官、大カトー（前二三四～前一四九）をさす。道徳堅固で知られ、質実剛健をすすめた。

なお公使館参事官であるかのように、礼儀正しく身をかがめながら、手袋を脱いで差しだされた華奢な手に口づけした。公女の手に触れたとき、どういうわけか、可笑しくてたまらないという身体的感覚をおぼえた。公女が彼のもとを去ると、彼は〈結局のところ、公女は一種のライデン瓶[38]で、廉直な人びとを電撃でぶちのめすのだな。プリンセスのお気に召すまま、というわけか〉と独り言をいった。

公女は広間をあちこち跳ねまわり踊りまわり、笑い、その合間に「水車小屋の少女ラーエル」のメロディーを口ずさんでいた。かれやこれやの貴婦人を抱擁したり、キスしたりして、「生まれてこのかた、こんなに晴れやかな気分になったことはありません。あのりっぱな楽長さんのおかげです」ときっぱり言った。謹厳なベンツォン夫人にとって、なにもかもこのうえなく不快だったので、このままにしておくわけにはいかず、ついに公女をわきへ引っ張っていき、「ヘドヴィガーさん、やめてください。何という振る舞いでしょう！」と公女の耳もとで囁いた。

するると公女は燃えるような瞳で答えた。

「ベンツォンさん、今日は家庭教師風のやかましい訓戒はやめて、みんなお休みになってはいかがでしょう！――そうだわ――お休みしましょう――お休みしましょう！」そう言って彼女は馬車を呼んだ。

公女ははめを外して、とってつけたようにはしゃいでいたが、ユーリアのほうは無口になり気持ちが沈んでいった。片手で頭を支え、グランドピアノの前に座っていたが、明らかに血の気が失せて、目は涙でくもり、苦悩が身体的苦しみにまで高じているのがわかった。

クライスラーからも、ユーモアの華麗な花火は消え失せた。会話をことごとく避け、おぼつかない足取りでこっそりとドアのほうへ向かうと、ベンツォン夫人が彼の行く手をさえぎって言った。「どういうわけか今日はひどく調子が狂ってしまって、わたくしとしたことが――」


（ムルは続ける）なにもかもなじみ深く、なつかしく思われた。いかに上等の焼肉な

38　ガラス瓶と金属箔を用いた古い型のコンデンサー。オランダのライデン大学で一七四六年ごろ、静電気の実験用につくられた。ボトルコンデンサーとも呼ばれる。

のか知る由もないが、心地よい香りが青い煙となって屋根のうえをただよってきた。彼方から——はるか彼方から夕風のそよぎとともに、やさしい声がささやいた。「かわいいムル！　いつまでも、どこをうろついているの——」

苦しい胸は歓びにおののき
こころは天高く昇る
何がそうさせるのか？
天恵の予感か？
さあ——飛べ　おまえ　哀れな者よ
勇を鼓して　大胆に行動せよ
やるせなく惨い死の苦しみは
喜びと冗談に変わった
希望は息づく——焼肉の匂いだ！

わたしはこう歌い、おそろしい火事騒ぎには気をとめず、心地よい夢想にふけった！　ところが屋根のうえにいても、みずから跳び込んだグロテスクな浮き世の恐ろしい諸相になおも付きまとわれることになった。というのは、気づかぬうちに煙突から、人間たちから煙突掃除人と呼ばれる奇怪なモンスターのひとりがのぼってきて、ぬっと顔を出したからである。わたしの姿が目に入るが早いか、黒いわんぱく小僧は「シッ、ネコめ！」と叫び、わたしめがけて箒（ほうき）を投げつけた。それをかわし、隣の屋根をとびこえて、軒樋（のきどい）へ下りた。だが、あのりっぱなアブラハム先生の家のうえにいるとわかったときの喜ばしい驚愕を叙述できるものがいるだろうか。すばやく天窓から天窓へと這うように移動したが、どの窓も閉じられていた。声をあげても、その甲斐なく、聞きつけるものはひとりもいなかった。そうこうするうちに濛々（もうもう）たる煙がうずまきながら燃えている家から高くのぼり、ホースから放出される水がその間でシューシュー音をたて、あまたの叫び声が入り乱れ、火はますます猛威をふるった。[39]

39　火事の描写は、一八一七年七月二十九日にベルリンの劇場が火事になったときの様子を彷彿とさせる。劇場の向かいにあったホフマンの住まいも危険に陥った。一八一七年十一月二十五日付けアドルフ・ヴァーグナー宛、および一八一七年十二月十五日付けヒッペル宛の手紙参照。

そのとき天窓がひらいて、アブラハム先生が黄色いガウン姿で顔を出した。

「ムル、だいじなネコのムル君、そこにいたのかい——はいっておいで、はいっておいで、グレーの毛皮のおチビちゃん！」

わたしの姿を見ると、先生は嬉しそうに叫んだ。わたしのほうでも、ありとあらゆる仕草と表情で、いまの喜びをあますところなく知らせた。再会のすてきな素晴らしい瞬間をふたりで祝した。屋根裏部屋へとびおりて先生にすり寄ると、先生が撫でてくれたので、快感のあまり、例のやさしく快いゴロゴロを発しはじめた。人間たちはあざけり小ばかにして、〈ネコが紡ぎ車のような音をたてて、のどをゴロゴロ鳴らしている〉などという言葉でいいあらわしているが。

先生は笑いながら言った。

「ハハハ。チビちゃん、おそらく遠い旅からはるばる故郷にもどってきて嬉しくて、わしらがいま危険に瀕しているのがわからないんだね。——わしもおまえのように、無邪気で幸せなネコでありたいぐらいだよ。おまえは火事や消防隊長のことなどまったく気にかけないし、焼け出されて無一物になることもない。なにしろ身ひとつ、その不滅の精神が支配する唯一の財（たから）はおまえ自身なのだから」

そう言って先生はわたしを小わきにかかえて、自室へ下りていった。

私たちが部屋に入るやいなや、ロタ—リオ教授が後からとびこんできて、二人の男が続いた。

「どうか」と教授は叫んだ。「お願いですから、先生！　たいへん危険な状態です。お宅の屋根に火の手がまわっています。——持ち物を運び出させてください」

先生はたいそう冷静に説明した。「このような危険な状態にある場合、友人たちがやにわに躍起になると、危険そのものよりもずっと有害な結果をまねきかねない。たとえ火の手をまぬかれても、お釈迦になるのが普通だから。やり方がまずいのだが。わし自身、むかし火災の危機に瀕した友人のために、かなりの量の中国陶磁器を窓からぽんぽん放り投げたことがある。ひたすら燃やしちゃいけないと思って、親切心からやったとはいえ、頭に血がのぼっていたんだね。みなさん、どうか落ち着いて、ナイトキャップ三つ、グレーの上着二、三着、その他の衣類、なかでもシルクのズボンには特に注意をはらって、若干の肌着と一緒にトランクにつめ、書物と原稿は二、三の籠にいれてください。でもわしの機械装置には指一本ふれないでくれれば、ありがたい。その後、屋根が炎に包まれたら、家財ともども逃げ出します」

「しかし、まず」と先生は言葉をむすんだ。「ルームメイトがたったいま長旅から戻り、ぐったりと疲れ切っているので、食事と飲み物で元気づけてやってもかまいませんか。そのあとで仕事にかかってくださるようお願いします」

一同は、先生が他ならぬわたしのことを言っているとわかって、どっと笑った。供されたものはすばらしく美味で、屋根のうえであこがれに満ちた甘い声で歌ったあの切望は完全にみたされた。

わたしが元気になると、先生はわたしを籠に入れた。わたしの脇にまだゆとりがあったので、ミルクを注いだ小鉢を置き、注意深く籠の蓋をした。

「おとなしく待っていなさい」と先生は言った。「ネコ君、その暗いところで、わしらがこれからどうなるか、焦らずにじっと待ちなさい。暇つぶしに好物のミルクでも啜っていなさい。救援活動でバタバタしている最中に、この部屋で跳びはねたり、ちょこちょこ走りまわったりすると、しっぽや足を踏み折られてしまうよ。避難するときは、わしが自分でおまえを連れて行こう。もう済んだことだが、また迷子になったりしないようにね」

「信じてもらえないかもしれませんが」と先生は他の人たちに向かって言った。「救援活動をしてくださっている皆さま、籠のなかのグレーのおチビちゃんは、実にすばらしい、きわめて頭のよいネコなのです。博物学のガル[40]一派は、〈ふだんは殺生を快楽とし、盗みの手口はあざやかで、猫かぶりにかけてはペテン師も顔負け等の並外れたセンスをそなえ、まずまずの教育をうけたネコであっても、方向音痴で、ひとたび迷子になると、二度と故郷にもどれない〉と主張していますが、わしのだいじなムルはそのみごとな例外です。二、三日姿がみえず、たいへん悲しんでいましたが、今日たったいま戻ってきたところです。しかも、当然かもしれませんが、屋根を快適なネコ専用通路として用いたと推測されます。この感心なネコは頭脳明晰であるのみならず、このうえなく主人になついています。そういうわけで、以前にまして〈愛いやつ〉なんですよ」

先生に褒められて、わたしはたいそう嬉しく、ネコ族全員よりも、方向音痴で迷子

40　フランツ・ヨーゼフ・ガル（一七五八〜一八二八）ドイツの医師。骨相学の創始者とされる。頭蓋骨の形状から人間や動物の知的能力を推論し、当時センセーションをまきおこした。

になる多くのネコよりも、自分がすぐれていることに心から満足した。この非凡な頭脳を自分で十分に分かっていなかったことが不思議なくらいだ。じっさい、若造ポントがちゃんと道案内してくれたし、ただしい屋根へと導いたのは煙突掃除人の投げた箒であると思わないわけではなかったが、少なくともわたしが明敏であること、先生の賛辞が真実であることは疑い得ないだろう。いま述べたように、わたしは内に秘められた力を感じ、直感がその真実性を保証したのである。〈たいしたことはしていないのに大仰（おおぎょう）に褒めちぎられると、まずまずのことをして相応に褒められたときよりも、はるかに嬉しく鼻高々になる〉という説を読んだり聞いたりしたことがあるけれども、これがあてはまるのは人間だけで、賢いネコはそんな愚かなまねはしない。ポントや煙突掃除人がいなくても、ちゃんと帰路をみつけたかもしれないし、それどころかあのふたりは、わたしの正しい思考の歩みを混乱させたにすぎない、ときっぱりと思った。若造ポントは少しばかり世故にたけているのを自慢しているが、わたしには別のやり方で世才がみとめられてしかるべきだろう。たとえ、親切なプードル――愛すべき、したたか者と一緒に体験したさまざまな出来事が、〈友情の書簡集〉という形をとったわたしの旅行記[41]に格好の素材を提供することになっても。その書簡集は、すべての朝刊と夕刊に、すべての「エレガント」で「率直」な新聞[42]に印刷されて好評を博することだろう。なにしろ、そこにはわが自我のもっとも輝かしい側面がすぐれた才知によって浮き彫りにされているのだから、どんな読者も興味をおぼえずにはいられないだろう。だが、もとより分かっているが、編集者や出版業者は「このムルって誰だい？」とたずね、ネコだと知ると、この世でもっとも素晴らしいネコなのに、ばかにしたような顔つきで「ネコのくせに物を書こうだなんて！」と言うだろう。もしわたしがリヒテンベルク[43]のユーモアとハーマン[44]の深遠さを持ちあわせていたと

41　たとえば、モンテスキューの書簡体小説『ペルシア人の手紙』（一七二一）やゲーテの『イタリア紀行』（一八一六、一八二九）がよく知られている。後者は、一七八六年から一七八八年にかけてイタリアを旅したゲーテがヴァイマールの友人たちに宛てた書簡や日記等を資料に著した書で、旅の途上で出会った人びとのことが生き生きと記されている。

42　ホフマンの時代には「知識階級のための朝刊」「エレガントな上流社会のための新聞」「率直、もしくは公平な教養人のための娯楽新聞」などが刊行されていた。

43　リヒテンベルクについては一一九頁、注68参照。

44　ヨハン・ゲオルク・ハーマン（一七三〇〜一七八八）ドイツの哲学者・文学者。ケーニヒスベルク出身。その独特で難解な文体から「北方の魔術師」の異名をもつ。

しても、――ふたりは世人の悪口を書かなかったらしく、両者についての褒め言葉をたくさん聞いているが、すでに故人である。これはペン一本で生きようとするすべての作家や詩人にとって実に剣呑なことだ――もう一度言うが、リヒテンベルクのユーモアとハーマンの深遠さを持ちあわせていたとしても、「ネコの手で書かれたものが面白いとは思えない」というだけの理由で、原稿をつっかえされるだろう。なんと悲しく腹立たしいことか！――おお、偏見よ、なんともひどい偏見よ、人間たち、とくに出版人といわれる者たちは、なんとこの偏見にとらわれていることか！

教授と、彼と一緒にやってきた人たちは、わたしの周囲ですさまじい大騒ぎをしていた。少なくともナイトキャップとグレーの上着を荷造りするのに、これほど騒ぐ必要はあるまいと思われた。

とつぜん外で「家が燃えている！」と叫ぶ声がした。その声はうつろに響いた。

「ほほう！」とアブラハム先生は言った。「ちょっと現場に行ってみなくちゃ。みなさんは落ち着いてここにいてください。危なくなったら、こちらに戻ってきて荷造りしましょう！」

そういうと先生はそそくさと部屋を出て行った。

わたしは籠のなかで本当に不安になってきた。荒々しい物音——いまや部屋に侵入しはじめた煙、あらゆるものがわたしの不安をつのらせた！——さまざまな、どす黒い考えがわいてきた。——もし先生がわたしのことを忘れてしまって、炎のなかで不名誉きわまる横死をとげることになったら、どうしよう！——このおそろしい不安のせいか、体がしめつけられるような特殊な不快感をおぼえた。——こうも思った。おお！　もし先生が腹黒くて、わたしの学識をねたんで、わたしをやっかい払いして心配事から解放されたくて、わたしをこの籠に閉じこめたのだとしたら——この清らかな純白の飲み物が、先生が巧妙な手口でわたしを殺すために調合した毒だったら？——あっぱれなムル、おまえは死の恐怖におそわれても抑揚格（イアンボス）で考え、かつてシュレーゲル訳のシェイクスピア作品で読んだことを忘れないのだね[45]！——

アブラハム先生が戸口から顔だけ出して言った。

45　この箇所では、シェイクスピアの戯曲『ロミオとジュリエット』第四幕第三場におけるジュリエットの台詞「もしこれが、僧が巧妙な手口で私を殺すために調合した毒だったら……？」が意識されている。抑揚格は西洋古典詩の韻脚のひとつ。

「危険は去りました。みなさん！　どうぞ安心してあの食卓につき、造りつけの戸棚にワインが二、三本ありますから、じゃんじゃん飲んでください。わしはちょっと屋上に行って、たっぷり水をぶっかけてきますね。——おっと、だいじなネコ君がどうしているか確かめなきゃ」

先生の全身が部屋にはいり、わたしのいる籠の蓋をとって、やさしい言葉をかけて体調をたずね、「もしや、もっと焼き鳥はいかがかな？」と聞いた。わたしはこうしたすべてに何度も愛らしくニャッと答え、くつろいだ様子で四肢を伸ばした。先生はそれを当然、〈満腹だニャ。もっと籠のなかにいたいニャ〉という雄弁なサインと受けとめ、蓋をしめた。

いまこそわたしは、アブラハム先生がわたしにたいして抱いているやさしい好意をしっかと確信した。そもそも分別ある男性は恥を知ってしかるべきであるとしたら、わたしは卑しい不信の念を抱いたことを恥じねばならないのだろう。つまるところ、ひどく不安になって疑心暗鬼を生じるのも、若き天才的な熱狂者につきものの詩的妄想にほかならず、そうしたものはしばしば文字通り陶酔をもたらすアヘンの代用品である。そう思ったら、すっかり気持ちが落ち着いてきた。

先生が部屋を出るやいなや、教授がふりかえって籠のほうに不信の目を向けてから、さも何か重大なことを打ち明けるかのように他の者たちに目くばせしたのを、籠の小さな隙間から見ることができた。それから教授はたいそう小声で話したので、天がわたしのとがった耳に信じられないほど鋭い聴覚をさずけていなかったら、一言も分からなかったことだろう。

「ぼくがいま何をしたいと思っているか、分かるかい？——あの籠のところへ行って、開けて、なかにいる忌々しいネコ、今やおそらく、ぼくら全員をばかにして自足の境地にいる高慢なネコの喉に、鋭いナイフを突き刺してやりたい。分かるかい？」

「なんというけしからぬことを考えているんですか、ロターリオ」と他のひとりが叫んだ。「あの可愛いネコを、りっぱなアブラハム先生の愛猫を殺そうだなんて。——それにしても、なぜ、そんなに小声で話すんだい？」

教授はあいかわらず低い声で話しつづけ、こう説明した。「あいつは何でも理解するし、読み書きができる。アブラハム先生が不可解な謎めいた方法で、あいつに学問を教えこんだ。プードルのポントがばらしたところによると、今ではあいつは文筆活動をし、詩も作っている。こうしたことは万事、いたずら好きの先生が、優れた学者や詩人を虚仮にするためにやっているんだ」

「おお」とロターリオは怒りをおさえて言った。「それでなくても大公の信頼を十分に勝ちえているアブラハム先生は、あの罰当たりなネコをつかって、やりたいことを貫徹するのだろう。畜生が講義資格をもつ修士になって、ドクターの学位をえて、しまいに美学教授として大学でアイスキュロス――コルネイユ――シェイクスピアの講義をするなんて！――気が遠くなりそうだ！――ネコに、はらわたをかきむしられそうだ。おまけにやつは忌まわしいツメをもってやがる！」

他のふたりは美学教授ロターリオのこの話を聞いて、びっくり仰天した。ひとりが言った。

「ネコに読み書きなどできるはずもなく、土台むりだ。あらゆる学問のこうした基礎は、人間だけがなしうる高度の技であり、次に、ある程度じっくり考えること、言うなれば分別が必要とされる。分別は万物の霊長である人間においてさえも、常にそなわっているわけじゃない。ましてや卑しいけだものにそなわっているはずがない！」

するとと、籠のなかから見たところでは、たいへん真面目そうな別の男が口をはさんだ。

「卑しいけだものとは何をさしているのか？——そもそも卑しいけだものなんていないよ。しばしば静かに自省しながら思いをこらすと、ロバや他の有益な動物に深い敬意をおぼえる。なぜ、根っから幸せな愛すべき家畜に読み書きを教えてはならず、なぜ、そうした動物たちが学者や詩人に昇格してはいけないのか？——前例はないのか？『千一夜物語』を、実際的で信頼できる最上の歴史的資料としてあげる気はまったくないけれど、せめて『長ぐつをはいた猫』のことを思い出してほしい。あの長ぐつをはいたネコは気高い心、鋭く見通す眼力、そして深い学識の持ち主だよ」

わが尊き始祖にちがいないと内なる声が明言するネコがこのように称賛された喜びのあまり、わたしは二、三度かなり大きなくしゃみをせずにはいられなかった。——話していた男は一時中断し、三人ともひどくおびえて籠のほうをふりかえった。

いま話していた真面目な男はついに「どうか落ち着いて」と叫び、それから話を続けた。「思いちがいでなければ、美学教授は先ほど、〈ネコが詩を作っている、学問をしている〉とばらしたプードルのポントのことに触れていたね。そこで、セルバンテスのきわめて優秀な犬ベルガンサのことを思い出した。この犬の最近の運命については、何やら新しく出た、きわめて奇想天外な本で報告がなされている。[46] この犬も、動物の本性や教育を身につける能力について明らかな実例をしめしている」

「しかし」と別な男が口を出した。「なんたる例を引き合いに出すのか？　犬のベルガンサというのは、有名な小説家セルバンテスのお話だよ。長ぐつをはいた猫の物語は、むろんティーク氏の童話だけど、ありありと目に浮かぶので、愚かにも実話と思ってしまいそうだよね。あなたはふたりの詩人を、あたかも真摯な博物学者か心理学者であるかのように引き合いに出す。でも詩人というのは、全然そういう類のものではなくて、あれこれ空想の産物をひねりだして持ちだす正真正銘の夢想家だ。あなたのようにものの道理をわきまえた男が、まったくナンセンスな事柄を真実であると証明するために、詩人によりどころを求めるなんて！　ロターリオは美学教授だから、職業柄ときおり少しばかり度を越すのは無理からぬことだけど、あなたは――」

「ストップ」と真面目な男が言った。「そう向きにならないで。よく考えてごらんなさい。不可思議なことや信じがたいことが問題になっているとき、詩人を引き合いに出すのはもっともなことでしょう。なにしろ、愚直な歴史家はこうしたことをてんで理解しないから。不思議なことを適切なちゃんとした形にして、純粋な学問として披露しようとするなら、なんらかの経験法則を証明するのに、いちばん良いのは有名詩人を引き合いに出すことで、有名詩人の言葉なら、信頼される。

実例をあげよう。博識な医者であるあなたも、これなら異存がないでしょう――ある高名な医師[47]の例をあげよう。彼は動物磁気の科学的説明のなかで、世界を統べる霊と私たちとの交感や、予感する不可思議な力の存在を否定しえないほど明らかにするために、シラーと彼の作品ヴァレンシュタインを引き合いに出しました。『人間の生活には（世界を統べる霊がふだんよりも身近に感じられる）瞬間がある』とか『（予兆のように夢のなかで私たちに語りかけてくる）、そうした類の声がある――それは

46　スペインの作家セルバンテス（一五四七～一六一六）の『模範小説集』（一六一三）の「犬の対話」では、人間の言葉を話す二匹の犬シピオンとベルガンサが、それまでに仕えた主人や出会った人たちについて語りながら社会批判をする。ホフマンはこの作品にヒントをえて『カロ風幻想作品集』第二巻（一八一四）に、「ベルガンサなる犬の最近の運命に関する報告」を書いている。

47　カール・アレクサンダー・フェルディナント・クルーゲ（一七八二～一八四四）の『Versuch einer Darstellung des animalischen Magnetismus als Heilmittel（治療法としての動物磁気の叙説試論）』（一八一一）を指す。

疑いえない』等々。[48] その続きはヴァレンシュタインの悲劇で読むことができる」

「おやおや！」と医師は答えた。「本題からはずれている——磁気療法に迷いこむとは。しまいに磁気療法師はどんな奇跡も意のままで、感度のよいネコたちのために学校長も演じられると主張しかねませんね」

「目下」と真面目な男は言った。「磁気が動物にいかなる影響をおよぼすか、だれにも分かっていません。ネコが体内に電気の流動体をもっていることは、あなただって、すぐに納得できますよ——」

不意に生母ミーナがそのような実験に供されるのをひどく嘆いていたことが頭に浮かび、激しく驚き、「アブニャー（あぶない）」と大声を発してしまった。

「くわばらくわばら」と教授はびっくりして叫んだ。「あいつがこんなに驚くとは。この悪魔のようなネコは、ぼくたちの話を聞いているし、理解している。——勇気を奮い起こして——この手であいつを絞め殺してやる」

「それは賢明じゃない」と真面目な男が言った。「本当に賢明じゃないですね、教授。ぼくは、あのネコとまだお近づきになっていないのに、今やもう心から好きになっているので、ネコに少しでも危害をくわえることを断じて許しません。結局のところ、あのネコが詩をつくるという理由で、あなたはネコに嫉妬しているんじゃないか？　グレーのおチビちゃんは決して美学教授にはなれないから、それについてはご安心を！　乱用が広がっているため、もはやロバ[49]を教授にすべからずと大昔の大学の規則に明記されていて、この命令はあらゆる種類の動物に、したがってネコにも適用されるんじゃないかな？」

「そうかもしれない」と教授は不機嫌そうに言った。「あのネコは、決して講義資格をもつ修士にも、美学教授にもならないが、遅かれ早かれ作家としてデビューし、斬新だというので出版業者と読者の人気を博し、ぼくらの鼻先で多額の報酬をかっさらうだろう――」

するとと真面目な男は答えた。「かくも多くの人間たちが人生行路を切り開こうとして、自分の力や立場をわきまえずに駆けずりまわっているのに、先生の秘蔵っ子であるネコ君がなぜキャリアを築いてはいけないのか、ぼくにはその理由がまったく分か

48　シラーの戯曲『ヴァレンシュタインの死』第二幕第三場と第五幕第三場からの引用。
49　ロバは「愚か者、まぬけ」を意味することもある。

らないな。とはいえ、その場合に遵守されるべき唯一の方策は、ネコ君にむりにでも鋭いツメを切らせることで、これが今すぐできる唯一の方策かもしれない。そうすれば、彼が作家になっても、決してぼくらを傷つけないという確信がもてます」

みなが立ち上がった。美学者は鋏をつかんだ。わたしの立場は容易に想像できよう。連中はわたしを侮辱しようとしている。ライオンのごとく豪胆な勇気をもって、この名誉棄損と戦う決心をした。わたしに近づいてくる最初のやつに、未来永劫癒えることなき引っかき傷をつけてやる。籠が開かれるやいなや、跳びだしてやろうと身構えた。

その瞬間、アブラハム先生が入ってきて、わたしの不安――どんどん増大して絶望に変わろうとしていた――は消え去った。先生が籠を開けると、わたしは無我夢中でぴょんと跳びだし、怒りに燃えながら先生のかたわらを矢のように速く通りすぎ、暖炉の下へダッシュした。

「あいつはどうかしたのかね?」と先生は叫び、他の人たちを疑わしそうにじっと見つめたが、かれらはすっかり当惑し、うしろめたくて一言も答えることができなかった。

籠のなかの囚われの身であるわたしの立場がどんなに危ういものであっても、教授がわたしのキャリアを推測して語ったことに心から満足をおぼえ、彼がはっきりと嫉妬を口にしたこともたいそう嬉しかった。はやくも額に小さなドクター帽がのっているのを感じ、大学の講壇にたつ自分を思いうかべた！　知識欲旺盛な青年たちがもっとも足繁く通うのがわたしの講義ということにはならないだろうか？　——教授が大学にはイヌを連れてこないように頼んだら、礼儀正しい青年は誰ひとり、それを悪くとらないのではないか？　——どのプードルも、ポントのように好意的だとはかぎらないし、長い垂れ耳の猟犬どもはまったく信用できない。こういう連中は、ところかまわずネコ族の知識階級とさえ無益ないさかいをはじめ、インテリネコといえども不作法きわまりない怒りをあらわにせざるを得ない状況に強引に追いやる。激しく息を吐いたり——引っかいたり——咬みついたり等々。

なんと忌々しいことであろう——

（反故）——クライスラーがベンツォン夫人のところで会った、赤い頬をした小柄な女官に向かって、「どうか」と公女は言った。「ナネッテ、あなたが自分でおりて行って、わたくしの四阿（あずまや）にナデシコの株を運ばせるように手配してくださいな。みなさん、ぐずぐずしていて、仕事がまったく進まないのですもの」

女官はさっと立ち上がり、たいそう儀式ばったお辞儀をすると、さっと身をひるがえし、籠を開けてもらった小鳥のように部屋から飛び立っていった。

公女はクライスラーのほうを向いた。

「わたくしは、どんな罪でも憚るところなく打ち明けられる聴罪司祭でもある先生とふたりきりでなければ、何ひとつ打ち明けることができません。そもそも、クライスラーさん、私たちの堅苦しい礼儀作法を奇妙だと思い、スペイン女王のようにわたくしがいつも女官たちに取り囲まれ護衛されているのを煩わしいと感じているのでしょう。――せめてこの美しいジークハルト城館では、もっと自由を享受すべきなのに。もし父上が城館内にいらしたら、ナネッテを使いに出すわけにはいかなかったでしょう。ナネッテは音楽のレッスンのときは、こちらが困惑するほどひどく退屈していますのに。――もう一度はじめましょう。今度は、さきほどよりはうまくいきますわ」

教えるときは忍耐そのものと化すクライスラーは、あらためて公女が習得しようとしている歌曲のレッスンをはじめた。ところがヘドヴィガーはどんなに懸命につとめても、クライスラーにどんなにたくさん手助けしてもらっても、拍子や音をまちがえて、たてつづけに何度も失敗してしまった。ついに公女は顔を真っ赤にしてさっと立ち上がり、窓辺に走って庭園のほうをながめた。クライスラーは、公女がはげしく泣いているような気がして、初レッスンやこの場全体にいささか気まずさをおぼえた。敵意に満ちた、まったく音楽的ではない精霊が公女の気持ちを混乱させているらしい。その音楽的ではない精霊を音楽によって追い払えるかどうか試すのが、最良の手立てではないか。そこで彼はさまざまな快いメロディーを弾きつづけ、よく知られた大好きな歌に次々と対位法的変奏や装飾変奏をほどこし、しまいに自分がこんなにも魅力的にグランドピアノを弾けることに驚き、公女のことを、そのアリアやこらえ性がない傍若無人ぶりもろとも忘れてしまった。

「輝く夕陽に照らしだされるガイアーシュタインは、なんとすばらしいのでしょう」

と公女はふりかえらずに言った。

　クライスラーはちょうど不協和音にとりかかっており、当然ながらこれを解決せねばならなかったので、公女と一緒にガイアーシュタインと夕陽を称賛することはできなかった。

「このジークハルト城館ほど魅力的な居所が、この世にあるかしら」と公女はさっきよりも強く大きな声で言った。――いまやクライスラーはみごとな終止和音を響かせてから、窓辺へ歩み寄り、語らいを求める公女に慇懃に応じた。

「ほんとうに」と楽長は言った。「公女さま、庭園はすばらしいですね。すべての木々が緑の葉をつけているのは、ことのほか好ましく思われます。そもそも樹木も灌木も草もみんな緑であることに称賛と敬意を禁じ得ず、春がくるたびに、ふたたび緑にしてくれる全能の神に感謝しています。赤じゃない。いかなる風景画においても赤は非難されるべき色です。クロード・ロラン[50]やベルヘム[51]のようなすぐれた風景画家、谷間の草原に少しぼかしを入れたハッケルト[52]においてすら、赤はどこにも見出されません」

　クライスラーは話し続けようとした。だが窓のわきにとりつけてあった小さな鏡にうつる公女の死人のように青ざめ、異様にとりみだした顔を見ると、心の底から震えあがり、口をつぐんだ。

　公女はついに沈黙をやぶった。ふりかえりもせず、ずっと窓の外をながめながら、たいそう悲しげなしみじみした口調で言った。

「クライスラーさん、わたくしがいたるところで奇妙な空想に苦しめられ――興奮して、言うなればくだらない女と思われて、あなたの辛辣なユーモアの格好の素材になるのは、運命のなせるわざなのでしょう。あなたに見つめられると、わたくしはショックをうけて、はげしい熱病の発作めいた状態になりますが、そのわけをお話しする潮時です。なにもかも知ってほしいのです。つつみかくさず打ち明ければ、こころは軽くなり、あなたに見つめられても、あなたが目の前にいても、耐えられるようになることでしょう。

はじめて庭園で出会ったとき、あなたを見て、あなたの挙動全体を見て、わたくし

50　クロード・ロラン（一六〇〇または一六〇四／〇五～一六八二）十七世紀のフランスの画家。生涯の大半をローマで送り、理想風景を追求する画風で知られる。
51　ニコラース・ベルヘム（一六二〇～一六八三）オランダの画家。イタリアの牧歌的風景画で知られる。
52　ヤコブ・フィリップ・ハッケルト（一七三七～一八〇七）ドイツの風景画家。ナポリで宮廷画家として活躍、ゲーテとも親交があった。

は強い恐怖心を抱きました。なぜなのか自分でもわかりません！——でもあのとき、ふいにあらゆる恐怖とともに脳裏に浮かんだのは、ごく幼いころの思い出でした。それは後になってようやく、奇妙な夢のなかではっきりとした形をとりました。

宮廷にエットリンガーと呼ばれる画家がいました。すばらしい才能の持ち主と言われ、父上からも母上からもたいそう尊重されていました。ギャラリーには彼の手になる数々のすぐれた油絵があり、どの絵にも母上が歴史上の人びとに混じって、いろいろな姿で描かれています。でも、あらゆる識者から絶賛されたもっとも美しい絵は、父上の執務室にあります。母上の肖像画です。母上の青春時代のもっとも輝かしい姿が、母上はかつて一度も彼のモデルをつとめていないのに、あたかも彼が鏡にうつった母上の姿を盗みだしたかのように描かれています。レオンハルト、画家は宮廷でそのようにファーストネームで呼ばれていました。きっとやさしい善良な人だったのでしょう。わたくしは、あのころ三歳そこそこだったと思いますが、幼心にあらんかぎりの愛情を彼に注いでいました。置いていかないで、そばにいて。彼のほうでも根気よく遊び相手になってくれて、わたくしのために小さな多彩な絵を描き、さまざまな切り絵をつくってくれました。ところが一年ほど過ぎたころでしょうか、彼はふいに姿を消したのです。わたくしの最初の教育をまかされていた女性は、目に涙を浮かべて『レオンハルトさんは亡くなりました』と告げました。わたくしは悲しみに暮れ、レオンハルトが一緒に遊んでくれた部屋にはもうこれ以上居たくないとまで思いました。隙をみつけては教育係や侍女たちの手をのがれ、城のなかをかけまわり、大声で『レオンハルト！』と彼の名を呼びました。というのはいつも、〈彼が亡くなったというのは本当じゃない。どこかお城のなかに隠れているのよ〉と思っていたからです。それである晩のこと、教育係が何かの用でちょっとだけ席をはずした隙に、わたくしはこっそり部屋をぬけだし、母上をさがしました。〈母上なら、レオンハルトさんのほんとうの居場所を教えてくれるでしょうし、彼がまたそばにいられるようにしてくれるでしょう〉と思ったのです。廊下のドアは開いたままでしたから、じっさいに正面階段までたどりつくことができ、そこを駆けあがりました。運を天にまかせて行き当たりばったり、開けっ放しになっていた階上の部屋に入りました。まわりを見回すと、母上の部屋に通じているにちがいないドア、まさにノックしようとしていたそのドアがはげしい勢いで開くと、服はぼろぼろに裂け、髪はもじゃもじゃに乱れた男が飛びだしてきました。レオンハルトでした。恐ろしいギラギラ光る目でわたくしをじっと見つめています。顔は死人のように青ざめ、やせこけて、ほとんど本人だと分からないくらいでした。

『ああ、レオンハルトさん』とわたくしは叫びました。『なんというご様子でしょう。どうしてそんなに青ざめて、どうしてそんなに目をギラギラ光らせて、どうしてそんなにじっと見つめるの？――あなたが怖い！――前のようにやさしくしてください――わたくしのためにまた、きれいな多彩な絵を描いて！』

するとレオンハルトは、けたたましい、いななくようなばか笑いをしながら、わたくしに飛びかかってきましたが――身体にしっかりと鎖が括りつけられているらしく、彼が動くとガチャガチャ音がしました――床にうずくまり、しゃがれ声で言いました。

『ハハ、小さなお姫さま――きれいな絵だって？――描けるとも、描けるとも――描いてあげよう、美しい母上の絵を――美しい母上がいるでしょう？――でも、彼女にぼくをもう変えないでとお願いしてくれ――もうみじめな人間レオンハルト・エットリンガーでありたくない――あの男はとうに死んでいる――おれは赤いハゲタカだ。色の光線を食べれば描けるぞ！――熱い心臓の血をワニスにすれば描けるぞ！――おまえの心臓の血が入用なのさ、小さなお姫さま！』

彼はわたくしを引き寄せ、わたくしの首元をあらわにしました。彼の手に小さなナイフが握られているのが見えるような気がしました。つんざくような恐怖の悲鳴をあげると、召使たちが飛びこんできて、狂人に躍りかかりました。でも狂人は怪力でかれらを床にたたきつけました。ちょうどその瞬間、ドンドン、ギシギシ、階段をのぼる騒がしい音がして、がっしりした大男が大声で叫びながら飛びこんできました。『くそっ、こいつめ、逃げ出しやがった！　くそっ、なんてこった！　待て、待て、この悪鬼め！』

狂人はこの男を目にしたとたん、とつぜん全身の力がぬけてしまったらしく、わめきながら床に倒れました。まわりの人たちは、大男がもってきた鎖をあのひとにかけて連れ去りました。そのあいだじゅう、あのひとは囚われた野獣のように、ものすごい叫び声を発していました。

この恐ろしい場面がいかに衝撃的な力で四歳児をとらえたかは、想像がつくでしょう。みなはわたくしをなぐさめ、精神錯乱とはいかなるものかを理解させようとしました。その説明で完全に理解したわけではなく、深い名状しがたい恐怖が五臓六腑をつらぬき、いまなお狂人を見たり、たえまなく続く死の苦痛にも比すべきあの恐ろしい状態を考えたりするだけで、恐怖がよみがえります。

クライスラーさん、あなたはあの不幸な方によく似てらっしゃる。まるで兄弟のように。――とくに、しばしば異様とも言えるような、あなたのまなざしが、あまりにも生々しくレオンハルトを思い起こさせるのです。初めて会ったとき、取り乱したのはそのためです。あなたが目の前にいると、いまなお落ち着かない気持ちになる――不安になるのは、そのためです！」

クライスラーは一言も発することができず、深く心をゆさぶられて立ちつくした。以前から彼は〈まるで飢えた猛獣が獲物を待ち伏せするように、狂気が自分をこっそりねらっている。いつか狂気がとつぜん自分の体をずたずたに引き裂くだろう〉という固定観念をもっていた。[53]公女は彼をみて恐怖におそわれたが、いま彼はそれと同じ恐怖にふるえた。自分自身が怖かった。〈半狂乱になって公女を殺害しようとしたのは、この自分だ〉というぞっとするような考えと闘っていた。

しばらく沈黙した後、公女は話をつづけた。「不幸なレオンハルトは、ひそかに母上を愛していました。それだけでもう常軌を逸していたその愛は、ついにとつぜんたけり狂って暴走したのです」

「そうでしたら」とクライスラーは心中の嵐が一過したときはいつもそうなのだが、たいそうやさしく穏やかに答えた。「レオンハルトの胸に芽生えたのは、芸術家の愛ではなかったのです」

「どういう意味でしょう、クライスラー？」と公女はすばやく振り向きながらたずねた。

クライスラーはおだやかに微笑みながら答えた。「かつて、かなり向こう見ずで愉快な芝居[54]で下僕役のひょうきん者が、『よき世人にして、悪しき音楽家のみなさん』という魅力的な呼びかけで楽士たちを顕彰したのを聞いたとき、ぼくはさっそく、す

53　ホフマンの日記（一八一一年一月六日付け）、「……ひどい興奮状態——狂気の理念にいたるまで緊迫した状態にしばしば陥る。なぜ私はかくも頻繁に、寝ても覚めても狂気のことを考えているのか？——精神的排泄は瀉血のような効果があるのかもしれない」参照。

54　クレメンス・ブレンターノの喜劇『ポンス・ド・レオン』（一八〇四）第五幕第二場の「これらの悪しき音楽家たちと、よき世人は……」参照。ここにおける「よき世人」とは小市民的な俗物や実利主義的な凡俗の人をさし、「善良なる市民」対「芸術家」との関係を浮き彫りにするもの。

べての人類を二つの異なる集団にわけました。まるで自分がこの世の裁き手であるかのように。ひとつはよき世人ですが、音楽は下手くそ、むしろまったく音楽家ではない人びとからなる集団、もうひとつは本当の音楽家からなる集団です。しかし、誰も責めるつもりはございませんし、みなに幸福になってほしいですね。もちろん、その方法はいろいろですが。

よき世人は美しい双眸にいともたやすく惚れこみ、その顔から美しい双眸が輝く感じのよい女性のほうに両腕をのばし、その優美な女性を輪のなかに閉じこめます。その輪はどんどん狭くなり、収縮して、ついには恋人の指にはまる結婚指輪になります。pars pro toto として。公女さま、ラテン語はお分かりですね。全体の一部、つまり、愛する女性を拘留し、結婚という牢獄に連れていく鎖の輪になります。その際にかれらは、『おお、神よ』とか『おお、天よ』とか、突拍子もない叫び声をあげます。天文学の信奉者なら、『おお、星々よ』。異教を好む者なら、『おお、あらゆる神々よ、彼女はぼくのものだ。わが切望をみたす世にも美しきひと！』。――とにかく騒々しい。よき世人は音楽家のまねをしようとしますが、無駄ですね。音楽家の愛は、まったく事情が異なります。

おそらく、こんなことが起こります。ぼくらの目には見えない手が、いま申し上げたような音楽家の目を覆っていたベールをだしぬけにとりはらうと、彼は現世で生きながら、天使をみることになります。その天使の姿は甘美な究めがたい秘密であり、無言のまま彼の胸に宿ります。すると、内奥からめばえる高次の生のあらゆる恍惚、あらゆる名状しがたい歓喜が、清らかな天国の炎となって燃えあがります。その炎は身を焼きつくす危険なものではなく、ひたすら明るく温かく輝くだけです。芸術家の心は熱望しながら無数の触手をのばし、見たものをからめとり、感じます。でも決して所有はしません。憧れとは永遠に渇望しながら脈々と生き続けるものだからです。——憧れ、憧れそのものがすばらしいもの、生へとかたどられた予感であり、芸術家の魂から輝きでるものであり、歌となり——絵となり——詩となります。

公女さま、ぼくの言うことを信じてください。真の音楽家が、生身の両腕やその先に生えている両手でできることは、まずまずの音楽を奏することぐらいです。その両手にペンや絵筆、他のものを握らせても、それより他のことはできません。実際に真の音楽家は心の触手を、真に愛するひとに向かって伸ばします。心の触手には、礼儀作法にかなう上品さで結婚指輪をつかみ、恋人の可愛らしい指にはめこむ手や指は、生えていません。それゆえ、つまらぬ身分の低い者との不釣り合いな結婚を少しも恐れませんし、芸術家の心のなかに生きる恋人は公妃でも、パン屋の娘でも、そのパン屋の娘がフクロウでない限りは、[55] かなりどうでもよいことらしいのです。いま申し上げたような音楽家が恋に落ちた状態になりますと、この世ならぬ感激にひたって、すばらしい作品を生みだします。恋の病が昂じて見る影もなく結核でこの世を去ることもなければ、狂気にはしることもありません。そういうわけでぼくは、レオンハルト・エットリンガー氏が少しばかり狂乱状態に陥られたことを、たいそうお恨み申し上げます。もし氏が真の音楽家の流儀でふるまっておられたら、なんの不利益もなく、公妃さまを思う存分お慕いできたことでしょう！」

楽長が響かせたユーモラスな調べは、公女の耳もとを素通りした。彼女には聞き取れなかったのか。あるいは彼がふれた弦は、女らしい胸の内でますます強く張られ、他のいかなる弦よりもはげしく振動したために、その残響によってユーモラスな調べはかき消されてしまったのか。

彼女は肘掛け椅子に深く身をしずめ、もの思いにふけるように片手で頭部を支えながら言った。

「芸術家の愛、芸術家の愛！――そんなふうに愛されるなんて！――おお、それは天国の美しい素晴らしい夢です――夢にすぎません、むなしい夢に――」

「お見受けしたところ」とクライスラーは言葉をはさんだ。「公女さま、夢を切に望まれてはいらっしゃらないご様子ですね。でもぼくらに蝶の羽が生えて、狭苦しい堅固な牢獄から逃げだし、華やかに輝かしく空へ、高く、より高く昇ることができるのは、ひとえに夢のおかげなのです。でも結局のところ、人間だれしも生来、飛ぶことに愛着をもっているのですよ。夜中に気球と乗客を同時に空に打ち上げるのに有益だからといって、晩遅く、ガスの代わりにシャンパンをつめこんだ、真面目で正直な人たちを知っています」

「そんなふうに愛されるなんて」と公女は、前よりももっと心を動かされてくりかえした。

公女が口をつぐむと、クライスラーは話をつづけた。

55　『ハムレット』第四幕第五場におけるオフィーリアの台詞「フクロウはパン屋の娘だったとか」参照。フクロウは醜悪・陰険の象徴ともされる。

「それから、ぼくが懸命に描き出した芸術家の愛につきましては、公女さま、あなたは悪しき実例を目の当たりになさったのです。レオンハルト・エットリンガー氏は芸術家ではありましたが、よき世人のような愛し方をしようとした。そのために、もちまえのりっぱな理性がややぐらついてしまったのです。だからこそぼくは、レオンハルト・エットリンガー氏は真の芸術家ではなかったと考えます。真の芸術家は、選ばれた貴婦人を心に想いつづけます。彼女のために歌い、詩をつくり、絵を描くこと以外のぞまず、洗練された礼儀正しさにおいて、慇懃な騎士にひけをとらず、純真な心根においてはかれらにまさります。というのも、意中の貴婦人に敬意を表するために、騎士たちはドラゴンをとりおさえた巨人というわけでもないのに、きわめて残虐なやり方で、りっぱな人びとを打ち倒しましたが、真の芸術家はそういうやり方はしませんから！」

「いいえ」と公女は夢からさめたように叫んだ。「男性の胸にそのような清らかなウェスタ[56]の火が燃えあがるはずはありません！――男性が勝利を祝うために武器を手にとるなら、その男性の愛は、家庭生活を大切におもう女性にたいする裏切りにほかならず、女性の人生はだいなしになり、幸せにはなれません」

十七歳か十八歳の姫君がそうした普通とはちがった考えをもっていることに、クライスラーがたいそう驚愕しかけたちょうどそのとき、扉が開いて、公子イグナチウスが入ってきた。

楽長は、〈巧みに編曲された二重唱にも比すべき会話〉を終えて嬉しかった。二重唱とは言い得て妙である。どちらの声部もあたえられた役を誠実にこなさねばならない。楽長は後ほど〈公女は物悲しいアダージョを守り通し、ほんのときたま装飾音モルデントやプラルトリラー[57]を持ちだすのに対し、自分はオペラのすぐれた道化役にし

56　ローマ神話に登場するかまどの女神で、結婚の守り神。優しく慈愛にあふれ、家庭の団らんをうながす役割をはたす処女神。クライスラーはミンネザング、宮廷恋愛歌や英雄叙事文学を引き合いに出しながら「芸術家の愛」について語っている。いっぽう公女は、愛は結婚と家庭生活にあるとみなし、恋に落ちた男性は家庭生活や家族の絆を重んじるべきであり、武器を手にたたかう男性の英雄的人生は家庭を大切におもう女性の幸福に反すると考えている。

57　もとの音とその二度下の音を往復する場合をモルデント、もとの音とその二度上の音を往復する場合をプラルトリラーという。

て滑稽きわまる歌手として、無数の短音符で合いの手をいれて語りかけるように歌ったので、全体は構成といい、パフォーマンスといい、真の傑作とよぶべきものであり、どこかの桟敷席かしかるべき特等仕切り席(ロッキングシート)から、公女と自分とのやりとりに耳を傾けてほしかった〉と力説した。

イグナチウス公子は壊れたカップを手にして、すすり泣きながら部屋へ入ってきた。念のために言っておくと、公子はとうに二十歳をすぎても、いまだに子供時代に好きだった遊びとお別れできずにいた。ことのほか美しいカップが好きで、テーブルの上にずらりと並べて、黄色のカップを赤いカップの隣におき、赤いカップのわきに緑色のカップをおくという具合に、並べ方をいろいろ変えて、何時間でも遊ぶことができた。そういうとき快活な満ち足りた子供のように、心からたいそう楽しんだ。

彼がいま嘆き悲しんでいる不幸は、小型犬パグ[58]がふいにテーブルにとびのり、いちばん美しいカップを落としたことであった。

公女は、「最新流行の素敵なカップをひとつ、パリから取り寄せましょう。手配しますね」と約束した。すると彼は満足し、満面に笑みをうかべた。いまようやく楽長に気がついたらしかった。楽長のほうを向くと、「あなたも美しいカップをたくさんもってるの？」とたずねた。クライスラーはすでにアブラハム先生から、こういう質問にはどう対処したらいいかを聞かされていたので、「殿下がもってらっしゃるような美しいカップは、ひとつももっておりませんし、殿下がなさってらっしゃるように、カップにそのようにたくさんのお金を遣うこともまったくできません」ときっぱり言った。

「ねえ、きみ」とイグナーツ[59]はたいそう満足して答えた。「ぼくは公子だから、美しいカップを好きなだけもてる。でもきみは公子じゃないから、もてない。ぼくはたしかに公子だから、美しいカップ――」。カップと公子、公子とカップが入り乱れて、ますます話はこんがらがってしまったが、イグナチウスは笑ったり跳ねたり、喜びのあまり両手をたたいたりした！

ヘドヴィガーは顔を赤らめて目を伏せた。知的障がいのある兄が恥ずかしかったの

58　小型愛玩犬。目が大きく、額にきざまれた皺が特徴。十六世紀頃、オランダの王家のひじょうな庇護をうけ、以来ヨーロッパ各国へひろまったといわれる。

59　「炎のような」の意がある。イグナチウスはそのラテン語形。

である。だがクライスラーの嘲笑を恐れるのは、まちがっていた。クライスラーは心の奥底で、現実の精神遅滞の症状である公子の子供じみた振る舞いに同情を禁じ得なかったが、いたたまれなくて、むしろ瞬間の緊張が高まった。はた迷惑なカップからかわいそうな兄の気持ちをそらすために、公女は「きれいな作りつけの戸棚にならべてあるミニライブラリーを整理してくださいな」と頼んだ。公子は大喜びで快活に笑いながら、ただちに立派に装丁された書物をとりだし、大きさの順に書物の金色の小口が表向きになるように念入りに並べはじめ、ピカピカの列ができあがると、それを見て大喜びした。

ナネッテ嬢が部屋へ駆けこんできて叫んだ。

「ご領主さま、ご領主さまがプリンスと！」

「まあ、大変！」と公女は言った。「おめかししなくては。クライスラーさん、本当に何時間もおしゃべりしていたのね。ちっとも気づかなかったわ――すっかり忘れていたわ！――自分のことも、父上のことも、プリンスのことも」。公女はナネッテとともに隣室に消えた。イグナーツ公子は何ものにも煩わされることなく作業をつづけた。

早くも公の贅沢な馬車が近づいてきた。クライスラーが階下のメイン階段に行ったとき、ちょうど豪華なお仕着せの制服に身を包んだ露払いが二名、ヴルスト[60]と呼ばれる馬車からおりてきた。——これについてもっと詳しく説明しておかねばならない。

イレネーウス公は古い慣習を捨てなかった。はでな上着をきた俊足の道化が追い立てられた獣のように、馬の前を走る必要がなくなった時代になっても、たくさんの従者にあらゆる武器をもたせ、さらに二名の露払いをしたがえていた。ふたりとも礼儀正しい分別ざかりの美男で、公から十分な手当をもらっていたが、ただ座職であるため、ときおり下腹部の不快感に悩まされることがあった。公は博愛精神に満ち満ちたお方だったので、従者にときおり、猟犬グレーハウンドになれ、楽しげな野良犬になれ、などという無理な要求はしなかったが、外見上しかるべき礼儀作法を保つために、公が盛装して出かけるときは、二名の露払いは見苦しくないヴルストに乗って道案内や人払いをしなければならなかった。たとえば、何人かポカンと口を開けて見とれる

60　特に軍隊で用いられたWurstwagenを指す。簡素な台車を馬に引かせる。台車にわたされた幅広い梁に兵員が乗馬の姿勢でまたがり、その様子が外からよく見える。

見物人がいる場合には、しかるべき位置につき、いくぶん足を動かして、実際に駆けていることをそれとなく示さねばならなかった。――それは実に好ましい眺めであった。

そこで――露払いたちがちょうど馬車からおりて、侍従たちが正面入り口にはいると、そのあとからイレネーウス公が、そして公とならんで、ナポリの近衛兵の豪華な軍服に身を包み、胸に星形勲章や十字勲章をつけた堂々たる風采の青年が悠然とあるいてきた。――クライスラーを見ると、公は「Je vous salue Monsieur de Krösel（ごきげんよう、クレーゼル君）」と言った。

公は儀式ばった場ではフランス語で話し、ドイツ語の名前を思い出せないときはクライスラーではなく、クレーゼルというのが常だった。異国の公子――さきほどナネッテ嬢が「ご領主さまがプリンスと（ご一緒にお見えになりました）」と叫んでいたが、プリンスとはこの堂々たる青年のことである――は、すれ違いざまにクライスラーに軽くうなずいてみせた。その挨拶の仕方は、どんなに身分の高い相手であろうが、クライスラーにはとうてい我慢できないものであった。そこでクライスラーは道化芝居風に頭が地面にとどくまで深く身をかがめ、その様子に、太った式部卿は思わず忍び笑いを少しばかりもらしてしまった。式部卿はそもそもクライスラーのことを根っからのひょうきん者と思い、彼が何をやっても、何をしゃべっても、すべて冗談だとみなしていたのである。黒い瞳の若い公子はクライスラーに燃え立つような一瞥をあたえると、「たわけ」と口のなかでつぶやき、それから、おだやかな威厳をもってふり返った公のあとをすばやく追った。

「イタリアの近衛兵にしては」とクライスラーは式部卿に高笑いしながら呼びかけた。「公子はまずまずのドイツ語を話される。閣下、公子にお伝えください。『ぼくが洗練されたナポリのイタリア語で返礼しましょう。北イタリアの方言はつかいません。少なくともゴッツィ[61]の仮面劇のように、野卑なヴェネチア方言をこっそりもちこんだりはしません。要するに白を黒と言いくるめたりはしません』とね。──公子にそうお伝えください。閣下」──しかし閣下と呼ばれた式部卿は、両肩をそびやかして耳に即席の防波堤をきずき、階段をのぼって行ってしまった。

61　カルロ・ゴッツィ（一七二〇～一八〇六）イタリアの劇作家。ヴェネチア出身。代表作『三つのオレンジへの恋』『トゥーランドット』。

クライスラーがいつもジークハルト宮廷へ行くのに乗っていた公の馬車が止まっていて、年老いた猟兵が扉をひらいて「いかがですか」とたずねた。その瞬間、コック見習いが「たいへんだ――一大事だ！」と大声で泣き叫びながら、かたわらを走り過ぎた。――クライスラーは後ろから「どうしたの？」と呼びかけた。

「たいへんです」とコック見習いはいっそう激しく泣きながら答えた。「なかで料理長が自棄をおこして半狂乱になって、自分の腹にシチュー用ナイフを突き立てて、なにがなんでも自殺してやる、と言っています。[62]ご領主さまからとつぜん晩餐会を命じられたのに、イタリア風サラダをつくる二枚貝類がないからです。料理長みずから町へ出向きたいのに、主馬頭が馬車の用意をさせてくれないんです。ご領主さまの指示が出てないからダメだって」

「助け舟なら出せるよ」とクライスラーは言った。「料理長はこの馬車にのって、ジークハルツヴァイラーで極上の貝を仕入れるといい。ぼくのほうは、そぞろ歩きとしゃれこんで、その町へ向かおう」――そう言うと、彼は庭園のほうへ走り去った。

「心が広くて――奥ゆかしくて――魅力的な方だ！」と年老いた猟兵は目に涙をうかべながら、彼の後ろから叫んだ。

燃えるような夕焼けにはるかな山並みが映え、黄金色にかがやく照り返しがざわめく夕風に煽られるように、草原や木々や茂みの間をきらめきながら滑っていった。

　クライスラーは、湖の広い入り江を渡って漁師小屋のほうへのびている橋のまん中にたたずみ、水面を見おろした。湖面には、すばらしい木立ちのある庭園と、そのうえに高くそびえ、峰に白く輝く廃墟を奇妙な王冠のごとく載せたガイアーシュタインが夢幻的な微光をはなちながら映っていた。みなにブラーンシュ[63]と呼ばれ、自分の名がちゃんと分かっている人なつっこい白鳥が、美しい首を誇らしげにもたげて、つややかな翼を打ち鳴らしながら、水面をパチャパチャ泳いできた。

「ブラーンシュ、ブラーンシュ」とクライスラーは両腕をいっぱいに伸ばして、声高に呼びかけた。「おまえのもっともすばらしい歌を聞かせておくれ。白鳥はそんなことをしたら死んでしまうなんて思っちゃいけない。[64]歌いながらぼくの胸にぴたりと身

62　フランソワ・ヴァテール（一六三一～一六七一）がモデル。十七世紀のフランスで活躍した宮廷料理人。コンデ公に仕え、三日三晩にわたる大饗宴の際にしけで予定の魚を入荷できなかったことに責任を感じ、剣で自殺した。

63　フランス語の「白」に由来する名。「シロちゃん」にあたる。

を寄せておくれ。そうすれば、おまえのすばらしい調べがぼくのものになる。そうしておまえは愛と生のなかを、波に愛撫されながら悠々と泳ぎまわり、いっぽう、ぼくは燃えるような憧れを抱きながら水に沈んでいくんだ!」

クライスラーは自分でも、なぜこんなにも深く感動したのか分からなかった。欄干に身をもたせて、思わず目を閉じた。するとユーリアの声が聞こえてきて、彼の心は言うに言われぬ甘美で物悲しい想いにわななないた。

くろぐろとした暗雲がたなびいてきて、山並みや森のうえに、黒いベールのような幅広い影を投げかけた。低い雷鳴が東の空にとどろき、夜風が吹きつのり、小川のざわめきは増し、エオリアン・ハープ[65]の調べがとぎれとぎれに、彼方で鳴るオルガンのように響きはじめた。夜鳥が驚いて追い立てられたように舞いあがり、鋭い声で鳴きながら茂みのなかをあてどなく飛びまわった。

クライスラーは夢からさめて、水にうつる自分の黒い影をながめた。錯乱した画家エットリンガーが水底から自分を見ているような気がした。彼は下のほうに向かって叫んだ。

「おやおや、そこにいるのは親愛なる分身、実直な相棒かな?——誠実な若者よ、尊大にも高貴なお方の心臓の血をワニス代わりに使おうとして、いささか度をすごした画家のわりには、なかなかいいルックスをしている。――つまるところ、エットリンガー君、きみは常軌を逸したふるまいで、富貴な一族を虚仮にしたわけだ！――じっと見つめれば見つめるほど、きみのまことに雅やかな物腰に気づく。よければ、マリア公妃に、〈水中でのエットリンガー君は、身分や境遇において第一級の重要人物です。ですからエットリンガー君を愛することに、なんの支障もございません〉ときっぱり言ってあげよう。

だが相棒よ、いまなお公妃にきみの絵の通りであってほしいなら、肖像画のモデルの実際の姿を、巧みな筆さばきで美化する堂々たるアマチュア画家のまねをせねばなるまい。――まあ、いい！――宮廷の人たちが不当なやり方できみを黄泉の国へ追い落としたのなら、ぼくがいろいろなニュースをこっそり知らせてあげよう！

64　「白鳥の歌」は白鳥が死ぬまぎわにうたうという歌。そのときの声がもっとも美しいという言い伝えがあり、ある人が最後に作った詩歌や曲、また生前最後の演奏などをさす。

65　四五頁、注19参照。

尊敬すべき精神科病院の患者さん、きみがかわいそうな子供、美しい公女へドゥヴィガーに加えた傷は、いまだにちゃんと癒えていない。だから彼女はたびたび、いろいろばかげた真似をやらかす。きみは彼女の心に、そんなにもひどい痛手を負わせたのかな？　いまなお彼女はきみの顔を見ると、熱い血がふきだすほどだ。ちょうど殺人鬼が近づくと、死体が血をふくように。ねえ、きみ、彼女がぼくのことを幽霊、それもきみの幽霊だと思っているのは、ぼくのせいじゃない。

しかし、ぼくが決してこの世にもどってきたいやらしい幽霊などではなく、楽長クライスラーであることを本腰をいれて示そうとしていたら、イグナチウス公子にじゃまされたよ。あの公子はクルーゲ[66]によれば、真の愚かさのたいへん適切な症例だ。明らかにパラノイア、精神錯乱、無反応状態にある。——画家よ、きみとまじめに話しているときは、いちいちぼくのしぐさを真似しないでくれ！——また真似をするのか？　鼻風邪がこわくなければ、飛びこんで、たっぷり殴ってやるのに。——やくざな物まね野郎、うせやがれ！」

クライスラーは脱兎のごとく駆けだした。

すっかり暗くなっていた。稲妻が黒雲をつんざいて輝き、雷鳴はとどろき、大粒の雨が降りはじめた。漁師小屋から明るく輝く光がまき散らされ、そちらに向かってクライスラーは駆けていった。

　戸口の近く、明るい光のなかでクライスラーがふと見ると、自分と並んで自分の似姿が、分身が歩いているではないか。クライスラーは肝をつぶして小屋に飛びこみ、息もたえだえに死人のように青ざめて、ぐったりと肘掛け椅子に身をしずめた。

　アブラハム先生はアストラルランプ[67]のまばゆい光に照らされた小机の前で、大型本を読んでいたが、びっくりしてパッと立ちあがり、クライスラーのそばに寄って叫

66　クルーゲではなく、ヨハン・クリスティアン・ライル（一七五九～一八一三）と推定される。ライルはドイツの医師・生理学者・解剖医・精神科医。精神医学の創始者。『Rhapsodien über die Anwendung der psychischen Kurmethode auf Geisteszerrüttungen（精神錯乱における心理的治療法の適用に関するラプソディー）』（一八〇三）に、「知的障がいのある者は……たいていは穏やかで、楽しげで柔和である」「子供じみた愚かさ……パラノイア、精神錯乱、無反応……」という記述がみられる。

67　アストラルは「星の」という意味。ボルディエ＝マーセットによってパリで一八〇九年から一八一〇年にかけて発明された、灯下に影を落とさないように工夫された石油ランプで、無影灯とも呼ばれる。

んだ。

「どうしたんだ、ヨハネス、こんなに晩遅く、どこから来たんだね——何をそんなに怯(おび)えているんだね！」

クライスラーはようやく元気を出して、低い声で言った。

「たしかに二人でした。ぼくと、ぼくのドッペルゲンガー[68]の二人です。あいつは湖の底から飛びだしてきて、ここまでぼくの後を追ってきたんです。お慈悲ですから、先生、先生の仕込み杖であのやくざ者を突き倒してください。——あいつは狂っている。本当です。あいつはぼくら二人を葬りかねない。外の悪天候をひきおこしたのも、あいつです。——亡霊たちが宙をただよい、やつらの合唱は人間たちの胸を引き裂く！——先生——先生、白鳥をここに誘い出してください——白鳥に歌ってもらいます——ぼくはもう歌えません。あいつの白く冷たい死の手がぼくの胸に置かれたからです。白鳥が歌ってくれたら、あいつは手を引いて——また湖の底へ沈んでいきます」

アブラハム先生はクライスラーにそれ以上は話させず、やさしい言葉で語りかけ、ちょうど手元にあった強いイタリアワインを二、三杯むりに飲ませ、それから徐々に何があったのかを言葉巧みに聞きだした。

しかしクライスラーが話し終えるやいなや、アブラハム先生は高らかに笑いながら叫んだ。

「いやはや、根っからの空想家、頭の天辺からつま先まで霊視者だね！――外の庭園で身の毛もよだつ合唱を聞かせたオルガニストというのは、ほかでもない、ビュービュー音をたてて吹きわたる夜風だ。エオリアン・ハープの弦が夜風にあたって鳴りひびいていたんだ。そうとも、クライスラー、エオリアン・ハープのことを忘れていたんだね。庭園のはずれに二つの四阿（あずまや）があって、そのあいだに風をよむハープの弦がぴんと張られている。[69] それから、アストラルランプの微光に照らされてきみと並んで走ってきたきみのドッペルゲンガーのことだが、いますぐ真相をあかしてあげよう。わしが戸口に出るやいなや、やはりわしのドッペルゲンガーがすぐそばにあらわれる。

68　自分自身の姿を自分で見る幻覚の一種。自分とそっくりの姿をした分身。第二の自我、生霊の類。民俗信仰では生きている人の霊魂が一時肉体を離れることがあって、同時に異なる二つの場所にあらわれ得るとされた。

この小屋へ入ってくる者はみな、そのような名誉騎士たる分身に付き添われるはめになる」

アブラハム先生は戸口へ出た。ただちにもう一人のアブラハム先生が微光に照らされて、先生の横にあらわれた。

クライスラーは隠された凸面鏡のせいだと気づいて、腹が立った。不可思議に思っていたものの真相があばかれると、みなそうであるように。人間は、幽鬼じみて見えたものが〈じつは筋の通った、当たり前のものです〉と種明かしされるよりも、驚愕し恐怖につき落とされることを好み、この現実世界に甘んじる気はさらさらなく、示現するのに肉体性を要しない別世界の何ものかを見たいと望むものである。

「先生、その奇妙な愚弄癖はどうにも理解しかねます」とクライスラーは言った。「先生は、王侯貴族のおかかえの腕利きシェフが料理の仕上げにさまざまなピリッとする香辛料を用いて逸品を供するように、いろいろな刺激的な構成要素から不可思議なものを準備する。味にどことなく物足りなさをおぼえていた美食家の胃袋が刺激されるように、奇をてらったやり方をすれば、退屈している人間の想像力が刺激されると考えているのでしょう。他者の胸を締めつけるような忌々しい奇術をもちいるくせに、裏で、なにもかも当たり前に生じたものでございますという態度をとることほど、野暮なものはありません」

「もちろんだ！——もちろんだとも」とアブラハム先生は叫んだ。「まずまずの判断力をそなえた男であるきみには、この世に当たり前に生じるものなど何ひとつない、断じてないと分かってほしい！——それとも何かね、楽長君、意のままになる手段を用いれば、ある一定の作用を引きおこすことができるのだから、神秘的な機構から流れ出る作用の原因は一目瞭然だとでも思っているのかい？——きみはこれまでわしの奇術をおおいに尊重していたじゃないか。最高傑作は見ていないけど」

「あの〈姿なき少女〉ですね」とクライスラーは言った。

「むろん」とアブラハム先生は続けた。「あの奇術なら——奇術以上のものだが——たやすく算定できるありふれたメカニズムでさえ、しばしば神秘的な自然の驚異とか

69　【原注】ミラノの大修道院長ガットーニは塔から別の塔へ、十五本の鉄の弦を張らせ、全音階の音色が出るように調律させた。大気中に変化がおこるたびに、その変化の程度に応じてこれらの弦が強く鳴ったり、弱く鳴ったりした。このエオリアン・ハープはそのサイズから巨人の竪琴、風をよむハープと呼ばれた。

かわり合いをもつと、永久に解き明かせない（この言葉をふつうの意味にとっても）作用を引きおこしうるという証拠をきみにつきつけたことだろう」

「さあねえ」とクライスラーは言った。「もし先生が有名な音響学の理論にしたがって行い、その装置をかくしおおせて、いつでも助力をたのめる頭のいい器用な人間がいたなら」

「おお、キアーラ！」とアブラハム先生は目を潤ませて叫んだ。「おお、かわいい愛しいキアーラ！」

クライスラーは老人がこんなにも深く感動しているところを見たことがなかった。もともと老師は悲嘆にくれるということがまったくなく、そうしたものを一笑にふすのがお決まりだった。

「キアーラがどうしたんです？」と楽長は聞いた。

「情けない話だ」と先生は微笑しながら言った。「今日のわしは老いぼれの泣き虫の気取り屋のように見えて、たしかに情けないが、運命の思し召しのままに、長年沈黙してきたわが生涯のある時期について話そう。――クライスラー、こちらへ来て、この大きな本を見てごらん。蔵書のなかでも稀覯本で、セヴェリーノという魔術師の形見だ。ちょうどわしはここに座って、世にも不思議なものを読み、そのなかに描かれている可愛いキアーラをじっと見つめていた。そうしたらきみが度を失って飛びこんできて、わしの魔術を小ばかにする。わが生涯の最も華やかなりしころ、わが手中にあった世にもすばらしい奇跡の思い出にふけっていた、まさにその瞬間にね！」

「話してください」とクライスラーは叫んだ。「ぼくもすぐさま一緒になって、おんおん泣けるかもしれません」

　アブラハム先生は話しはじめた。

「取り立てていうことのほどではないが、わしもかつては元気いっぱいの美青年で、ゲニエネスミュールにある本山の大きなパイプオルガンの製作をしていた。営々として仕事にはげみ、汲々として名誉をもとめ、過労から病気になった。医師に『パイプオルガン製作者さん、山を越え、谷を越え、ひろく世界に乗りだし、分け入りなさい』と言われ、じっさいにその通りにした。面白半分に、からくり魔術師としてどこへでも顔を出し、公衆がおおいに愉しめる奇術を見せたのさ。これが実にうまくいって、莫大な金を手にし、ついにセヴェリーノという男に出くわした。彼はわしの奇術を無遠慮にあざわらったが、いろいろなことをやって見せるものだから、この男は悪魔と結託しているか、すくなくとも他の誠実な霊たちと手を結んでいると観客は信じ、わしまでそう思いかねないほどだった。

もっともセンセーションをまきおこしたのは、のちに〈姿なき少女〉の名で知られるようになった奇術、女声による神託だ。私たちの目には見えない存在に向かって問いかけると、部屋のまん中の天井からぶらさがる、極上の澄み切ったガラス球から、フッとやさしい吐息のように答えが流れ出てくる。なんとも不可解な現象であるばかりでなく、姿なき少女の声は、胸に迫るものがあって聴衆の心をわしづかみにし、その答えは適切で、正真正銘の予言の才を有していたから、魔術師セヴェリーノの人気は天井知らずだった。

わしは彼のところへ押しかけ、わしのからくりを用いた奇術のことをどっさり話した。ところが彼は、クライスラー君とはちがう意味で、わしの知識をことごとく鼻先でわらい、『自宅でつかうから、水オルガン[70]をつくりなさい』といってきかないんだよ。そこでわしは、今は亡きゲッティンゲンの宮中顧問官マイスター氏[71]も論文『古代のヒュドラウリスについて』で述べているように、そのようなヒュドラウリスはまったく無価値で、いつでもどこでも無料で手にはいる空気が若干節約できるだけであると証明してやった。

そうしたら、とうとうセヴェリーノは『そのような楽器ののどかな音色が、あの〈姿なき少女〉を手助けするのに必要なんだ。もしきみが秘密を自分のために利用しないし、他人にもばらさないと秘跡にかけて誓うなら、きみに秘密を打ち明けてあげよう。まあ、そう易々とおれのわざをまねることはできないと思うがね』。ここで彼は言いよどんで、いわくありげな、身も心もとろけるような顔をした。ちょうど、かつてカリオストロ[72]が婦人たちに、自分の魔術的な恍惚状態について語ったときのように。わしは〈姿なき少女〉を見たくてたまらず、腕によりをかけて水オルガンをつくりましょうと約束した。そうしたらセヴェリーノはわしを信頼してくれて――すすんで彼の仕事を補佐したら、わしを可愛がるようにすらなった。

70　ヒュドラウリスの訳語。水圧を利用する。鍵盤楽器の起源とされ、紀元前三世紀後半にギリシアでクテシビオスによって発明されたといわれる。
71　アルブレヒト・ルートヴィヒ・フリードリヒ・マイスター（アルベルト・マイスターとも、一七二四～一七八八）ドイツの数学者・物理学者。
72　二五三頁、注23参照。

ある日のこと、セヴェリーノのところへ行こうとしていると、往来に人だかりができている。身なりのいい男が意識不明の状態で地面に倒れているという。群衆をかき分けていくと、なんとセヴェリーノじゃないか。ちょうどまわりの人に助け起こされて、もよりの家へはこび込まれるところだった。医師がやってきて診察した。さまざまな手を尽くすと、セヴェリーノは深いため息をついて目をひらいた。痙攣する眉を寄せてわしをじっと見すえる目つきの恐ろしさときたら。断末魔の苦しみが暗い炎となって瞳のなかで燃えていた。唇がわななき、何か話そうとしたが、それすらできず、とうとう彼はベストのポケットを片手で二、三度ポンポンとたたいてみせた。わしがポケットに手を突っこみ、いくつかの鍵を取りだして、『これ、お宅の鍵ですね』と言うと、彼はうなずいた。鍵のひとつを彼の目の前に突きだして、『これがあの小部屋、わたしを一度もなかに入れようとなさらなかった、あの小部屋の鍵ですね』と言うと、彼はまたうなずいた。でもわしがもっと聞こうとすると、セヴェリーノはおそろしい不安におそわれたかのように、ウンウンうめきだし、額に冷や汗をにじませた。両腕をひろげて、何かを抱くように丸くすぼめて、わしを指し示した。医師は『この方はおそらく、〈わたしの持ち物や器械を安全な場所に移してほしい。もしわたしが死んだら、あなたにずっと持っていてほしい〉とおっしゃりたいのではないでしょうか?』と言った。セヴェリーノは先ほどよりももっと強くうなずき、ついに『Corre!〈急げ〉』とひと声叫ぶと、ふたたび意識を失って倒れてしまった。

そこで大急ぎでセヴェリーノの家へ走り、好奇心と期待におののきながら、小部屋をあけた。なかに〈姿なき少女〉がいるはずだ。でも少なからず驚いたことに、部屋は空っぽなんだよ。ひとつしかない窓は分厚いカーテンで覆われていたから、日差しはあっても部屋は薄暗く、戸口と向かい合う位置の壁に大きな鏡がかけてあった。ふと鏡の前に歩み出て、ほの暗い光のなかで自分の姿をみたとたん、さっと奇妙な感じが全身を走った。発電機の絶縁台のうえにでも乗っかっているような気がした。その瞬間、〈姿なき少女〉の声がイタリア語でこう言ったんだ。『今日だけは勘弁して、お父さん! そうひどく打たないで。あなたはもう亡くなっているじゃありませんか!』――すばやく部屋のドアを開けると、光がいっぱい流れこんできたが、生きた人間の姿はまったく見当たらない。また声がする。『それでよいのです。お父さん。リスコーさんをおよこしになった。それでよいのです。でも彼はもはやあなたがわたしを打つことを許さないでしょう。彼は磁石をこわすでしょう。あなたは横たわっているお墓から、どんなにもがいても、もはや脱出できないでしょう。だって、もう亡くなっていて、この世の者ではないのですから」

クライスラー、想像がつくだろう。いかなる姿も見えないのに、すぐ耳もとで声が漂うものだから、わしは心底、恐怖にふるえあがった。『これは驚いた』と勇気をふるい起こそうとして大声で言った。『どこかにけち臭いフラスコでも見つけたら、こっぱみじんにしてやる。そうしたら片足を引きずった悪魔が牢獄から逃れ出て、目の前に姿をあらわすだろう。[73] だがそうすると』――そのときふと、小部屋のなかをただよう微かなため息は、片すみにある板箱から出ているような気がした。なかに人間がはいるには、あまりにも小さいように思われたが、飛んでいって差し錠を開けた。するとなかに少女が虫のように縮こまって横になっていて、世にも美しい大きな瞳でわしをじっと見つめた。『出ておいで、お嬢ちゃん。出ておいで、かわいい〈姿なき少女〉！』と声をかけると、ようやく彼女はわしに片腕をさしのべた。――ついに彼女のかかげた片手をつかんだら、わしの全身に電流が走った」

「待ってください。アブラハム先生」とクライスラーは叫んだ。「それは何なのでしょう。はしなくも、はじめて公女へドヴィガーの手に触れたとき、ぼくにも同じことが起こりました。いまも公女の手が思し召しのままに差しだされると、前より効き目が弱まったとはいえ、おなじようにビビッと感じます」

「ははあ」とアブラハム先生は答えた。「ひょっとすると、あの公女さんはデンキウナギか、シビレエイか、インドのタチウオの類だ。かわいいキアーラもまあそういう類のものだ。あるいは、有能なコトーニョ氏が解剖しようとして背中をつかんだら、氏に強烈なビンタを食らわせたような、威勢のいいハツカネズミかな。[74] むろんきみが公女を解剖しようなんて思うはずもないが。――公女のことはまたいつか話すことにして、〈姿なき少女〉の話をつづけよう！

わしがかわいいシビレエイの不意打ちにびっくりして跳びすさると、少女はすばら

73　フランスの作家アラン＝ルネ・ルサージュ（一六六八〜一七四七）の小説『足の不自由な悪魔』（一七〇七）参照。第一章で主人公がフラスコから悪魔を解放するシーンをさしている。

74　ドメニコ・コトーニョ（一七三六〜一八二二）イタリアの医師。ナポリ大学の医学教授。ここに述べられているエピソードはクルーゲが『治療法としての動物磁気の叙説試論』で挙げているもの。

しく優美に響くドイツ語で言った。『リスコーさん、悪く思わないでくださいね。ほかにどうしようもないのです。苦しみがあまりにも大きくて』

わしだって、いつまでも驚いていたわけじゃない。少女の肩をやさしくつかみ、いとわしい牢獄からひっぱりだした。目の前にいたのは、きゃしゃな体つきの愛らしい子で、身の丈は十二歳の少女くらいだが、身体の発育状態から判断すると、すくなくとも十六歳ぐらいにはなっているらしい。あの本をみてごらん。あの絵にそっくりだよ。きみだって、あれ以上に愛らしい表情ゆたかな顔はないと白状するだろう。ただ、比類なく美しい黒い瞳に宿る不可思議な輝き、心の奥底をかきたてる激情のきらめきは、絵には描かれていないということを考慮にいれてくれ。雪のような肌と亜麻色の髪に夢中でない者なら、ひとり残らず、あの顔を申し分なく美しいと称賛するにちがいない。というのはわしのキアーラは、肌は浅黒く、髪は烏(からす)の濡れ羽色だったから。

キアーラ――もう分かっているだろうが、かわいい〈姿なき少女〉はそういう名だった――キアーラはわしの前でばったり倒れた。その体は悲しみと苦しみでいっぱいだった。目からとめどなく涙を流し、名状しがたい表情で『Je suis sauvée（わたしは救われました）』と言った。どうしようもなく不憫で、同時に恐ろしいことを予感した！

　そのとき、セヴェリーノの亡骸が運ばれてきた。わしが去った直後に、二回目の卒中の発作におそわれて亡くなったんだ。亡骸を見るやいなや、キアーラの涙はピタリととまり、死んだセヴェリーノを真剣な目つきでじっと見ていたが、ついて来た人たちが彼女を物珍しげにじろじろ見て、『とどのつまり、これが小部屋の〈姿なき少女〉か』と笑いながら言うと、その場からいなくなってしまった。この少女をひとり亡骸のそばに置きざりにすることはできないと思っていたら、親切な家主夫婦がすすんで、『あの子は私たちが引き取りましょう』と言ってくれた。

　みなが去ったあとで、その小部屋に入っていくと、キアーラが奇妙な状態で鏡の前に座っていた。じっと鏡に目を向けているが、まるで夢遊病者のように、何ひとつ目に入っていないらしい。わけの分からない言葉をささやいていて、しだいに言葉がはっきりしてきた。遠くにいる人たちに関係しているらしい事柄を、ドイツ語やフランス語やイタリア語やスペイン語など、いろいろ取り混ぜて話していた。――ちょうどセヴェリーノが女予言者に話をさせていた時刻になっていたのに気づいて、少なからず驚いた。

とうとうキアーラは目を閉じ、深い眠りに落ちていったらしかった。かわいそうな子供を腕に抱いて、階下の家主夫婦のもとへ運んだ。翌朝、少女は快活になり、気持ちも落ち着いていた。今になってようやく、自分が自由の身になったことがわかったらしく、こちらが知りたいと思っていることは何でも話してくれた。

楽長、きみがふだん高貴な生まれを重んじていることはさておき、かわいいキアーラがジプシーの娘で、とある大都会の広場で一群のきたならしい連中といっしょに、捕吏に見張られながら日向ぼっこをしていたからといって、気を悪くしたりしないだろうね。そのとき、ちょうど通りかかったのがセヴェリーノだ。『まばゆいばかりのおにいさん、占ってあげましょうか？』と八歳の女の子に呼びとめられ、セヴェリーノはその小娘の目をしばらくじっとみつめ、じっさいに手相占いをさせると、おおいに感嘆した。彼はその娘になにか特別なものを見出したにちがいない。というのは直ちに、拘留されたジプシーの一団を取りしまる隊長のところへ行き、『ジプシーの小娘を引き取ることをお許しいただけるなら、お礼ははずみましょう』と言ったからである。隊長は『ここは奴隷市場じゃありません』とそっけなく表明したが、それでも、『あの小娘はそもそも人間の数にはいらないし、監獄のご厄介になるだけだから、旦那が市の貧民救済基金函に十ドゥカーテン寄付してくれるなら、了解しましょう』と付けくわえた。セヴェリーノはただちに財布をとりだして、十ドゥカーテン支払った。キアーラとそのお祖母さんは、二人ともこの交渉の一部始終を聞いていて、泣きだし、叫びはじめ、どうしても別れようとしなかった。だがそこへ捕吏たちがやって来て、老婆を出発準備のととのった干し草車のうえにひょいと放り投げ、隊長はこの瞬間、まばゆいばかりの十ドゥカーテン金貨をひょいと自分の財布に入れた。自分の財布を市の貧民救済基金函とまちがえたのかもしれない。セヴェリーノは小さなキアーラをひっぱっていき、彼女をみつけたあの市場で、きれいな新しいスカートを買ってやり、さらに甘い菓子類をふんだんにあてがうなど、あらゆる手を尽くして彼女をなだめようとした。

セヴェリーノがちょうどそのころ、〈姿なき少女〉をもちいる奇術を考案中で、この小さなジプシーの娘には、その役をひきうける才能がみなそろっていると思ったのは確かだ。彼女に細心な教育をさずけるのと並行して、その生体を被験者として利用し、とりわけ、ただならぬ精神状態に陥らせようとした。彼は少女のなかで予言の力が燃えあがる、この霊感がたかまった状態を人工的なやり方でつくりだした。――メスマー[75]とその恐ろしいやり方を想像してほしい――彼女に予言させたいときには、そのたびにこの状態に追い込んだ。不運な偶然によって、少女が痛みを感じると特に興奮しやすくなり、他人の自我を見通す才能がとほうもなく高まり、霊そのもののようになることに気づいた。そこでこの恐ろしい男は、少女の明視状態を利用して予言させる興行の前にいつも、きわめてむごたらしいやり方で少女を折檻した。この苦痛にくわえて、世にも哀れなキアーラは、セヴェリーノがいないときにはしばしば幾日も、あの板箱のなかに縮こまっていなければならなかった。誰かが小部屋に押し入ってきても、キアーラの存在を秘密にしておくためである。同じようにセヴェリーノと一緒に旅するときは、例の箱のなかに入って移動しなければならなかった。キアーラの運命は、かの有名なケンペレン[76]に連れ歩かれ、トルコ人形のなかに隠れてチェスを指した小人の運命よりも、もっと惨く恐ろしいものだった。

セヴェリーノの机のなかに多額の金貨と手形があったので、わしはかわいいキアーラのためにかなりの収入を確保してやることができた。また予言のための器械、つまり、部屋や小部屋にあった音響学上の装置のことだが、それらを運搬できない多くの他の奇術道具と一緒にぶっこわした。しかしセヴェリーノのはっきりと告げた遺言にしたがって、彼が遺していった多くの秘密をわがものとした。こうしたことをすべて片づけると、後ろ髪を引かれる思いでかわいいキアーラと別れて、その地を去った。キアーラのことは、家主夫婦がわが子のように可愛がって育てたがっていたからね。

一年が過ぎて、ゲニエネスミュールの名誉ある市参事会から市のパイプオルガンの修理を依頼されたので、戻ろうと思った。ところが奇術師として人前に立つことが天の思し召しだったんだね。天はいまいましいスリに、全財産のはいった財布を盗む力

75　フランツ・アントン・メスマー（一七三四〜一八一五）ドイツの医師。ウィーンで開業。動物磁気説を提唱し、一種の暗示療法を行った（メスメリズム）。だがメスマーの治療は暴力的なことでも知られており、医師クリストフ・ヴィルヘルム・フーフェラント（一七六二〜一八三六）の論文「メスマーと彼の磁気療法について」によれば、「……患者の伸ばした指のまん中に、鉄の鈍器による殴打にも等しい激しいショックと衝撃をあたえた。見るからに患者の痙攣と痛みを引きおこすものだった」(Der Teutsche Merkur, Jg.1784,4. Vierteljahr）参照。

76　ヴォルフガング・フォン・ケンペレン（一七三四〜一八〇四）発明家・建築家。一七七〇年オーストリアの宮廷でチェスを指すオートマタを披露した。トルコ人の姿をした人形が駒を動かす仕掛けになっている。実はチェスの名人が内部にかくれて操作する一種の手品。

をお与えになったので、わしは必要な糧をえるために、多くの証書や免許をもっている有名なからくり魔術師として奇術をやらざるをえなかった。

　これはジークハルツヴァイラーの小さな町で起こったことだ。ある晩のこと、すわって奇術用の小箱を槌でたたいたり、やすりをかけたりしていたら、ドアが開いて、婦人が入って来て叫んだ。『ほんとにもう、これ以上がまんできません。あなたの後を追ってきたのです。リスコーさん――思いこがれるあまり、死んでしまいそう！――あなたはわたしのご主人さま。わたしを自由につかってくださいな！』――わしめがけて突進し、足元にたおれようとしたので、わしは両腕で抱きとめた。――キアーラだよ！――あの少女だとはわからないくらいだった。以前よりも一フィートは背が伸びて、丈夫で元気そうだったが、きゃしゃな体つきは変わっていなかった！『いとしい、かわいいキアーラ！』と深く感動して、彼女を胸にぎゅっと抱きしめた。『そばにいてもいいでしょう？　リスコーさん、あなたのおかげで自由に生きられるようになった可哀想なキアーラを追い出したりしないでしょう？』

　そういうとキアーラは、ちょうど郵便馬車の御者が押し込んでいった荷箱のところにすばやく跳んでいって、御者にたくさんの金をにぎらせたので、彼は『こいつはすごい、かわいいムーア人のお嬢さん！』と大声で叫び、小躍りして外へ飛びだしていった。キアーラは荷箱をあけて、この本を取りだし、『リスコーさん、忘れ物ですわ。セヴェリーノの最上の遺品をお受け取りください』と言って進呈した。わしが本をめくっているあいだに、彼女は悠然と荷を解き、ドレスや下着類を取りだしはじめた。

　クライスラー、想像がつくだろうが、わしはかわいいキアーラに少なからず面食らった。——ところで、そろそろきみはわしをいくらか尊重してもよいころだよ。わしはきみが伯父さんの熟れたナシを木から盗み食いし、代わりに見るからに美味そうに彩色した木製のナシをぶら下げる手伝いをした。あるいは、漂白剤の代わりに、創造の慈雨であるオレンジエードを如雨露（じょうろ）に入れておく手伝いをした。伯父さんが漂白しようとして芝生のうえに広げた白い平織りのズボンに注ぐと、難なくきれいなマーブル模様のズボンに仕上がるように。——要するに、ばかばかしい悪ふざけの手引きをしたものだから、きみはこれまでわしのことを、まるっきりハートをもたない、あるいは、少なくとも心臓に分厚い道化師の上着をかぶせているので胸のときめきをまったく感じない、根っからのいたずら者と思っていたろう！

いいかね、きみの多感さや涙を自慢しちゃいかんよ。この通り、わしはきみがしょっちゅうやっているように、ひどくめそめそ泣いているのだから。だがこの年になって、若い連中に家具付き貸し間でも見せるように、心中を打ち明けるなんていうのはまっぴらごめんだね」

アブラハム先生は窓辺へ歩み寄り、窓の外に広がる夜の闇をながめた。雷雨はすぎ、森のざわめきにまじって、夜風がふりおとす雨滴の音が聞こえてきた。遠くの城館から、楽しそうなダンス音楽が響いてきた。「ヘクトール公子が、ピョンピョン跳びはねる狩人風のダンスをはじめたのだろう」とアブラハム先生が言った。

「そしてキアーラは？」とクライスラーは聞いた。

「ごもっとも」とアブラハム先生は疲れ果てて、肘掛け椅子にどっかと腰をおろしながら続けた。「お若いの、きみがキアーラのことを聞きたがるのはもっともだ。この呪わしい夜に、わしは苦い想い出の盃を最後の一滴まで飲み干さずにはいられないのだから。

ああ！――キアーラはかいがいしく跳びまわり、そのまなざしはなんと清らかな喜びに輝いていたことか。そのとき、はっきりと感じたよ。いつか彼女と別れるなんて、とんでもない、この子はわしの妻になる、と。――それでも『キアーラ、もしここにずっと居るというなら、きみをどうしたらよかろう?』と言った。

キアーラはわしの前へやってきて、たいそう真剣に言った。『先生、お渡しした本には予言の詳しい説明が書いてありますし、そうでなくとも仕掛けはもう見抜いてらっしゃいますね。――わたしがあなたの〈姿なき少女〉になります!』

わしは肝をつぶして叫んだ。『キアーラ、何を言っているんだ?――わたしをセヴェリーノのような人間だと思っているのか!』

『セヴェリーノのことは口にしないでください』とキアーラは答えた。

さて、クライスラー、くだくだしく全部を語るまでもあるまい。ご承知の通り、わしは〈姿なき少女〉をつかって世間をあっと言わせた。しかしわしが、なんらかの人為的な方法でいとしいキアーラを刺激したり、なんらかのやり方で彼女の自由を制限したりするのを忌み嫌ったということは信じてほしい。――彼女は〈姿なき少女〉の役をやれそうな、というよりもむしろ、そんな気がしそうな頃合いと時刻をそれとなく知らせてくれて、そういうときだけ、わしの女予言者による神託があった。

そのうえ、かわいいキアーラにとってその役は欠かせないものになっていた。いずれきみも知ることになるだろうが、事情があってわしはジークハルツヴァイラーにやって来た。計画ではわしは謎に包まれて登場する。公のおかかえ料理人の寡婦の家にひっそりと住み、その寡婦を通してまもなくわしの不可思議な奇術が宮中に広まる。はたして予想通りのことが起こった。

領主が――イレネーウス公の父君のことだが、わしを訪ねてこられた。わしの占い師キアーラは巫女となって、超地上的な力が吹きこまれたかのように、しばしば領主ご自身の胸中を解き明かしてみせたので、領主はこれまでベールで覆い隠されていた多くのことを、今やはっきりと見通せるようになった。わしの妻となったキアーラは、ジークハルト宮廷のわしと昵懇にしている人のところに住んでいて、夜の闇にまぎれてわしのもとにやって来たので、彼女の存在は誰にも知られずにすんだ。なぜなら、クライスラー、考えてもみたまえ。人びとは奇跡にこんなに夢中になっているので、〈姿なき少女〉の奇術が人間の協力なしにはできないものであるにせよ、〈姿なき少女〉が生身の人間であると知るやいなや、出来事全体を『ばかばかしい、ひとを愚弄するにもほどがある』と見なしただろうからね。それにまたあの町では、セヴェリーノが死んだ後、みなが彼のことを詐欺師だといって非難していた。小さなジプシーの娘が小部屋にひそんでいて、しゃべっていたことが知れ渡ってしまったせいだよ。でも技巧をこらした音響学上の装置があって、ガラス球から声が出ていたということには、少しも注意をはらわないときている。

老いた領主は亡くなられ、わしは奇術やキアーラと組んだ秘密主義の稼業にすっかり嫌気がさし、愛する妻とともにゲニエネスミュールに引っ越して、またオルガン製作をしようと考えた。ある夜のこと、〈姿なき少女〉の最終回をやることになっていたのに、キアーラがやってこない。わしは物見高い人たちを満足させることができないまま、追い返さなくてはならなかった。不吉な予感がして心臓は早鐘を打つようだった。――翌朝いそいでジークハルト宮廷の昵懇にしている人のところへ行ったが、キアーラはいつもの時刻に出発したと言う。

どうしてそんなにわしの顔をじっと見つめるんだ？　野暮なことは聞かないでくれ。――そうだよ、キアーラはあとかたもなく姿を消したんだ。その後一度も――ただの一度も――会っていない！」

アブラハム先生はいきなり立ち上がって窓辺へ駆け寄った。深いため息がもれた。引き裂かれた心の傷口からあふれ出る血の滴りは、ため息となって放出されていく。

クライスラーは老人の深い悲しみを慮り、口を閉ざした。「楽長」とアブラハム先生はようやく口をきった。「もう町へは戻れないよ。もう真夜中だし、戸外では、きみも知る通り、悪しきドッペルゲンガーが暴れまわっている。さまざまな他の剣呑なやつらが、わしらによからぬことを仕掛けてくるかもしれない。ここに泊まりなさい！――狂気の沙汰だ、まったく――」

（ムルは続ける）――だが、もしそんな不作法なことが神聖な場所――つまり、大学の講堂でなされたら、致命的だ――わたしの胸は苦しくて締めつけられるようだった――崇高な思想で頭がいっぱいになり、これ以上書き進めることができない――中断し、すこし散歩をしてこよう！

勉強机に戻る。前よりは気分がいい――心にあふれる思いは言葉となって口から出る[77]ように、詩人の心にあふれる思いは詩となって鵞ペンから出る！――ちょっと小耳にはさんだアブラハム先生の話によると、古い書物に変てこな男のことが書いてある。彼の体内で病気を引き起こす特殊物質が騒いでいて、それは指先からしか出てこない。

男は手元に白いきれいな紙をあてがって、この騒々しく質（たち）の悪い出たがり屋を一網打尽にし、その無価値な出たがり屋を「内奥からもたらされた詩」と呼んでいるという。わたしはこの話全体を意地のわるい風刺とみなしているが、じつはこの通りなのである。ときおり、目には見えない何かにキュッとつかまれるような独特の感じが前足の先まで伝わってくるので、考えていることを書かざるをえない。――ちょうど今がそんな状態である。健康に悪そうだ。理性をうしなって頭がくらくらしているネコは、かっとなりやすく、それどころか自分の体をツメで傷つけないとも限らない。ともかくはけ口がいる！

先生は午前中ずっとブタのなめし革の四つ折り本を読んでいて、いつもの時刻になると、ようやく出ていったが、そのとき、本は机に開きっぱなしになっていた。好奇心と旺盛な求知心にかられて、わたしはすばやく机に跳びのり、先生がかくも熱心に読んでいたのは、いったいどういう種類の本なのか嗅ぎまわった。それは古人ヨハネス・ケーニヒスベルク[78]によって書かれた、星辰と遊星と十二星座の自然の影響に関す

77　『マタイによる福音書』第十二章三十四節参照。

る美しくすばらしい書であった。そうだとも、読みすすむにつれて、〈この地上にわたしが存在し、わたしの人生を歩むことの不可思議〉がすっかり明らかになったのだから、当然、美しくすばらしい書と呼べるだろう。

ほら！　こう書いているうちにも、頭上に壮麗な天体が燃えあがり、嘘いつわりなき親和力をもってわが魂と照応しながら、燦然（さんぜん）と輝いている。それどころか長く尾を引く彗星の輝かしい灼熱の光芒を額に感じる。そう、わたし自身がかがやく彗星であり、誉れ高く予言的威嚇をもって世界を運行する天の流星なのだ。彗星がどんな星よりも輝かしい光をはなつと、他の星々はみなかすんでしまうように、わたしが才能をつつみかくさずに、わが光をしかるべく輝かせるなら、しかも、それはわたし次第なのだが——君たちはみな、ネコも他の動物も人間も、真っ暗闇のなかに消えてしまうだろう！——だがわたしは、光の尾を引く彗星として輝きわたる神性を有しているとはいえ、死ぬべき運命をみなと共にしているのではないか？——わたしはあまりにも善良な心をもち、あまりにも多感なネコで、気立てがよく、すぐ弱いほうの味方をし、そのために悲しみ、心を痛めることになる。——どこへ行っても、まるで人跡未踏（じんせきみとう）の荒野にいるかのように、ひとりぼっちであることに気づくのは、わたしが現代ではなく、より高度に発達した未来に属する者だからであり、わたしにふさわしい賛辞をおくることのできる者がひとりもいないせいではないのか？　大仰に褒められると、とても嬉しい。褒めてくれるのが若くて粗野で無教養なネコであっても、えも言われぬほど幸せな気分になる。かれらをあっと言わせて夢中にさせることはできる。だが、いったいそれが何の役に立つのだろう。かれらはどんなに「ムニャオー、ムニャオー！（ブラボー、ブラボー！）」と叫んでも、どんなに一生懸命になっても、まともな称賛の嵐をまき起こすことができないではないか。

わたしを正当に評価してくれるであろう後世の人びとを念頭に置こう。いま哲学書を書くとしても、わが精神の深みを見通せる者はいるだろうか？　孤高の存在から少しおりて戯曲を書くとしても、上演できる俳優はどこにいるだろう？　ほかの文学的活動にのりだすとしたら？　わたしは詩人、作家、芸術家と呼ばれるすべての人たち

78　ヨハネス・ミュラー・フォン・ケーニヒスベルク（一四三六～一四七六）ドイツの天文学者・数学者。通例レギオモンタヌスと呼ばれる。三角法で有名。ここに挙げられている書はおそらく『周期的自然の占星術―星辰の自然の影響に関する要約』のことであろう。

の上空を揺曳し、しかもおよそわたし自身を、到達し得ない模範として、完璧な理想として位置付けているので、それゆえ、権威ある判定ができるのはわたしだけということになるのだが、たとえばわたしに似つかわしい批評を書くとすると、わたしの立脚点まで舞い上がって、わたしと見解を分かつことができるものがいるだろうか？——わたしの額に、わたしという大詩人にふさわしい月桂冠をのせてくれるような前足や手はあるのだろうか？——だが、これにたいしては妙案がある。自分で自分の額に月桂冠をのせればいい。厚かましくも、この月桂冠をむしりとろうとするやつがいたら、このツメで思い知らせてやればいい。——たしかにそういうねたみ深い畜生はいる。しばしばそういう輩に攻撃される夢をみて、身を守らねばならんと思い込み、自分の鋭いツメをさっと自分の顔へ突っ込み、きれいな顔に情けない傷をつくったことさえある。

高潔な自負心をもっていても、いくぶん疑い深くなることはある。でもそれはしかたのないことだ。最近、若造ポントが数名のプードル青年たちと一緒に往来でその日の最新ニュースについて話していたとき、わたしがかれらから六歩と離れていない、わが定席である地下室の明かり取り窓にすわっていたにもかかわらず、わたしのことには一言もふれなかったので、わたしの美点と卓越性が暗に攻撃されたように感じた。わたしの存在を無視したことを咎めると、あの青二才ときたら、「ほんとうにきみにちっとも気づかなかったんだよ」と言い張り、これには実に腹が立った。

しかし、わたしと親和力をもつすばらしき後世の諸君よ、――そうした後世の人びとが今ここにいて、ムルの偉大さを鋭く見抜き、その卓見を高らかに、他のことはいっさい聞き取れないくらい朗々と響きわたる声で表明してくれたならと切に願う。――そう、このムルの青年時代に起こったできごとを、少し詳しく話そう。――読者諸君、よく注意して聞き給え、特筆すべき生の瞬間がおとずれる。

三月十五日がやってきた。[79] うるわしい、なごやかな春の日差しが屋根を照らし、わたしの内面をやわらかい輝きで満たした。二、三日前から、なんとも落ち着かない気分で、未知のふしぎな憧れにさいなまれていた。――少し落ち着いてきたものの、ほどなく、一度として予感しなかった状態に陥ったのである！

79　ジュリアス・シーザーが暗殺された日。シェイクスピアの戯曲では、シーザーは占い師の老人から「三月十五日に気をつけなさい」と予言される。

わたしのいるところから程遠からぬ屋根の明かり取り窓から、静かに、たおやかに出てきた乙女がいた――この世にも優美な女性（にょしょう）を絵に描くことができたなら！――純白のドレスに身をつつみ、可愛らしい額に小さな黒いビロードの帽子をちょこんとのっけて、ほっそりした足には黒いソックスをはいていた。愛らしい草色の美しい双眸から魅惑的な炎がきらめき、上品なとがった耳のしなやかな動きは、彼女に宿る美徳と物わかりのよさを予感させ、くねくねと波打つしっぽは、典雅さと女らしい思いやりを物語っていた。

優美な乙女は、わたしのことは目にとめなかったらしく、太陽を見ると、目をぱちぱちさせ、くしゃみをした。――おお、その声音にわたしの内奥がふるえ、甘美な戦慄がはしり、脈拍はたかまり――血はあらゆる血管をたぎって流れ――胸は今にも張りさけそうで――えも言われぬ切ない歓喜に我を忘れ、思わず「ニャー――！」という余韻嫋々（よいんじょうじょう）たるひと声を発した。

そのかわいい子はすばやくこちらへ顔を向け、わたしをじっと見たが、目には驚きと無邪気な愛くるしいはにかみの色が浮かんでいた。――見えざる手が抗しがたい力でわたしを彼女の前に引っぱっていく。――しかしわたしが優美な乙女を抱きすくめようとして跳んでいくと、彼女はすごいスピードで煙突の後ろに姿を消した！——怒りと絶望にかられ、痛ましい鳴き声を発しながら、屋根のうえをあちこち走りまわったが、無駄だった。彼女は二度と姿をみせなかった！——なんという体たらく！——なにを食べても美味しくないし、学問には吐き気がするし、本を読む気にも、何か書く気にもなれなかった。

翌日、「天よ！」と叫んだ。その日も、あの優美な乙女を、屋根、屋根裏部屋、地下室、家の廊下の隅々までしらみつぶしに探しまわったあげく、やるせない思いで戻ってきた。頭のなかはいつも、あのかわいい子のことでいっぱいで、先生が供した魚のフライまでが、皿のなかから彼女の双眸でじっと見つめているような気がして、惑乱して「きみだね？　どんなに再会を待ち望んでいたことか」と大声で叫ぶと、一口で食べつくしてしまった。「天よ、おお、天よ、これが恋というものなのでしょうか？」と叫んだのはそのときである。少し冷静になってから、教養ある青年として、自分の状態を明らかにしようと決心し、すぐさまオウィディウスの『恋愛指南』[80]やマ

80　古代ローマの詩人オウィディウス（前四三〜後一七または一八）作。全三巻。

ンソの『愛の芸術』[81]を、かなり手こずったとはいえ、徹底的に研究した。これらの書物は恋に落ちた男の特徴をあれこれ挙げていたが、わたしにあてはまりそうなものはひとつもなかった。ようやく頭にふと思い浮かんだのは、なにかの戯曲で読んだ「恋に落ちた男のまぎれもない特徴は、身だしなみには無頓着、髭は伸び放題」というものだった！[82]――鏡をのぞいた。おやまあ、ヒゲは伸び放題！――おやまあ、身だしなみには無頓着！

自分が正真正銘の恋に落ちた男であることが分かって、ほっと一安心した。しかるべく食べ物と飲み物で力をたくわえ、それから、心のすべてを傾けているあのかわい娘をさがしだそうと決心した。家の戸口の前にあの娘が座っているような、そこはかとなく甘美な気配がして、階段を駆け下りると、はたして彼女が本当にそこにいたのである！――おお、なんと素晴らしいめぐり逢い！――なんとわたしの胸は歓喜にわきたち、えもいわれぬ恋の幸せにわき立ったことか！――ミースミース、あとでその娘から聞いたところ、そういう名前だったのだが、ミースミースは品の良い姿勢でお座りし、なんども前足で頬や耳を撫でまわし、おめかしをしていた。彼女はなんと筆舌に尽くしがたい優美さで、清潔感あふれるエレガンスには欠かせない身づくろいを、わたしの目の前でやってみせたことか。持って生まれた魅力を高めるために、いとわしい化粧術など必要としなかった！　初めて出会ったときよりもひかえめに彼女に近づいていって、そばに座った！

彼女は逃げずに、わたしをさぐるような目つきでじっと見つめ、それから目を伏せた。わたしは小声で切り出した。

「こよなく優美な方よ、ぼくのものになってください」

「大胆な方ね」と彼女は当惑して言った。「大胆な方、何者なの？　あたしのことを

81　ヨハン・カスパー・フリードリヒ・マンソ（一七六〇〜一八二六）ドイツの歴史家・文献学者。一七九三年からブレスラウのギムナジウムの校長をつとめる。この書は「三冊の教訓詩」という副題をもち、一七九四年に出版された。

82　原注によれば、ムルはシェイクスピアの『お気に召すまま』の第三幕第二場のことを言っている。ロザリンドはオルランドに、恋に落ちた者の症状として身なりに無頓着になることや、髭の手入れをしないことなどを列挙する。ただし彼女は彼に「でも、あなたはそうじゃない。だから、あなたは恋に落ちてはいない」ということを証明するために言っている。

知っているの？――もしあなたがあたしと同じように正直で誠実なら、本当に〈あなたを愛しています〉と言って誓ってちょうだい[83]」

「おお！」とわたしは感激して叫んだ。「冥府の恐怖にかけて、聖なる月にかけて、空が晴れているときには、未来の夜を照らすその他の星々と遊星にかけて誓います。あなたを愛しています！」

「あたしもよ」とかわいい娘はささやき、愛らしくはにかみながら、頭をわたしのほうへもたせかけてきた。あふれる情熱をこめて彼女を抱こうとしたとたん、どう猛な唸り声をあげて、二匹の巨大なネコがわたしにとびかかってきて、さんざんに咬みつき、引っかき、さらにまずいことにわたしを転がして下水溝のなかへ落としたので、わたしはきたならしい廃水にのみ込まれそうになった。ほうほうの体で、わたしの詩人たる地位を屁とも思わない凶暴なならず者のツメから逃れるやいなや、ありったけの悲鳴をあげて階段を駆け上った。

先生はわたしの姿に目をとめると、大きな声で笑いながら叫んだ。

「ムル、ムル、なんというざまだね？　ハハ！　何があったのか、言わなくても分かる。『恋のラビリンスを蹌踉としてさまよう騎士[84]』のように、恋の花を咲かせようとしたら、かえってひどい目にあったんだね！」――先生はまた、あたりに響きわたるほどの大声で笑ったので、わたしは少なからず気分を害した。先生はぬるま湯を容器いっぱいに入れさせ、有無を言わせず、そのなかへわたしを二度三度と突っこんだので、くしゃみが出て、ハアハア息が切れて気が遠くなりかけた。そのあとフランネルにしっかりくるまれ、籠のなかに入れられ、怒りと痛みでわれを忘れそうになったが、身動きひとつできなかった。ようやく体がほどよく温まって心地よい状態になると、考えがまとまってきた。「ああ」とわたしは嘆いた。「生は、なんという新手のむごい目くらましを仕掛けることか！――つまり、それが恋。かつてあれほど賛美した恋、この世の最高のもの、えもいわれぬ歓喜で私たちの心をいっぱいにし、別天地へと連れ去るもの！――ああ！――その恋ゆえに下水道へ投げ込まれた！――咬まれた傷は

83　ジャン・パウルの四巻本の小説『巨人』（一八〇〇～一八〇三）に出てくるアルバーノとリンダの会話のパロディー。

84　ドイツの作家ヨハン・ゴットフリート・シュナーベル（一六九二～一七五一から一七五八頃）の小説 Der im Irrgarten der Liebe herumtaumelnde Kavalier（一七三八）。シュナーベルは小説『フェルゼンブルク島』（一七三一～一七四三）で有名。

うずき、無理やり忌まわしい浴槽に沈められ、いとわしいフランネルにくるまれた無様な姿。こんなことしかもたらさない感情とはすっぱり縁を切ろう！」

だがまた自由の身になり、快復するやいなや、またもやミースミースの姿がたえず目の前に立ちあらわれ、なんとか乗り越えたあの屈辱を肝に銘じつつ、いまなお恋をしていることに気づいて、われながら驚いた。しゃにむに勇気をふるいおこして、分別ある学者ネコとしてオウィディウスを読み返した。彼の『恋愛指南』[85]を読んでいて恋の処方箋にぶつかったことがあるのを思い出したからである。

こう書いてあった。

Venus otia amat. Qui finem quaeris amoris,
Cedit amor rebus, res age, tutus eris!
（ヴィーナスは無為がお好き。
恋を終わりにしたいなら
本分を尽くしなさい。
恋は身を引き、安らぎが得られます）

この処方にしたがって、新たな熱意をもって学問に没頭しようとしたが、どのページを開いてもミースミースが目の前を跳びまわった。ついミースミースのことを考え――読み――書いてしまった！――思うに、著者のいう「本分」とはほかのことを指しているのだろう。他のネコたちから、ネズミを追い回す狩猟は非常に愉快な気晴らしになると聞いていたので、「本分」とはネズミ狩りであると解することもできた。そこで暗くなると地下室へ出かけていき、「わたしは静かに猛々しく、ライフルに弾をこめて森をしのび歩く[86]」と歌いながら、暗い廊下を壁沿いに徘徊した。ああ！――だがじっさいに見たのは、狩ろうとしている獲物ではなく、ミースミースの優美な姿だった。その面影は心の奥底からいたるところで浮かびあがった！　そ

85　ムルは『恋愛指南』と記しているが、この詩句が出てくるのは『恋の病の治療』。

86　ムルはゲーテの詩「狩人の夕べの歌」（一七七五）における「野」を「森」にしているばかりでなく、このあとも、この詩の続き「あなたの愛しい姿、あなたのやさしい姿が明るく輝いて私の念頭に浮かぶ」を自分の言葉に置き換えて述べている。ティークの『長ぐつをはいた猫』もゲーテのこの詩を歌っている（第二幕第二場）。

のうえ情け容赦のない恋の痛みが、あまりにも傷つきやすいわが心をズタズタに切り裂いた！　そこで「その優しいまなざしを、その清らかな曙光を、ぼくに向けておくれ。新郎新婦としてムルとミースミースは幸せに包まれて家路をたどろう」と口にだした。つまり、楽しげな雄ネコとして勝者の栄冠を期待しつつ語った。——ところが情けないことに、内気な雌ネコである彼女は視線をそらし、屋根のうえへ逃げて行ってしまったのである！

かくして哀れなわたしは、ますます恋ごころをつのらせた。わたしを目のかたきにする運命がわたしを滅ぼそうとして、わたしのハートに火をつけたように思われた。わたしははげしく運命にあらがい、またもやオウィディウスにとりかかり、次の句を読んだ。

Exige quod cante, si qua est sine voce puella,
Non didicit chordas tangere, posce lyram.
（乙女が黙するときは、乙女に歌ってほしいといいなさい。
弦をつまびく術を習っていなかったら、リラを奏でてほしいといいなさい）

「ああ」とわたしは叫んだ。「彼女のいる屋根へのぼっていこう！――そうすれば、あのかわいい優美な女性にまた会えるだろう。初めて出会ったあの場所で。とにかく、彼女に歌ってもらおう。歌ってほしい。もし一ヵ所でも調子はずれだったら、それでおしまい。そうしたら恋の病は癒えて、わたしは救われる」

彼女を待ち伏せしようと屋根にのぼったとき、晴れた夜空に月が、優美なミースに愛を誓ったあの月がじっさいに輝いていた。なかなか彼女はあらわれず、わたしのため息は、恋に憂き身をやつす者の嘆きの声になった。

とうとうわたしは物悲しい小唄を歌った。おおよそ次のようなものである。

ざわめく森よ、ささやく泉よ、
ほとばしる予感の波よ、
わたしとともに嘆いておくれ！
言っておくれ、言っておくれ！
ミースミースよ、優美な女性よ、何処へ行ったのか？
恋する若者よ、若者よ、何処で

ミースミースを、愛しき女神を抱いたのか？
悩める者を慰めておくれ、
悲嘆に心がすさんだ雄ネコを慰めておくれ！
月の光よ、おお、月の光よ、
言っておくれ、わが美しき愛しきひとは
どこに悠然と座っているのか！
はげしい痛みは決して癒えることがない！
恋に苦しむ者の賢明な助言者よ、
いそいで彼を愛の鎖から救っておくれ、
絶望した雄ネコを助けておくれ

親愛なる読者よ、すぐれた詩人はざわめく森にいなくても、ささやく泉のほとりにいなくても、ほとばしる予感の波がつぎつぎと押し寄せてくるので、その波のなかに望むすべてを見て、望みのままに歌うことができるということを分かってほしい。もし何者かがこの詩の秀逸さに驚嘆するようなら、わたしはひかえめに、忘我の境地、恋の感激のさなかにいたことを指摘したい。ふだんはまずSonne（太陽）にWonne（歓喜）、Liebe（恋）にTrieb（衝動）と韻をふんだりしない人であろうが、脳漿をしぼっても、こうしたありふれた押韻すらまったく思い浮かばない人であろうが、恋の熱病にかかると、ふいに詩情をそそられ、すばらしい詩を湧出させることは、だれもが知っている。鼻かぜにかかると、否応なくひどいくしゃみがでるようなものである。融通のきかない堅物でも、こうして無我夢中になれるというのは、まことにすばらしいことであり、しばしばそのおかげで絶世の美女でなくても、ミースミースのように詩にうたわれてしばしのあいだ脚光を浴びるのは結構なことではないか？　干からびた枯れ木のような者でもこうなのだから、みずみずしい緑の若木のような者はどうなのだろう？　つまり、無味乾燥きわまりない野暮天でも、恋ゆえに詩人に変貌するのであれば、本物の詩人は人生のこの時期にどうなってしまうのだろう？

さて、わたしが座っていたのは、ざわめく森でも、ささやく泉のほとりでもなく、殺風景な屋根のうえであり、わずかばかりの月明かりはほとんど頼りにならない。それでもあのみごとな詩で、森や泉や波や、最後にわが友オウィディウスに、恋の苦境にあるわたしを助けてください、味方になってくださいと哀願した。わが種族Kater

（ネコ）で韻をふむのは少々むずかしく、Vater（父）はありきたりで、感激のさなかでも持ちだすのは憚られた。しかしわたしがちゃんと韻をふんだことは、またもや、ネコ族が人間よりもすぐれていることの証となる。どこかのウィットに富んだ劇作家が「人間は韻をふめない動物です[87]」とコメントしたように、周知の通りMensch（人間）という語と韻の合う語がひとつもないのだから。これにたいして、わたしはちゃんと韻をふめる動物である。

切ないあこがれの声をはりあげたのは、むだではなかった。わが意中の女性に会わせてくれと森や泉や月の光に懇願したのは、むだではなかった。煙突のうしろから優美な女性が、かろやかな上品な足取りで散歩に出てきた。

「あなたね、ムルさん、あんなに美しくうたったのは？」

ミースミースはわたしに向かって、そう呼びかけた。

「どうしてぼくのことを知っているの？」と驚喜しながら応じた。

「ああ、もちろんよ。ひと目ですぐに好きになったの。胸が痛むわ。腕白な従兄弟がふたりで、あんなにも容赦なく下水溝へ」

「その話は」と彼女をさえぎった。「下水溝の話はしないことにしよう。かわいいひと――言っておくれ、ぼくを愛してくれるかい？」

「あたしね」とミースミースはつづけて言った。「あなたの身の上について問い合わせたら、『ムルという名前で、とっても親切な方のもとで裕福に暮らしているばかりでなく、人生のあらゆる快適さを享受している。おそらく、やさしい奥方とそれを分かち合うことができるだろう』って聞いたの！――あなたのこと、大好きよ、すてきなムル！」

「おお」と有頂天になって叫んだ。「まさか、こんなことが。夢か、まことか？――気を確かにもて、悟性よ、しっかりしろ、理性を失うな！――この身はまだこの地上にあるのだな？――まだ屋根のうえに座っているのだな？――雲のなかをただよって

87　当時たいへんな人気作家だったアウグスト・フォン・コッツェブー（一七六一～一八一九）の一幕物の戯曲『あわれな詩人』（一八一三）第一場、詩作するローレンツ・キントラインのセリフ「人間は神の最高の被造物だって？――いや、そういうわけでもない――Mensch（人間）では韻がふめない――人間は ungereimt な生きものだ」参照。ungereimt には「韻をふんでいない」の他に「つじつまの合わない、支離滅裂な、ばかげた」の意味もあり、韻の問題にたいする皮肉ともとれる。

いるわけじゃないな？　まだ雄ネコのムルだな？　月に住む男じゃないな？——この胸においで、愛しいひと——世にも麗しいひとよ、まずきみの名を聞かせて」

「あたし、ミースミースっていうの」とかわいい子は優美にはにかみながら、愛らしくささやき、親しげにわたしのそばに座った。なんと彼女は美しかったことか！　純白の毛皮は月の光で銀色にかがやき、グリーンの瞳は甘やかな恋慕の情に燃えていた。

「きみは——

（反故）——読者のみなさま、それをもう少し早く知ることができたでしょうに。これから先は、今までほどは話がわき道にそれずにすみますように。

さて、すでに述べたようにヘクトール公子の父君は、イレネーウス公と同じ目にあい、いつのまにか懐から小国を失くしていた。ヘクトール公子は静かで平和な暮らしをおくる気はさらさらなく、君主の椅子が足元からひったくられたにもかかわらず、毅然として立ちつづけ、統治はしなくても、せめて指揮はとりたいと考え、フランスの軍務につき、勇名をとどろかせたが、ある日、チター弾きの少女が「レモンの実かがやく国を知っていますか[89]」とがなり立てると、すぐさまじっさいにレモンの実ががやく国、すなわち、ナポリへおもむき、フランスの軍服をぬいでナポリの軍服を着た。こうして彼は、世の公子の例にもれず、すみやかに将軍になった。

ヘクトール公子の父君が亡くなられたとき、イレネーウス公はヨーロッパにおける王侯家の当主の名をみずから残らず書き記した大きな本を開いて、自分と同じく悲運の領主であった友人が天に召されたことを記載した。そのあとヘクトール公子の名を長々とじっと見つめていたが、「ヘクトール公子！」とたいそう大声で叫び、大型本をバタンと荒々しく閉じたので、式部卿はびっくりして三歩とびのいたほどだった。公は立ちあがり、ゆっくりと部屋のなかを行ったり来たりして、考えをまとめあげるのに必要なだけの嗅ぎタバコを嗅いだ。式部卿は、いまは亡き君主が莫大な財産にく

88　月面の影を人に見立てたもの。日本における月のウサギに相当。ヨーロッパの伝統では、罪を犯して月に追放された男ということになっている。

89　ゲーテの長編小説『ヴィルヘルム・マイスターの修業時代』に登場する詩参照。「レモンの花咲く国を知っていますか」とミニヨンはうたう。「君よ知るや南の国」の邦題でも知られる。

わえて親切なお心の持ち主であったことや、若きヘクトール公子がナポリで諸侯や国民に熱烈に賛美されていることなどについて、あれこれと話したが、イレネーウス公はすべて聞き流しておられるらしく、とつぜん式部卿の前に立ちどまり、フリードリヒ大王のような恐ろしい目つきでじっと見すえて、「Peut-être（ことによったら）」と力強く言うと、となりの執務室に消えた。

「おお、ご領主さまはきっと、このうえなく重要なお考えをおもちなのでしょう。たぶん、いろいろな計画を練っておられるのでしょう」と式部卿は言った。

　じっさいその通りであった。――イレネーウス公は、公子の財力ならびに有力な諸侯との血縁のこと、ヘクトール公子はきっと、いずれ軍刀を王笏にもちかえるだろうという確信を思い起こし、公子と公女ヘドヴィガーとの結婚はこのうえなく有益な結果をもたらすだろうと考えたのである。公はただちに、公子の父君のご逝去に特別な弔意を示すために侍従を派遣し、侍従は極秘で、公女の肌の色合いをのぞけば、実物そっくりに描かれた細密画をポケットにしのばせねばならなかった。――ここで明記しておくが、じっさいに公女は、肌の黄色味がもうちょっと少なければ完璧な美女といってよく、ロウソクの光に照らされたときのほうがより美しく見えた。

侍従は、公に依頼された極秘任務——を首尾よく果たした。ヘクトール公子は公女へドヴィガーの細密画をみると、『魔笛』に出てくる王子のように有頂天になった。王子タミーノのように歌ったりはしないが、もう少しで、「この絵姿の魅惑的な美しさ」、それからさらに「この気持ちが恋なのか？　ああ、そうだ、これが恋なのだ！」[90]と叫びそうになった。——公子たるものが絶世の美女をもとめる動機はふつう恋ごころだけではないのだが、ヘクトール公子が腰をおろして、イレネーウス公宛に「ご息女へドヴィガーに求婚することをお許しいただきたい」という手紙をしたためたとき、ほかの事情は考えていなかった。

イレネーウス公は次のように返信した。——自分としては、いまは亡き友のためにこの結婚を心から望んでおり、よろこんで承諾する次第であり、これ以上の求婚にはおよびません。しかし礼節は尊ばれるべきものなので、しかるべき身分の礼節をわき

90　モーツァルトのオペラ『魔笛』（一七九一）第一幕第四場で、王子タミーノが王女パミーナの絵姿を見て歌うアリアから引用。

まえた男性をジークハルツヴァイラーに派遣して頂けないでしょうか。ただちにその人物に華燭の典を挙げ、きちんと古式にのっとって長ぐつをはき、拍車をつけて床入りの儀をとりおこなう全権を委任して頂きたいと存じます、と。ヘクトール公子はおりかえし返事を書いた。「わが君、私みずから伺いたく存じます!」

これはイレネーウス公の意に沿うものではなかった。彼は全権を委任された者による婚礼のほうが美しく崇高で領主にふさわしいとみなし、その儀式を心の奥底で楽しみにしていたのである。それでも床入りの儀の前に、盛大な叙勲式が開催できそうなので、かろうじて納得した。すなわち、公は、公の父君により制定されたイレネーウス家の勲章で、いかなる騎士もつけたことがなく、つけることが許されなかった大十字勲章を、公子の肩にいともおごそかに掛けるつもりでいたのである。

ヘクトール公子は、ヘドヴィガー公女を妻にし、ついでに消息不明だったイレネーウス家の大十字勲章を頂戴するためにジークハツルヴァイラーにやって来た。公が計画を秘密にしていたことは、ヘクトール公子にとって望ましいことに思われた。公子は「とくにヘドヴィガー公女のことを考えて、どうか沈黙を守ってください。求婚の前に、まず彼女の愛が十分かどうか確かめねばなりません」と頼んだ。

公は、公子が言おうとしていることがよく分からなかった。公が知り、かつ記憶しているかぎり、王侯君主の家では床入りの儀の前に愛をたしかめたりしないものであり、公子の作法は決して慣例どおりのものではなかった。[91] 公子がそうすることをある種の愛情表明と考えているなら、とりわけ婚約時代にそもそも許される筋合いのものではないが、奔放な青年はとかく堅苦しいことを抜きにしたがるものなので、そんなことは手短に指輪交換前の三分で片がつくだろう。その瞬間に王侯貴族である新郎新婦が互いの嫌悪感をいくばくか匂わせるようなことがあったとしても、それは厳粛で

91　暗に房事、ius primae noctis（初夜権）が問題になっている。初夜権は主に中世のヨーロッパにおいて権力者が統治する新婚夫婦の初夜に新郎よりも先に新婦と性交することができたとする権利で、貴族が市民階級にたいしておこなうもの。ヘクトールとヘドヴィガーの場合は新郎新婦ともに王侯貴族だが、ここで新婦の父である年配のイレネーウス公と若いヘクトール公子との考え方の相違があきらかになる。公は古いしきたりを重視し、領主たる者は恋愛感情なくして結婚をするのが通例であり、新婦の処女を奪うのは新郎の公子ではなく、高い教養をそなえた貴族の男性であることが美しく崇高であるとみなしている。これに対して公子はまずヘドヴィガーにみずから愛の告白をし、彼女からも愛の確証を得ることを望み、公女の新枕の相手は自分であらねばならないと考えている。

貴いことなのではないのか。最高の礼儀作法たるこの慣習は、最近ではむなしい絵空事になってしまったのであろうか。

公子はヘドヴィガーをはじめて見たとき、他の人たちには理解できないナポリ方言で副官に「いやはや、美人だ。ヴェスヴィオ火山と浅からぬご縁らしく、燃える瞳は火山の炎、だぜ」とささやいた。

イグナーツ公子がすでに大変熱心に「ナポリには美しいカップがありますか」とか「ヘクトール公子はそれをどのくらいお持ちですか」とか聞いていたので、ヘクトール公子は愛想のよい挨拶の全音階をのぼりつめてしまい、ヘドヴィガーのほうへ向かおうとすると、幾つもの扉が開き、公が彼を華やかなシーンへ招き入れた。豪華な大広間には、すくなくとも位階身分とともに参内資格のある人びとが残らず呼び集められていた。ジークハルト宮廷の催しは田舎での気晴らしとみなされるべきものなので、今回のメンバーの選抜はいつもよりも緩やかで、ベンツォン夫人もユーリアをつれて出席していた。

公女ヘドヴィガーは静かに、われ関せずの態度で物思いにふけっていた。南国からきた美しい賓客に、宮廷の他の新しい来客にたいする以上の注意をはらっていないらしく、赤い頬っぺたの女官ナネッテが耳もとで「異国の公子さまは本当に美しい方ですね。あれほどすてきな軍服は、生まれてこのかた一度も見たことがございません」とささやき続けると、公女は「あなた、のぼせたの？」とかなり不機嫌そうに聞いた。

ヘクトール公子は公女の前で、孔雀が豪華絢爛たる尾羽を広げるように、彼一流の慇懃さを発揮し、公女は彼の歯の浮くような熱烈なおべっかに危うく感情を害しそうになりながら、イタリアのことやナポリのことをたずねた。公子は、彼女が支配する女神としてしずしずと歩く楽園のようすを描きだし、どんなことでも婦人の美しさ、優美さをたたえる頌歌にしたてあげる達人ぶりを発揮した。しかし公女はこの頌歌のまっただ中から飛びだし、近くにいるユーリアに気づいて彼女のほうへ駆け寄った。ユーリアを胸に抱きしめ、あらんかぎりの情愛のこもった名で呼び、公子がへドヴィガーの逃亡にいささか面食らって歩み寄ると、「こちらは姉妹のような親友、すてきな優しいユーリアです！」と叫んだ。

公子がいつまでも妙な目つきでじっと見すえるので、ユーリアは目を伏せて、ひどく真っ赤になり、後ろに立っていた母のほうへ恥ずかしそうに顔を向けた。しかし公女はまたもや彼女を抱きしめて「愛しいユーリア」と叫び、そのとき目に涙を浮かべていた。

ベンツォン夫人は「公女さま、なぜ、そんなとってつけたような振る舞いを？」と小声で言った。公女はベンツォン夫人には注意をはらわず、公子のほうを向いた。いっぽうじっさい公子は話の腰をおられて、よどみない弁舌の泉が干上がってしまい、いっぽう公女は、はじめは無口で生真面目で不機嫌だったのに、いまや箍がはずれたように、奇矯でとってつけたような陽気さを見せた。ついにあまりにも強く張られた弦はゆるみ、彼女の内奥から鳴り出たメロディーはやわらかく穏やかで、初々しく細やかだった。彼女は前よりも好意的になり、公子はすっかり魅了されたらしかった。やっとダンスがはじまり、次々にいろいろなダンスがなされた後で、公子は「ナポリの民族舞踊をやりましょう」と言いだした。まもなく彼は踊り手たちに首尾よく理解させたので、なにもかも具合よく進んだ。舞踏の烈しくも繊細な恋模様という特徴までくっきりと浮かび上がった。

しかし公子の相手をつとめたヘドヴィガーほど、このダンスの特徴を完全に把握した者はいなかった。彼女はもう一度踊ることを望み、二度目が終わったとき、公女の頬が青ざめているのに気づいたベンツォン夫人が「具合が悪いのでは？」と注意をうながしても、「三度目を。こんどこそうまく踊れますわ」と言い張った。公子は有頂天になり、どの動きも優美そのものであるヘドヴィガーとともに宙を舞った。ダンスが要求するままに内回りになったり外回りになったりしながら何度もターンをした後、公子が優艶な彼女を激しく胸に抱きしめると、その瞬間、ヘドヴィガーは彼の腕のなかでぐったりと倒れてしまった。

公は〈宮中舞踏会で支障をきたすにしても、これほど不適切なものはあるまい。だが田舎なので、たいがいのことは大目に見てもらえるだろう〉と考えた。

ヘクトール公子は失神した公女をみずから隣室のソファーへ運び、侍医が持ちあわせていた何やら強い水薬で、ベンツォン夫人は公女の額をこすった。侍医は「気を失われたのは、舞踏で身体がほてったために起こる神経系の症状です。ほどなく快復なさいます」と説明した。

侍医の言う通りで、数秒もたつと、公女は深いため息をついて目を開けた。公子は、公女が快復したと聞きつけるやいなや、公女をぎっしりと囲んでいた貴婦人たちを押しのけて進み、ソファーのそばにひざまずき、「こうなったのはひとえにぼくの責任です。胸がはりさけそうです」とはげしく嘆いた。ところが公女は彼を見るやいなや、嫌悪の情をあらゆる身ぶり手ぶりで示しながら「あちらへ行ってください、行ってください！」と叫び、またもや失神してしまった。

「行きましょう」と公は公子の手をとりながら言った。

「行きましょう。ご存じないでしょうが、公女はときどき、ひどく奇妙な夢想に悩まされるのです。ああいう瞬間に、あなたがあの娘の目にどんなに風変りに見えるのか、誰にも分かりません！――殿下、想像してください。あの娘は子供のころ――ここだけの話ですが――一日じゅう、このわたしをムガール大帝だと思っていたことがあるくらいで、〈ビロードのスリッパをはいて遠乗りして〉と言ってきかないものだから、とうとうわたしも意を決してそうしました。むろん、庭園のなかだけですが」

ヘクトール公子は無遠慮に公の顔を見て笑い、馬車を呼んだ。

ベンツォン夫人は、ヘドヴィガーのことを案じた公妃の希望で、ユーリアともども宮廷に残らねばならなかった。公妃は、ふだんベンツォン夫人の公女におよぼす精神的影響力のことも、その力がいつもこの種の病の発作をやわらげることも知っていた。じっさい今回もそうで、ベンツォン夫人が根気強くやさしい言葉で言い聞かせると、公女は自室でほどなく快復したが、「踊っているときに公子がドラゴンのような怪物に変身して、尖った炎の舌でわたくしの心臓を一突きしたの」とあくまで言い張った。ベンツォン夫人は叫んだ。

「めっそうもない、ついにはヘクトール公子までゴッツィの寓話にでてくる青い怪物[92]とは！――なんという妄想でしょう。しまいには、あなたまで、危険な狂人とみなしていたクライスラーのようになってしまうわ！」

「断じてそんなことにはなりません」と公女は激しく叫び、それから笑いながら付けくわえた。「ほんとうの話、やさしいクライスラーさんには、ヘクトール公子のようにとつぜん青い怪物に変身したりしないでほしいわ！」

朝早く公女のそばで目をさましたベンツォン夫人がユーリアの部屋へ行くと、娘は迎えに出たものの、青ざめ、まんじりともせず夜を明かしたのか、病めるハトのようにうなだれ、元気がなかった。娘のそんな様子を見慣れていないベンツォン夫人は驚いて、「どうしたの、ユーリア」と叫んだ。

「ああ、お母さま」とユーリアはすっかり打ちしおれて言った。「もう二度とこんな

92　ゴッツィについては三一五頁、注61参照。五幕の妖精劇『青い怪物』（一七六四）。

ところへ来ないわ。昨夜のことを思うたびに、胸がドキドキして。――あの公子には、なにか恐ろしいものがひそんでいる。彼にじっと見つめられたとき、わたしのなかで何が起きたのか、とても言葉にできない。――あの黒い不気味な目から、意気地なしのわたしを射止める殺人光線が発せられたの。――笑わないで、お母さま。とにかくあれは、生贄（いけにえ）を選ぶ殺人者の目つきだった！ 短刀がさっと引き抜かれる前に、死の恐怖で死んでしまうひとを選んでいる。――もう一度言うけど、なんとも言いようのない妙な感じがして、全身が痙攣するようにブルブル震えた！――目から有毒の閃光を発するバジリスク[93]の話を聞いたことがある。敢えて見ようとする人を、ひと睨みで殺すのよ。公子は、そんな恐ろしいモンスターと同類かもしれない」

「それでは」とベンツォン夫人は声をたてて笑いながら言った。「ほんとうに、〈青い怪物〉説は正しいと信じざるをえないようね。公子はたいそう美しく魅力的な男性なのに、ふたりの少女の前にドラゴンやバジリスクとしてあらわれるのだから。公女さまはとてつもない幻想をいだきかねない方だけれど、やさしくて落ち着いたユーリア、可愛いわが子まで、ばかげた夢想にふけるとは」

ユーリアはベンツォン夫人の言葉をさえぎった。「ヘドヴィガーをわたしの心から引き離そうとするのは、いかなる邪悪な魔力なのでしょう。それどころかその力は、彼女の内奥で荒れ狂うおそろしい病の戦いのなかにわたしをつき落とそうとしている！――そうよ、ヘドヴィガーのあの様子は、病気としか呼びようがないけれど、意気地なしのわたしはどうすることもできないの。昨日、ヘドヴィガーが公子から素早く離れて、わたしを愛撫し抱擁したとき、彼女の体が熱で燃え立っていたのを肌で感じた。それからあのダンス、途方もないダンス！　わたしがどんなに、男性が女性をかき抱くことを許すダンスを嫌っているか、お母さまもご存じでしょう。ああいう瞬間、礼儀作法できめられたことをなにもかも諦めて、男性に優位をみとめねばならないような気がするの。すくなくともデリケートな男性は、そんな優位をみとめてもらっても嬉しくないでしょうに。

でもヘドヴィガーはあの南国風のダンスをやめることができなかった。長引けば長引くほど、わたしには厭わしく思われるあのダンスを。あのとき、公子の目は、まさしく他人の不幸をほくそ笑む残忍な喜びにきらめいていた――」

93　見ただけで人を死に至らしめるという伝説上の怪蛇。

「おばかさんね」とベンツォン夫人は言った。「なんて愚にもつかないことを！――でも！――こうしたことにたいするあなたの心持ちを咎めるわけにはいかないわ。外には漏らさず胸のうちにしまっておきなさい。ヘドヴィガーを責めないでね。あの子と公子のことはもう念頭から消しなさい。あなたがよければ、しばらくヘドヴィガーにも公子にも会わずにすむようにしてあげましょう。いとしい子、あなたの心の安らぎが乱されないようにしましょう。この胸においで！」

こう言いながらベンツォン夫人は、母親らしい情愛をこめてユーリアを抱擁した。

「もしかしたら」とユーリアはほてった顔を母親の胸元に押しつけながら続けた。「自分でもひどく不安だったから、妙な夢を見て、それですっかり取り乱してしまったのかもしれない」

「どんな夢なの」とベンツォン夫人はたずねた。

「すばらしい庭園を逍遥しているみたいで」とユーリアは続けた。「こんもりとした暗色の茂みにはスイートロケットやバラが咲き乱れ、甘い香りをあたりにまき散らしていました。月光のような素晴らしい薄光が音や歌になって立ち昇り、木々や花々は金色の光を浴びると、うっとりして震え、茂みはサワサワと鳴り、泉はかすかな吐息に憧れをのせてささめきます。そのとき気づきました。庭園を流れる歌はわたし自身であり、でも音楽の輝きが薄れていくと、わたしも切ない悲しみを抱きながら消えうせるのだと！

そのとき、やさしい声が聞こえてきました。『いいえ、そんなことはありません！音楽は至福をもたらすものであり、根絶したりしません。ぼくの力強い腕があなたをしっかりと支えます。ぼくの歌はあなたという存在のなかに宿っています。その歌は憧れと同じように永遠なのです！』――クライスラーさんが目の前にいて、その言葉を発していたのです。天国にいるような安らかな希望が、わたしの胸をかすめました。どういうわけか――お母さま、なにもかも打ち明けます！――いつのまにかわたしはクライスラーさんの胸に倒れこみました。そのとき不意に、鉄のような腕に抱きしめられたかと思うと、あざけるような恐ろしい声が叫びました。『なにを抵抗しているんだね、あわれな娘よ。おまえはもう殺されているというのに。いまやおれのものだ』――わたしを取り押さえていたのは公子だったのです。

恐怖の大きな悲鳴とともに眠りからさめて飛び起きて、ナイトガウンをはおって窓辺にかけより、部屋が蒸し暑く息苦しかったので窓を開けました。遠くに男性の姿をみとめました。彼は小型の望遠鏡で城館の窓のほうを眺めていましたが、それから並木道を奇妙な格好で、こう言ってよければ道化じみた様子で跳びはねました。並木道を左から右へ、右から左へと跳びはねて、いろんなアントルシャ[94]をみせたり、他のダンスのステップをふんだり、両腕を宙でふりまわしたり、おまけに大きな歌声まで聞こえたように思います。クライスラーさんだとわかりました。はじめは彼の所作に思わず吹き出したのですが、慈しみの心でわたしを公子から守ってくださる方のように思われました。いまようやくクライスラーさんの本心がはっきりわかったような気がします。彼の道化者めいたユーモアに自尊心が傷ついて、〈悪ふざけが過ぎる〉という方もいらっしゃいますが、あれは誠実な立派な気性から出ていることが、いまようやく理解できたような気がします。庭園へ走り出て、クライスラーさんに恐ろしい夢がもたらす不安をのこらず訴えたいと思ったほどでした！」

「それはまた」とベンツォン夫人は真顔で言った。「ばかばかしい夢ね。その夢が尾を引いているとは、もっとばかばかしいわ！――ユーリア、あなたには休息が必要ね。朝のうちにちょっとまどろめば、気分がよくなるでしょう。わたくしも二、三時間眠ります」

こういうとベンツォン夫人は部屋を出て、ユーリアは命じられた通りにした。

ユーリアが目をさましたとき、真昼の日差しが窓にさしこみ、スイートロケットやバラの強い香りが部屋じゅうにただよっていた。ユーリアは驚きのあまり、「どうしたことでしょう！　これも夢なのかしら！」と叫んだ。だが部屋を見回すと、今まで眠っていたソファーの背もたれに、スイートロケットやバラの美しい花束が置かれていたのである！

「クライスラーさん、親切なクライスラーさん」と彼女はやさしく言って花束を手にとると、夢想にふけった。

イグナーツ公子が使いの者をたてて、「小一時間ユーリア嬢にお会いできますか」と問い合わせてきた。ユーリアはすばやく着替えて、イグナーツが早くも陶器のカップや中国の人形がいっぱい入った籠をもって彼女を待っている部屋へ行った。心やさしいユーリアはイグナーツ公子に深い同情を注ぎ、何時間でも嫌な顔ひとつせずに彼

94　バレエにおける技法のひとつ。両足でふみきって跳び、空中で両足をすばやく打ち合わせたり、交差させたりする。

の遊び相手をつとめたのである。他の人たち、とりわけヘドヴィガー公女がときおり漏らすような、からかいの言葉、嘲りの言葉をユーリアはいっさい口にしなかったので、公子にとってユーリア嬢と一緒に居ることは何にもまさるものであり、しばしば「ぼくの可愛い花嫁さん」と呼びさえした。

カップが並べられ、人形はしかるべき位置におかれ、ユーリアが小さなアルレッキーノ[95]の名において日本の帝（みかど）に（ふたつの人形は向き合って立っていた）あいさつしようとした矢先、ベンツォン夫人が入ってきた。

夫人はしばらくままごとを見ていたが、ユーリアの額にキスして言った。「あなたは本当にやさしくていい子ね！」

夕暮れどきになっていた。望み通り午餐には姿をみせずにすんだユーリアは、自室にぽつねんと座って母が来るのをじっと待っていた。そのとき静かにしのび寄る足音がして、ドアが開くと、死人のように青ざめ、目のすわった白衣姿の公女が幽霊のように入ってきた。

「ユーリア」と公女は沈んだ小声で言った。「ユーリア！――わたくしのことを、浮かれて羽目をはずしたバカ娘だと言ってちょうだい。でも見捨てないで。どうかわたくしの心をくんで慰めてほしいの！――過度に興奮しただけなの。厭わしいダンスでひどく疲弊して、具合が悪くなっただけなの。でももう大丈夫、気分もよくなったわ！――公子はもうジークハルツヴァイラーへ去ったのよ！――外の空気を吸わずにいられない。一緒に庭園を散策しましょう」

ユーリアと公女のふたりが並木道の尽きるところまで来ると、こんもりとした深い茂みから一条の明るい光がふたりのほうを照らし、敬虔な歌が聞こえてきた。「あれはマリア礼拝堂の夕べの連禱（れんとう）よ！」とユーリアは叫んだ。

「そうよ、あそこへ行って、私たちも祈りましょう。――わたくしのためにも祈ってね、ユーリア！」と公女は言った。

ユーリアは友の常ならぬ様子が不憫でならず、「一緒に祈りましょうね。決して邪悪な霊が私たちを支配することのないように、悪魔の惑わしが清らかな信心深い心を乱すことのないように祈りましょう」と答えた。

少女たちが庭園のいちばん端にある礼拝堂へ行きついたとき、ちょうど村人たちが、

95　イタリア喜劇の男性道化師。

花で飾られ、多くのランプで照らされたマリア像の前の連禱をおえて去って行くところだった。ふたりの少女は祈禱椅子にひざまずいた。祭壇のそばに設けてある小さな聖歌隊席で、合唱隊が「Ave maris stella（めでたし海の星）」を歌いはじめた。それはつい最近クライスラーが作曲したものだった。

歌は静かにはじまり、次第に力強くなって、「dei mater alma（いつくしみ深き神の御母）」のところで朗々と響きわたり、「felix coeli porta（幸いなる天の門）」のところで幽（かそけ）き調べとなり、夕風のつばさにのって彼方へ消えていった。

少女たちは熱心な祈りに没頭し、なおもひざまずいていた。司祭は祈禱の文句を小声で唱え、夜のとばりに包まれた天空で天使たちが合唱しているかのように、讃美歌「O sanctissima（おお、もっとも聖なる方よ）」[96]がはるか彼方から響いてきて、家路をたどる合唱隊がそれに和した。

最後に司祭はふたりに祝福をあたえ、ふたりは立ち上がって抱き合った。ふたりの胸から恍惚感と悲痛の入りまじった名状しがたい悲しみが激しくもがき出ようとしているようで、傷ついた心臓からほとばしる血は、熱い涙のしずくとなって目からあふれ出た。「あれはあの方でした」と公女が小声でささやくと、「あの方でした」とユーリアも答えた。——少女たちは互いの胸の内を察した。

森は物思わしげに沈黙し、円(まど)かな月がのぼって金色の微光が森にふり注がれるのを待っていた。夜の静寂をやぶってなおも聞こえてくる歌びとたちの聖歌は、星々の光もかすむほど輝きわたる天体の軌跡を追って、赤々と燃えながら山々のうえにたなびく雲のほうへただよってゆくように思われた。

ユーリアは言った。

「ああ、何が私たちの心をこんなにもゆさぶり、こんなにも数知れぬ苦しみでさいなむのでしょう?——耳をすますと、かなたから響いてくる歌に、なんと心なぐさめられることでしょう。私たちがお祈りしたから、あの金色の雲から天使たちが天国の至福について、私たちに語りかけてくれるのね」

「そうね、ユーリア」と公女は真剣にしっかりとした口調で答えた。「雲のうえに救いと至福があるのよ。闇の力につかまる前に、わたくしを空の天使たちが星のもとに連れて行ってくれたらと思うの。いっそ死んでしまいたい。でも死んだら、領主の霊

96　聖母マリアへの讃美歌。ホフマンもこの歌詞で作曲している。

廟に運ばれるのよ。そこに葬られている先祖代々の霊は、わたくしを死者だと思ってくれないどころか、おそろしいことに死の硬直状態からよみがえって、わたくしを霊廟から追い出すでしょう。そうしたらわたくしは死者の仲間入りも、生者の仲間入りもできずに、どこにも行き場のない宿なしになるの」

「なんてことを言うの、ヘドヴィガー。後生だから、やめて」とユーリアは驚いて叫んだ。

公女はあいかわらずしっかりとした、ほとんど冷淡な口調でつづけた。

「そういう夢をみたことがあるの。霊廟のこわいご先祖さまが吸血鬼になって、わたくしの血を吸っているのかしら。わたくしがしばしば気絶するのは、そのせいかもしれない」

「あなた、体の具合がわるいのよ」とユーリアは叫んだ。「体の具合がとってもわるいのよ。ヘドヴィガー、夜風は体に毒よ。はやく帰りましょう」

そういって公女に腕をからませて連れ帰ろうとすると、公女はまったく抵抗しなかった。

月はいまやガイアーシュタインのうえに高くのぼり、茂みや木々は神秘的な光のなかで、千変万化の科(しな)をつくって夜風とたわむれ、ささやき、ざわめいた。

「なんといっても」とユーリアは言った。「この地上は美しいわ。自然は私たちにもっとも素晴らしい奇跡をみせてくれる。ちょうど、よき母が愛する子供たちにするように」

「そう思う?」と公女は答えて、しばらくしてから続けた。「〈あなたのことがようやく分かったわ〉などと早飲みこみしないで、どうか〈気分が悪いせいで、何もかも吐露せずにいられないのね〉と思ってね。――あなたはまだ人生の壊滅的な苦しみを知らないのよ。自然は残酷で、健やかな子供だけをいつくしみ育てて、病んだ子供は見捨てる。それどころか病んだ子供を亡きものにしようと、恐ろしい武器を突きつける。ああ、あなたも知っているように、これまでわたくしにとって自然は、眼識をやしない、手技をみがくためにつくられた形象がずらりと並ぶギャラリーのようなものだった。[97] でもいまや事情が一変して、恐怖しか感じない。こんな月の明るい夜にふたりだけで寂しく散策するよりも、あかるく照らされた広間で雑多な客人たちのあいだ

97　九三頁、注48参照。

を練り歩くほうがいいわ」

ユーリアはひどく心配になってきた。ヘドヴィガーがますます弱ってぐったりしてきたのに気づいた。へなへなとくずおれそうな公女を、なんとかちゃんと歩かせるのに、ユーリアはか弱い力をふりしぼらねばならなかった。

ついにふたりは城館にたどり着いた。城館からあまり遠くない、ニワトコの茂みの下にある石のベンチに、黒っぽい装束で全身をすっぽり覆った人物が座っていた。ヘドヴィガーはその姿をみとめるやいなや、「ありがたいことに、あの女がいるわ！」と嬉しそうに叫び、にわかに元気づいて、ユーリアから離れて人影のほうに駆けていった。人影は立ち上がり、沈んだ声で言った。「ヘドヴィガー、かわいそうに！」――ユーリアはその人物が頭のてっぺんからつま先まで暗褐色の衣に身をつつんだ女性だとは気づいたが、濃い影のために顔立ちははっきりとは分からなかった。ユーリアは心の底からぞっとして、ふるえながら立ちつくした。

婦人と公女のふたりはベンチに腰をおろした。婦人は公女の額の巻き毛をやさしくかきあげて、両手をそのうえに置き、ゆっくりと小声で話しかけた。それはユーリアがこれまでに聞いたおぼえのない言語だった。二、三分後、婦人はユーリアに向かって大きな声で伝えた。

「あなた、早く城館へ行って女官たちを呼んで、公女をお運びするように手配してくださいな。公女はすやすやと深い眠りにつきました。そのうち健やかに快く目覚めることでしょう」

ユーリアは吃驚している暇もなく、すぐに言われた通りに城館へいそいだ。女官たちを連れて戻ってきたら、はたして公女は念入りにショールにくるまれてすやすやと眠っていたが、あの婦人の姿は消えていた。

あくる朝、公女はすっかり快復して目を覚まし、ユーリアが案じていたような精神錯乱の跡は微塵（みじん）もなかった。そこでユーリアは言った。

「お願いだから教えて。あの不思議な女（ひと）はどなたなの？」

「さあ、わたくしにもわからないの」と公女は答えた。「生まれてこのかた、一度しか会ったことがないのよ。わたくしが子供のころ、重い病にかかって死にかけて、医者もさじを投げたのを覚えているでしょう？　あのとき、あの方が夜中にひょっこりベッドのそばにやって来て、子守歌を歌って寝かしつけてくれたの。心地よいまどろみから覚めたら、すっかり快復していた。今日みたいにね。――昨夜、あの方の姿が久しぶりに目の前に浮かんで、きっとまた姿をあらわして救ってくださるような気がしたのだけど、本当にその通りになったのね。

お願いだから、あの方があらわれたことを決して口外しないでね。私たちの身に起こった不可思議な出来事について、うっかり漏らしても、身ぶりで気取られてもいけないわ。あのハムレットのことを思い出して、親友のホレーショになってくださいな[98]！

きっとあの方には秘められた事情があるのよ。たとえわたくしやあなたにとっては謎であっても、あれこれ探りを入れると、まかり間違えば取り返しのつかないことになりそうな気がする。――すっかり快復したし、いままで責め苛まれてきた亡霊たちからすっかり解放されて、ほっとしているのだから、それでいいじゃない？」

公女がこんなに急に健康をとりもどしたことをみな不思議がった。侍医は「夜中にマリア礼拝堂へ散歩なさったことで、公女さまの全神経がゆさぶられ、劇的効果をあげたのです。このような散策を治療法として強くお勧めすることを失念しておりました」と言い張った。しかしベンツォン夫人は「ふうむ！――あの老女がそばにいたのね――今回はまあそれでよいかもしれないわ！」と独り言をいった。

さていよいよ、伝記作家のやっかいな質問、きみは——

（ムルは続ける）それじゃあ、ぼくを愛してくれるんだね、かわいいミースミース？　おお、それを何千回もくりかえしておくれ。ぼくがもっと有頂天になり、一流の小説家が描き出した恋愛小説の主人公にふさわしく、愚にもつかないセリフをどっさり言えるように！

でもぼくがびっくりするほど歌が好きで、歌が上手なことにはもう気づいているよね。よかったら、今度はきみが小唄を披露してくれないか？」

するとミースミースは答えた。

「ムルさん、そりゃ、あたしだって歌うことにかけては未経験というわけじゃない。でも分かるでしょう。若い歌い手がはじめて大家や通（つう）の前で歌うとき、どんな状態に

98　シェイクスピア『ハムレット』第一幕第二場参照。ハムレットは親友のホレーショに父王の亡霊があらわれたことを口外しないでほしいと懇願する。

なるか！――不安で、きまりが悪くて、喉がしめつけられて、悲惨なことに、どんな美声も、装飾音のトリルもモルデント[99]も出てこないの。ちょうど魚の骨が喉に刺さったみたいに。――そうしたらアリアなんて、とうてい歌えっこないでしょ。だからふつうは二重唱ではじめるの。よかったら短いデュエットを試しましょう」

願ったりかなったりだった。私たちはすぐさま情愛のこもったデュエットを歌いはじめた。「ひとめ見るなり、わが心、きみになびく」[100]云々。ミースミースは出だしこそ、びくびくしていたが、まもなくわたしの力強い裏声（ファルセット）を鼓舞してくれた。彼女の声はこのうえなく愛らしく、歌いぶりはまろやかで、やわらかく、繊細で、要するにすぐれた歌い手だった。わが友オウィディウスがまたしても遠のいていくのがわかったが、わたしは有頂天になった。ミースミースはみごとな cantare（歌いぶり）で合格したので、chordas tangere（弦をつまびくこと）は問題にならず、ギター演奏を求めるまでもなかったのである。[101]

ミースミースは有名な「この胸の高鳴りを」[102]云々を珍しいほど流暢（りゅうちょう）に、表情たっぷりに、このうえなく優雅に歌い上げた。荘重な力強い叙唱はすばらしい高まりをみせ、まことに雌ネコらしい甘美なアンダンテへうつった。このアリアは彼女のために書かれたものといってもよいほどで、わたしは胸がいっぱいになって、嬉しさのあまり絶叫した。ああ、ミースミースはこのアリアで数多の多感なる雄ネコたちを熱狂させるにちがいない。それからもうひとつ、新作オペラの二重唱を歌った。こちらも私たちのために書かれた曲といってよいほどだったから、すばらしくうまくいった。曲の大部分が半音階的進行だったので、この世ならぬルラード[103]が私たちの胸奥から輝くばかりに響き出た。とにかくこの機会に注意しておくが、ネコ族は半音階的語法を用いる。ゆえにネコのために作曲しようとする人は、メロディーやその他のものをすべ

99　モルデントについては三〇九頁、注57参照。
100　フランスの作曲家ニコラ・ダレイラック（一七五三〜一八〇九）による三幕の喜劇『Azémia ou Les Sauvage アゼミアまたは野蛮な者たち』（一七八七）の二重唱。
101　オウィディウスの詩については三五八頁参照。ギターは、庭園でクライスラーとユーリアが初めて出会ったときに、両者を結びつけるきっかけとなった楽器である（九四〜一〇七頁）。
102　ロッシーニのオペラ『タンクレディ』（一八一三）のアリア。ホフマンはこのオペラを一八一八年一月五日に鑑賞している。
103　歌曲の歌詞の一音節につけられたすばやく歌われる装飾音。

て半音階的進行の曲にすれば、たいへんうまくいくだろう。残念ながら、その二重唱を作曲した巨匠の名を忘れてしまったが、愛すべきりっぱな人物であり、まことに好みの作曲家である。

この二重唱の真っ最中に、黒ネコが屋根にのぼってきて、ギラギラと燃えるような目で私たちを見つめていた。「そこからどいてくれないか」とわたしは黒クンに向かって叫んだ。「さもなきゃ、きみの目玉をえぐり出し、屋根からつき落としてやる。でもぼくらと一緒に歌いたいというなら、別にかまわないよ」

その黒服の若者がすぐれたバス歌手であることを知っていたので、ある曲を歌おうと申し出た。ふだんは特に好きというわけではないが、ミースミースとの別れが迫っている状況にぴったりの曲である。――「もうお会いできないのでしょうか」[104]を歌い、それから「神々がお守りくださるでしょう」と黒クンと一緒に確言するかしないかのうちに、大きなレンガのかけらが私たちのあいだに飛んできて、「いまいましいネコども、黙らんか！」という恐ろしい声がした。――私たちはおそろしくて命も縮む思いで、一目散にぱっと飛びちり、屋根裏部屋へ駆けおりた。――おお、芸術を解さぬ冷酷で野蛮な者どもは、いうにいわれぬ恋の悲哀をどんなに感動的に嘆いてみせても、何も感じないどころか、仕返しや殺しや相手を滅ぼすことばかりたくらんでいる！

前述したが、わたしは恋の苦しみから解放されるどころか、ますます深みにはまりこんだ。ミースミースには音楽の才があったので、ふたりでこよなく優美に即興的に歌うことができた。しまいに彼女はわたし独自のメロディーをみごとにまねて歌ったので、わたしはすっかりうつつを抜かし、切ない恋に苦しみぬいたあげく、ひどく青ざめてやせ細り、見るも哀れな姿になった。

やつれ果てたあげく、ついに、破れかぶれとはいえ、この恋の病を治す最後の手段を思いついた。――ミースミースに結婚を申しこむ決心をし、彼女は承諾した。ほどなく夫婦になると、とたんに、恋の苦しみが跡形もなく消えたことに気づいた。具材の旨味がとけこんだミルクスープや焼肉はまことに美味で、わたしは陽気さをとりもどし、ヒゲもきちんと整え、以前にもまして身だしなみに気をくばったので、もとのピカピカかがやく美しい毛並みになった。

104　モーツァルトのオペラ『魔笛』第二幕の三重唱。ムルがタミーノ役、ミースミースがパミーナ役、黒クンがザラストロ役。

これとは反対に、ミースミースはもはやおめかしをする気が失せてしまったらしい。それにもかかわらず、わたしは以前と変わることなくミースミースに捧げる詩を幾編もつくった。それらの詩は、熱狂的な愛情表現の極致に達したかと思われるほど練りに練って書き上げたものであるだけに、より美しく、より真の実感がこもっていた。ついには良妻に分厚い本まで贈り、文学的美学的見地からも、誠実で変わることなき愛をささげる雄ネコに求められることはすべて果たした。とにかく、わたしとミースミースは先生の扉の前の藁製マットで静かで幸せな家庭生活を送った。

しかしこの世の幸せというのは、いかほどの間、持ちこたえるものなのだろう！まもなくミースミースがしばしばわたしの前でぼんやりしていたり、一緒に話をしていても、つじつまの合わない返事をしたり、深いため息をついたり、切ない恋の歌ばかりを歌いたがったり、しまいに、だるくてたまらない病人のふりをしたりするようになったことに気づいた。

「どこか具合が悪いの？」と聞くと、わたしの頰をやさしく撫でて「いいえ、何でもないの。やさしいパパさんね」と答えた。しかしどうにも腑に落ちない。しばしば藁製マットで待ちぼうけをくわされ、地下室や屋根裏を探しあぐね、ようやく見つけ出して、思いやりをみせながらやんわり文句をいうと、「遠くまで散歩すると、あたしの場合、体にいいのよ。それどころかお医者ネコから、湯治に行くように勧められてるわ」と言い訳をした。それもまた腑に落ちない。彼女はわたしが内心怒っていると勘づいたらしく、せっせと愛撫の大盤振る舞いを心がけたが、わたしはその愛撫になんとも言いようのない違和感をおぼえ、気持ちがなごむどころか、冷めてしまった。それもまた腑に落ちない。ミースミースのこうした態度には、なにか特別なわけがあるのかもしれないと気を回すまでもなく、この美しい妻に寄せる愛の最後の炎もしだいに消えてゆき、そばにいると退屈で死にそうになるのに気づいた。そこでわたしはわたしの道を行き、彼女は彼女の道を行った。たまたま藁製マットで顔を合わせると、愛情たっぷりの小言の応酬をし、それから琴瑟相和(きんしつあいわ)す夫婦となって、むつまじく平和な家庭生活を賛美した。

　ある日のこと、あのバスの黒クンが先生の部屋をたずねてきた。何やらいわくありげな、とぎれとぎれの話のあと、ミースミースとの暮らしぶりについて性急にたずねた。――要するに、黒クンは何か心にかかることがあって、それをわたしに打ち明けたいのだなと察した。はたせるかな、全貌が明らかになった。戦場からもどってきて、この近所の飲食店主が投げあたえる魚の骨や残飯で糊口（ここう）をしのいでいる若者がいた。風采がよく、ヘラクレスのように立派な体格の持ち主であるうえに、黒・グレー・黄というゴージャスで異国風の軍服に身をつつみ、少数の戦友とともに倉庫のネズミを一掃した勇猛なる戦功により、胸にカリカリに焼いたベーコンの勲章をつけているので、このあたりの小娘や女たちの注目をあつめていた。その若造が昂然（こうぜん）と頭をあげて、熱っぽい目つきであたりを見回しながら、威勢よく大胆に登場すると、みなの心がなびく。黒クンが断言するところによると、その若造がミースミースに惚れていて、彼女もその愛にこたえている。ふたりが夜ごと、煙突の後ろや地下室でひそかに逢引（あいびき）しているのはかくれもない事実だった。

黒クンは言った。「ふしぎだね。ふだんは明敏なきみがずっと気づかずにいるなんて。でも愛妻家というのはしばしば妻の欠点が見えないものだよ。申し訳ないが、きみの目を開いてやるのが友としてのつとめだ。きみがあのすてきな細君に首ったけなのは百も承知しているから」

「おお、ムチウス」――黒クンはそういう名だった――とわたしは叫んだ。「わたしがまぬけだというのか。愛しているのは、あだっぽいアバズレだというのか。彼女を崇拝している、身も心も捧げている！——貞淑な妻がそんなことをするはずがない！——ムチウス、腹黒い中傷者よ、恥ずべき行いの報いを受けよ！」

わたしはツメをたてた前足をふりあげた。だがムチウスは友愛の情をこめてわたしをじっと見つめ、たいそう穏やかに言った。

「そうむきになるなよ。きみは多くのお偉方と運命をともにしている。いたるところで軽々しい浮気心が花ざかり。遺憾ながら、とくにネコ族はそうだ」

わたしはふりあげた前足をまた下ろし、自暴自棄になって二、三度高く跳びあがり、それから憤激の叫びをあげた。

「まさか、そんなことが！　——おお、天よ、地よ！　まだ他に何がある？　地獄よ！[105]　わたしをそんな目にあわせるのは誰だ、あの黒・グレー・黄の派手なネコか？——いつもは貞節で優美な可愛い妻がとんだ食わせ者で、しばしば彼女の胸で幼子のように憩い、甘美な恋の夢路に身をゆだねた男を虚仮（こけ）にするとは！——涙よ、恩

105　シェイクスピアの『ハムレット』第一幕第五場、亡霊と相対したハムレットの台詞参照。ティークは『長ぐつをはいた猫』で同様にパロディーにしている。

知らずな女のために流れるがいい！——ちくしょう、我慢ならない、煙突のところにいるド派手野郎、くたばれ！」

「まあまあ、落ち着いて」とムチウスは言った。「きみは予期せぬ悲しみにわれを忘れ、あまりにも激しい怒りにかられている。気がすむまで絶望にひたりたいというなら、真の友として、いまはこれ以上じゃましない。お先真っ暗だから自殺したいというなら、よくきく殺鼠剤（猫いらず）をわたすという手もあるが、そんな真似はしたくない。きみは親切で魅力的なネコだし、若い命を散らすのはもったいないじゃないか。元気を出して。ミースミースのことはほっとけばいい。この世にはかわいい雌ネコがたくさんいるのだから。——さらば、友よ！」

そう言うとムチウスは開いていたドアからとびだして行った。

暖炉のしたで静かに、ムチウスが打ち明けてくれたことをさらによく考えてみると、ひそかな喜びに似たものが何やら胸にうごめくのを感じた。今やミースミースとの仲がどうなっているのかがわかり、漠たる心痛にけりがついたのである。しかし、さしあたり儀礼上しかるべき絶望を表明したのだから、おなじく儀礼上、あの黒・グレー・黄の派手男（ハデオ）と戦わねばなるまいと思った。

夜、煙突のうしろで逢引する恋人たちをひそかにうかがい、「ひとでなしの寝業師」と叫んで、恋敵に憤然と跳びかかった。遺憾ながら気づくのが遅すぎたが、恋敵は腕力の点でわたしより上だった。やつはわたしをひっつかむと、わたしの毛皮がかなり損なわれるほど強烈なビンタを張り、すばやく逃げ去った。ミースミースは気を失って倒れていたが、わたしが近づいて行くと、恋人と同様にすばやく跳ね起きて、やつのあとを追って屋根裏部屋へとびこんでいった。

わたしは腰が抜けたようになり、耳から血をぽたぽた滴らせながら先生の部屋へよろよろと下りて行った。面子(メンツ)を保とうと思ったことを呪い、ミースミースをあの派手男(ハデオ)にくれてやるのは恥だとはまったく思わなかった。

「なんと意地のわるい運命だろう。この世ならぬ浪漫的な恋のために、下水溝に投げこまれ、家庭の幸せを得ようとして、頂戴したのは強烈な殴打だけか」と思った。

あくる朝、先生の部屋から出たら、ミースミースが藁製マットにいるのを見て、すくなからず驚いた。

「ムルさん」と彼女はやさしく穏やかに言った。「あなたのことをもう、今までほどには愛していないような気がするの。それがとっても辛くて」

「おお、ミースミース」と思いやりをこめて答えた。「そう聞かされると、胸が張り裂けそうだが、正直に言おう。ある事情があってからというもの、きみはわたしにとってどうでもいいひとになってしまったのだよ」

「悪く思わないでね」とミースミースは続けた。「やさしいあなた。でも、もうずっと前からあなたは、あたしにとって耐えがたいひとになっていたような気がするの」

「これは驚いた」とわたしは感激して叫んだ。「なんという魂の共鳴だろう。わたしもまったく同じだよ」

こうして互いにまことに耐えがたい存在なので、当然の帰結として永遠に別れようという点で意見が一致した後、私たちは情愛をこめて抱擁し、喜びと感激の熱い涙をながした。

こうしてふたりは別れたが、めいめい、その後も互いの卓越性と心の気高さを信じて疑わず、その話を聞きたがる者全員に吹聴した。

「われもまたアルカディアにありき」とわたしは叫び、まえよりもいっそう熱心に芸術と学問にはげんだ。

（反故）――クライスラーは言った。

「先生に本心から申し上げます。この静けさは、荒れ狂う嵐よりも危険なものに思われます。言うなれば、壊滅的な荒天のまえの、感覚を麻痺させるような蒸し暑さですね。そういうなかで宮廷のすべてが動いています。イレネーウス公は小口に金箔を押した十二枚折り版[106]のような宮廷を、年鑑でもお見せになるように、白日のもとにさらしています。公は第二のフランクリン[107]よろしく、避雷針をたてるように、たえず輝かしい祝宴を設けていますが、むだですね。どのみち雷は落ちますし、ご自身の大礼服が焼け焦げてしまうかもしれません。

たしかにいまや、ヘドヴィガー公女の立ち居振る舞いは、明るく澄んだメロディーにも比すべきものです。以前は傷ついた心から、荒々しく騒々しい和音が乱雑にとび

106　本の型の一つで小さいサイズ。かつて年鑑や日記で好んで用いられた。
107　ベンジャミン・フランクリン（一七〇六～一七九〇）アメリカの政治家・発明家・科学者。雷の電気および避雷針の研究で有名。一七五二年に凧の実験によって稲妻が電気放電であることを明らかにした。

だしてきたのですが、すっかり鳴りをひそめていますね。——とにかく、いまやヘドヴィガーは晴れやかに、にこやかに、誇らしげにあの颯爽たるナポリ男の腕につかまって悠然と歩を進めておられるし、ユーリアは彼女一流の奥ゆかしさで公子にほほ笑みかけ、公子が確固たる婚約者から目をはなさずに、ユーリアにことのほか騎士めいた態度をとることに反対しない。若い娘のうぶなハートは、真正面からぶちかましたおそろしい大砲よりも、跳弾[108]にするどく射ぬかれるものでして、公子ときたら、まことに巧みにそんな真似ができる！

けれどもベンツォン夫人の話によると、はじめヘドヴィガー公女は青い怪物に圧殺されそう……と言っていたし、あの天使のようにやさしく、ものしずかなユーリアには、しゃれた軍司令官が冷酷なバジリスクに見えたとか！——おお、勘の鋭い乙女たちよ、その通りです！——ちくしょうめ、バウムガルテンの『世界史』[109]には、ぼくらからパラダイスをうばったヘビが金ピカのうろこの胴着[110]をつけて気取って歩いていると書いてありましたよね？——金モールの軍服姿のヘクトールをみるたびに、それが念頭にうかびます。——ところでヘクトールというのは、ぼくにこのうえなく懐いていたブルドッグの名前でもあります。——犬のヘクトールがそばにいてくれたらなあ。

そうしたら、同名の公子が両手に花よろしく、優美な仲良しコンビのまん中でふんぞり返っているとき、犬のヘクトールをけしかけて、公子の上着の裾に食らいつけと命じてやるのに。

先生はいろんな手品や奇術に詳しいのだから、教えてください。ここぞというときにぼくがスズメバチに変身して、あの恥知らずな公子を混乱させ、きりきり舞いさせるにはどうすればいいかを！」

アブラハム先生は言葉をはさんだ。

「クライスラー、きみの話をおしまいまで聞いたから、こんどはわしがたずねる番だ。きみの勘は当たっていると証明するような事柄を打ち明けても、動じることなく聞い

108　目標に命中しなかった弾などが壁、岩、装甲板などに当たって跳ねかえる現象。反射により弾の力は減じられるが、効果を念頭において意図的に発生させることもできる。

109　ドイツの神学者ジークムント・ヤーコプ・バウムガルテン（一七〇六～一七五七）は『イギリス学術協会作成になる世界史概要』を独訳し、ドイツ文学に貢献した。ここではその第一巻（一七四四）をさしている。

110　甲冑の下に着る。

ていられるかね？」

　クライスラーは答えた。「ぼくは動じることなき楽長じゃないですか。――自我を楽長として定立したという哲学的な意味[111]ではなく、礼儀正しい集まりではノミに喰われても、動じることなく、そのまま居続ける精神力をさしていますが」

「それでは話してきかせよう」とアブラハム先生はつづけた。「クライスラー、ひょんな偶然から、公子の生活を奥深いところまでみることができた。きみは彼をパラダイスのヘビになぞらえたが、その通りだよ。美しい仮面の下に――きみだってそれを否定しないだろう――邪悪な腐敗が、こういってよければ、極悪非道の所業がかくされている。――あの男はろくでもないことをたくらんでいる。――いろんな出来事からわかったが、かわいいユーリアをねらっている」

　クライスラーは部屋のなかを跳ねまわりながら叫んだ。

「ははあ、金ピカ極楽鳥め、それがおまえの甘ったるい誘いの歌というわけか？――まったくもって、公子はたいしたやつだ。一度に二枚の鉤(かぎ)ヅメをさっと出して、差し出された果実と禁断の果実、両方ともすばやく頂戴しようというのか！　ナポリの若気(にやけ)男め！　きさまは知らんのだな？　ユーリア嬢には、全身に音楽がみなぎる勇敢な楽長さまがついている。きさまがユーリア嬢に近づいたら、きさまを強烈に不快な不協和音とみなし、解決せざるをえない。楽長たる者が神からさずかった使命は、呪うべき悪魔の音程ともいうべき不協和音であるきさまを消すことである。その脳天を弾でぶちぬいてやる、さもなくば、きさまの体にこの仕込み杖を突き刺してやる」

そういってクライスラーは自分の剣をひらりと抜くと、剣客(けんかく)気取りの構えをしてみせ、恥知らずの公子を突き刺すのに十分な礼儀作法をわきまえているかどうか先生にたずねた。

「落ち着きなさい、クライスラー」と先生は答えた。「公子のたくらみをぶちこわすのに、そのような勇猛果敢な英雄的行為はまったく要らんよ。他の武器があるから、それをきみにさずけよう。昨日わしが漁師小屋にいたら、公子が副官を連れて前を通りすぎていった。ふたりはわしに気づかなかった。公子は『公女は美人だが、ベンツォン嬢はすばらしい！　あの娘を見たとき、全身の血がわきたった。――なんとし

111　ドイツの哲学者ヨハン・ゴットリープ・フィヒテ（一七六二～一八一四）の自己定立論参照。「自我は根源的かつ端的に自己自身の存在を定立する」のもじり。

てもあの娘をものにしたい。公女に結婚の愛と忠誠を誓うまえにね。——彼女(あれ)は難攻不落かな？』と言った。『殿下に攻め落とせない女などあったでしょうか？』と副官は答えた。『困ったことに、信心深い子みたいだ』と公子はつづけた。『それに無邪気です』と副官は笑いながら口をさしはさんだ。『無邪気で信心深い娘っ子は、百戦錬磨のつわものの不意打ちにおどろき、勢いに押されて屈します。その後、なにもかも神の摂理だと考え、それどころか、そのつわものにどっぷり惚れこみます！——殿下の場合もそうなることでしょう』——公子は『そいつはすばらしい』と叫び、『あちらがひとりきりのときでないと——どうすればいい？』と聞いた。副官は答えた。『それしきのこと、お安いご用です。気づいたのですが、あの娘はしばしばひとりきりでこの庭園を散歩しています。そのとき——』

　話し声はそれから遠のいてしまって、もはや何も聞き取れなかった！——おそらく、なにか恐ろしい悪だくみが今日にも実行されるだろうから、それを何としても挫(くじ)かなくては。わしが自分でやれないこともないのだが、事情があって、いま公子の前に姿をあらわすわけにはいかない。そういうわけで、クライスラー、いますぐジークハルト宮廷へ赴き、きみが自分で見張りなさい。夕暮れになると、ユーリアはいつものように人なつっこい白鳥にエサをやりに、湖のほうへ散歩に出る。おそらくイタリアの悪党はその道中をねらうだろう。――クライスラー、この武器と、かならずや必要となる訓令をさずけよう！　これできみは、あの危険な公子との戦いで優秀な軍司令官ぶりを発揮できるだろう」

伝記作家はまたしても驚愕するのですが、ここで報告はだしぬけに途切れています。この話をあり合わせの材料でなんとかつないでいかなくては。――せめてアブラハム先生が楽長にどんな訓令をさずけたのか、ここに載せるのが妥当ではないでしょうか。そうしないと、あとで武器そのものが登場しても、それにいかなる特別な事情があるのか、読者のみなさまにもわからないからです。しかし不幸にも伝記作家は、いまのところ、勇敢なクライスラーが特別な秘密に通じることになる訓令（それだけは間違いないようです）についてその片鱗すら知らされていません。――とはいえ、読者のみなさま、もう少しご辛抱を。伝記作家は物書きのプライドにかけて、この親指を担保として、この小説が完結するまえに、その秘密をちゃんと明らかにしてみせます。

さて、話はこうである。夕陽が沈みかけると、ユーリアは白パンのはいった小籠を腕に、歌をうたいながら庭園を通って湖のほうへ行き、漁師小屋から遠くない橋のまん中に立った。クライスラーは茂みに隠れて、精巧なドロンド望遠鏡[112]を目にあてて灌木の蔭から一心不乱に目をこらしていた。白鳥がパチャパチャ水音をたてて近づいてきて、ユーリアが投げあたえるパンくずを、むさぼるようについばんだ。ユーリアは声高に歌いつづけたので、ヘクトール公子がさっと駆け寄ってきたのに気づかなかった。思いがけなく公子がすぐそばに立っていたものだから、ユーリアはぎょっとしたらしく、瞬間的に身をふるわせた。公子は彼女の手をとり、その手を自分の胸や唇におしあててから、彼女にぴたっと体をくっつけて橋の欄干にもたれかかった。公子が熱心にしゃべっているあいだ、ユーリアは湖のなかをのぞきこみながら、白鳥にエサをやっていた。

「恥知らずな色事の大将さんよ、鼻の下が伸びてるぞ。きさまの鼻先の欄干にすわって、思いきり横面を張ってやってもいいんだが、そもそも気づいてないな？――おお、やさしき天使よ、なぜ頰を染め、さらに紅潮させるのか？――なぜいま悪党をまぶしそうに見つめるのか？――ほほ笑んでいるのか？　どんなに美しい花でも、灼熱の陽射しのもとでつぼみを開けば、それだけ早々と散ってしまうというのに、ギラギラした毒気に心を開くとは！」

クライスラーは、性能のよいドロンド望遠鏡のおかげで至近距離にいるかのように、ふたりを観察しながら、そう独り言をいった。

それからも公子はパンくずをちぎって水面になげたが、白鳥はうけつけないどころか、さも嫌そうな大きな叫び声を発した。すると公子は、あたかもエサをやっているのはユーリアだと白鳥に思わせたいかのように、後ろからぐるりとユーリアの肩に片腕をまわして、パンくずを投げあたえた。そのさい、彼の頬はユーリアの頬に触れんばかりだった。

クライスラーは独り言をいった。「思った通りだ。ごろつきのハイタカめ[113]、鉤ヅメで獲物をギュッとつかむがいい。だがこの茂みには、さっきからきさまを狙う男がいる。すぐにでもその絢爛たるつばさを撃ち、活力を失わせてやる。色道三昧のハイタカは尾羽打ち枯らすことになるだろう！」

112　六九頁、注35参照。
113　猛禽類。低空飛行で小鳥を好んで捕食。狩り能力は高く、獲物に背後または横から襲いかかり、鋭いツメのついた力強い足でわしづかみにする。ここではユーリアをねらうヘクトールをハイタカになぞらえている。

公子はユーリアの腕をとって、いっしょに漁師小屋のほうへ歩いて行った。小屋のすぐ手前で、クライスラーが茂みから姿をあらわし、ゆっくりとした足取りでふたりに歩みより、公子の前で深く身をかがめながら言った。

「すばらしい夕方ですね。空気は澄み、清々しい香りがただよい、さだめし殿下は美しいナポリにいらっしゃるような気分でございましょう」

「何者だ?」と公子はつっけんどんにどなりつけた。その瞬間、ユーリアが公子の腕をのがれて、親しげにクライスラーのほうに歩みより、片手を差しのべながら言った。

「クライスラーさんがここにいらっしゃるなんて、すてき! わたしが会いたくてたまらないのをご存じなのですね?——じっさい母から、『たった一日、クライスラーさんに会えないだけで、泣き虫の駄々っ子みたいになる』と叱られます。もしわたしの歌まで知らん顔をされたら、わたしはむくれて、ほんとうに病気になってしまうかもしれません」

公子は、ユーリアとクライスラーに毒々しい視線を鋭く向けて叫んだ。

「なあんだ、ムッシュー・ド・クレーゼルじゃないか。公がそなたのことをたいへん褒めていた」

クライスラーは、顔一面に無数のしわや小じわをつくって異様にふるわせながら言った。

「ありがたいことです。ご領主さまのご好意があればこそ、わたくしが切に求める殿下の庇護を受けることもできましょう。――僭越ながら、殿下はひとめでわたくしに好意をお寄せくださったと感じております。なぜなら、殿下は通りすがりに、きわめて独特の動機から、わたくしにたわけという役柄をお与えになりましたし、たわけというのは、考えられるかぎり、ありとあらゆることに役立ちますので――」

公子はさえぎった。「冗談好きのおもしろい男だね――」

クライスラーはつづけた。「めっそうもない。冗談は好きですが、へたな冗談ばかりで、おもしろいものではございません。さしあたりナポリへまいりまして、波止場で漁師や盗賊の愉しい歌を ad usum delphini[114] でいくつか書き上げたいのです。つきましては、殿下、芸術愛好家でいらっしゃる殿下に紹介の労をとっていただけるな

114　「王太子の使用のために」という意。青少年のために不穏当な箇所などを削除し改訂したもの。

ら——」

するとまた公子がさえぎった。

「ムッシュー・ド・クレーゼル、冗談好きのおもしろい男だね。そういうのは好きだよ。じっさいそういうのは好きだけど、いまは散歩中のそなたをひきとめたくない。——アデュー（さらば）！」

「いいえ、殿下」とクライスラーは叫んだ。「殿下に、わたくしの精一杯いいところをお見せする好機をのがすわけにはまいりません。あの漁師小屋にお入りいただけないでしょうか。あそこに小さなピアノがございますので、ユーリア嬢もこころよく、わたくしと二重唱をうたってくださることでしょう」

「それはもう大喜びで」とユーリアは叫んで、クライスラーの腕にしがみついた。公子は歯をくいしばり、尊大な態度で先に立って歩いた。歩きながらユーリアはクライスラーの耳もとでささやいた。「クライスラーさん、なんだか妙な気分だわ」

クライスラーもやはり小声で「おやおや、近づくヘビの毒牙にかかり、きみはいい、ころかもしれないのに、甘い言葉にうっとり夢心地とは！」と答えた。ユーリアはひどく驚いて彼を見つめた。クライスラーはこれまでに一度しか「きみ」と呼んだことがなく、それも音楽による熱狂が最高潮に達した瞬間であった。

歌の最中もしばしば「じょうず」「すばらしい」を連呼していた公子は、二重唱が終わると、熱烈な喝采をおくった。ユーリアの両手に情熱的なキスをたてつづけに浴びせ、これほど心の奥底から感動した歌はいままで聞いたことがないと断言し、楽園の調べが甘露（ネクタル）となってあふれ出た、その神々しい唇にキスすることを許してほしいとユーリアに頼んだ。

ユーリアはおどおどしながら後ずさりした。クライスラーは公子の前にすすみでて言った。

「殿下、わたくしは作曲家として、誠実な歌い手としてユーリア嬢にひけをとらないと自負しておりましたが、お褒めの言葉を一言たりとも頂戴できないところをみると、わたくしの乏しい音楽知識では殿下のお心にあまり響かないのでしょう。しかしわたくしには絵の嗜（たしな）みもございますので、謹んで小さな肖像画をお目にかけたいと存じます。そこに描かれた人物の数奇な生涯とただならぬ最期についてはよく存じておりますので、ご所望の方にはいつでも細大もらさずお聞かせできます」

「じつにうるさいやつだ！」と公子はつぶやいた。クライスラーはポケットから小箱をとりだし、なかから小さな絵を出すと、公子に差しだした。公子はそれを見ると、顔から血の気が失せ、凝視したまま、唇はわなわな震え、口のなかで「ちくしょう！」とつぶやくと、あわただしく走り去った。

「それは何なのですか」とユーリアは死ぬほど驚いて叫んだ。「お願いですから、クライスラーさん、何もかも話してください」

「なあに、ばかげたものです」とクライスラーは答えた。「愉快ないたずらです、魔除けです！　ごらんなさい。あの公子が大御足（おおみあし）の力のおよぶかぎり、全速力で橋のうえを駆けて行きます。――これまでの牧歌的な愛想のよさをかなぐり捨てて、湖には目もくれず、もはや断じて白鳥にエサをやったりしないでしょう――やさしい貴人の姿をした悪魔！」

「クライスラーさん」とユーリアは言った。「あなたの口調にわたしの心は凍てつき震えあがります。なんだか胸騒ぎがして。――公子のことで何かあるのですか？」

　楽長はつと窓辺をはなれて、自分の前にたっているユーリアを深い感動の面持ちで見つめた。彼女は善き精霊に〈この胸の不安を、とめどなくあふれる涙をとりのぞいてください〉と懇願するかのように両手を組んでいた。

「いいえ。耳ざわりな騒音ともいうべき敵愾心あふれる語調で、敬虔なあなたの清らかな胸にやどる天国の美しい調べをかき乱してはなりません。――地獄の悪鬼どもが偽善者に変装してこの世を歩き回っていますが、あなたにたいしてはなんの力ももちません。やつらの腹黒い所業を知るにはおよびません！――心配しないで、ユーリア！――これ以上、ぼくの口から言わせないで。なにもかも済んだことですから！」

その瞬間、ベンツォン夫人がたいそう興奮したようすで入ってきて、「どうしたの？　何があったの？」と叫んだ。「公子がわたくしには目もくれず、すぐわきを、逆上したように駆けていったわ。城館のすぐそばで副官が公子を出迎え、ふたりでせきこんで話し合ってから、公子はなにやら重大なことを副官に指図したご様子でした。公子が城館に入って行くあいだに、副官は大急ぎで彼がいま寝泊りしている四阿のほうへ駆けていきましたから。

庭師から、橋のうえにユーリアが公子と一緒にいたと聞いて、なぜかわからないけれども、なにか恐ろしいことが起こるような不吉な予感がして――大急ぎでかけつけたの。いったいなにがあったの？」

ユーリアはなにもかも話して聞かせた。するとベンツォン夫人は「秘密ですって?」ときびしい口調でたずね、心中を見通すような視線をクライスラーに向けた。

「顧問官夫人」とクライスラーは答えた。「人間にはどうあっても口を閉ざさねばならない瞬間——事情——いや、むしろ状況というものがあるのではないでしょうか。なにしろ、口を開いても、分別ある人びとをいらいらさせる、何が何だかわけのわからないたわ言しか出てきませんので」

話はそれきりで、ベンツォン夫人はクライスラーがそれ以上なにも言わないのに気を悪くしたようだったけれども、ほかにどうしようもなかった。

楽長は、ユーリアをつれた顧問官夫人のおともをして城館のそばまで行き、それからジークハルツヴァイラーへ向かう帰路についた。彼が庭園の並木道に姿を消すやいなや、公子の副官が四阿からでてきて、クライスラーのあとをつけてきた。それからまもなく森の奥で発砲の音がした!

その同じ夜に公子はジークハルツヴァイラーを去ったが、書面で公に暇乞いをし、まもなく戻ってくることを約束した。その翌朝、庭師がみんなと庭園をくまなく捜索していると、血痕のついたクライスラーの帽子が見つかった。当人の姿は見えず、その後の行方も杳として知れなかった。——人びとは——

上巻了

解説　その一

鈴木芳子

エルンスト・テオドール・アマデウス・ホフマン（一七七六〜一八二二）はドイツの作家・作曲家・音楽評論家・画家・法律家である。ドイツ・ロマン派の作家として知られ、とくに幻想的な怪奇小説で異彩をはなった。彼は敬愛する作曲家ヴォルフガング・アマデウス・モーツァルトにあやかって、本名 Ernst Theodor Wilhelm Hoffmann のヴィルヘルムをアマデウスと交代させて自分の名として用いていた。

本書はホフマン最後の、そしてもっとも長大な作品で、文学・音楽・絵画の三ジャンルが重なり合った芸術家小説である。天才型の熱狂する音楽家、高い知性をもち人語を解する動物や天上的な美しい声の女性、不可解でミステリアスな現象などホフマン文学の集大成といえるほど彼独特の要素がふんだんに盛りこまれ、磁力や波動、意識や感情や固定観念、予感をはらむ夢といった、私たちにとって身近な、しかし肉眼では見えないものが大きな意義をもつ。

初版本の表紙絵はホフマン自身が手がけ、第一巻の表はムル、裏はクライスラー、第二巻の表はムルと純白のミーナ、裏はヒラリウス神父というふうに、表はムル篇、裏はクライスラー篇の登場人物が描かれている。花飾りや小さく幻想的な人物・動物の像を織り交ぜたアラベスク模様が、装飾的でエレガントな額縁となって図を囲む。繁栄や永遠の愛を象徴し、無限の豊饒をイメージさせるアラベスクはロマン派に愛されたモチーフ。第一巻表紙絵のムルとクライスラーについては後述する。なお、光文社古典新訳文庫では第一巻・第二巻を上・下、二分冊でお届けする。

ホフマンの世界では、日常生活と空想・幻想が地続きになっている。私たちの心の内奥に潜む何か異質なもの、未知なものに光をあて、深層心理の解明に取り組み、自然界と社会における「目には見えない力」や「姿なき存在」を顕在化しようとする彼の試みは、現実世界が軽やかにファンタジーの異世界へと転調するライトノベルやコミックスとも親和性がある。またロボット工学や人工知能において発生する諸問題を予見するような彼の短篇は、今日、新たな魅力をはなつ。

二〇二二年、ホフマン没後二百年の大規模な展示会《Unheimlich Fantastisch – E.T.A.Hoffmann 2022》がドイツのバンベルク、ベルリン、フランクフルト・アム・マインで催され、気鋭のクリエーターたちの寄稿による同名の四百頁におよぶカタログとともに話題を呼んだ。展示会用パンフレットのシンプルなイラストの現代版ムルは、「きみはしゃべるネコってunheimlich（不気味）だと思う? それともfantastisch（ファンタスティック）だと思う?」と各人に問いかけてくる。

ホフマンの略歴

東プロイセンのケーニヒスベルクに生まれ、二歳のときに両親が離婚し、母方の実家で育てられる。教会オルガン奏者ポドビエルスキのもとで音楽を、画家ゼーマンのもとで絵を学び、芸術的才能をあらわしたが、一族がみな法律の仕事をしていた関係上、彼も法律を学び、十九歳で第一次司法試験に合格、ケーニヒスベルク裁判所で司法官試補となり、二十歳でグローガウの裁判所に赴任、二十二歳で第二次司法試験に優秀な成績で合格、ベルリンの大審院に司法官試補として勤務、二十四歳で第三次司法試験に合格し、ポーゼン高等法院の陪席判事に任命される。一八〇二年二月、カーニヴァルの際にばらまかれた高位高官の戯画がホフマンの筆になるものであることに当局が激怒、プロックへ左遷されるが、このころから音楽に専念した。やがてポーランド人ミハリーナ（愛称ミーシャ）と結婚し、ワルシャワに転勤する。三十歳のとき、ナポレオン軍のワルシャワ侵攻により、官職を失い、各地を転々とし、劇場音楽監督や、ピアノ・声楽の家庭教師をつとめる。一八一四年、友人テオドール・ゴットリープ・フォン・ヒッペルの助力でプロイセン法務省に復職、ベルリンに出る。一八一五年までに『騎士グルック』『クライスレリアーナ』『黄金の壺』などをふくむ『カロ風幻想作品集』や長編小説『悪魔の霊薬』を完成し、その後も『夜景作品集』『ゼラーピオン同人集』『ネコのムル君の人生観』『ブランビラ王女』と、病にたおれるまで多彩な文学作品を矢つぎ早に発表した。彼はベルリンの大審院判事として忠実に職務をこなし、有能な裁判官との誉れ高く、音楽面でベートーヴェンの評論やフケーの『ウンディーネ』のオペラ化（一八一六）など記憶されるべき業績をのこし、機知に富む諷刺画家であり、本の表紙もみずから描いた。シャミッソー、ティーク、フケーらのほかに俳優ルートヴィヒ・デブリエントとも親交を深め、居酒屋ルター&ヴェーグナーの常連で座談の名手だった。

ホフマンは自分自身について「平日は法律家、せいぜい少しばかり音楽家。日曜日になると、日中はスケッチを描く。晩には夜遅くまでたいそう機知に富んだ作家である」（一七九六年一月二十三日付け、ヒッペル宛の手紙）と述べている。法律家としてのホフマンは、フォン・ダンケルマン政庁府長官からも「常に勤勉、有能で、使える男」（一八〇五年十二月・識名章喜訳）と評され、上司たちからすこぶる高い評価を得ていた。しかしきわめて強い感受性の持ち主である彼は、外的現実と内的世界のバランスをとるために、その鋭い観察力と豊かな詩的幻想（ファンタジー）を解放する場を必要とした。それが彼の文学、音楽、諷刺画であった。

「補助線」としての目次〜ネコの手貸します

ムルの自伝（以下、「ムル篇」と記す）もクライスラーの伝記の断編（以下、「クライスラー篇」と記す）も、全体が17節から成る。原書は四章から構成されているが、節には番号が付されていない。そこで光文社古典新訳文庫では本書の二重小説としての特性に鑑み、便宜上、節に番号を付し、内容を要約したリード文を次に記す。クライスラー篇の節は○で囲んだ数字であらわし、引用の際はアルファベットと数字でしめす。例えば、ムル篇第一章第3節なら（M1-3）、クライスラー篇第二章第7節なら（K2-⑦）と記す。

〈上巻〉

第一章　五感でとらえた生　青春時代

第四章　高度の文化的素養の効能――男としての成熟期

17 ムル、上流階級のイヌたちのサロンへ行く。ムルはクライスラーのもとへ。355頁

⑰ クライスラー、高慢な僧キプリアヌスと対決。アブラハム先生の手紙。373頁

二重小説

本書の奇抜なタイトルは、イギリスの作家ローレンス・スターンの『The Life and Opinions of Tristram Shandy, Gentleman（紳士トリストラム・シャンディの人生と意見）』（邦題：トリストラム・シャンディ）に由来し、スターン作品の一種不思議なユーモア精神も受け継いでいる。ホフマンはルソーの『告白』を愛読し、日記に「告白を読むのは三十回目。自分は数々の点でルソーに似ている」（一八〇四年二月十三日付け）と記している。ルソーの『告白』は、書き手が自分の自我を明らかにする試みであり、自分にとって自分は何者なのかを知り、自分の成長や発展を世間に釈明する試みである。本書がルソーの『告白』やゲーテの『詩と真実』と決定的に異なるのは、ホフマンが編集者として第三者的立場に立ち、ムル君の視点によるネコの自伝と、楽長クライスラーの伝記を交互に出現させた点である。ホフマンはみずからの感情・意見・思考を

複数の視点から検討し、世界のなかにおける自分の心の状態を仔細にみるために「動物のまなざし」を利用し、「本来」の作品であるムルの自伝と、うっかりミスで一緒くたに印刷されてしまった音楽家クライスラーの伝記をより合わせるというイロニーの遊びを試みた。

ムルもクライスラーも、今日のオンライン上の交流やゲームで用いられるアバターのようなものである。ホフマンはじっさいに、ムルという名の賢く美しいネコを飼っていて、彼の歌劇『ウンディーネ』の主役をつとめた若きソプラノ歌手ヨハンナ・オイニケに、茶目っ気たっぷりに「純文学の徒にして著名な歌手ムル作」と記したソネットを捧げている（一八二〇年三月二日付け）。またホフマンは作家であるよりも、むしろ比類なき作曲家でありたかったので、音楽の化身ともいうべき人物を案出し、その役柄にスルリと入りこみ、自分の音楽家としての経験、不安や苦悩、憧憬や願望をこの Alter Ego（分身）に惜しみなく注いだ。

ヨハネス・クライスラーの誕生日は一七××年一月二十四日、聖クリュソストモスの日に設定されている。ホフマンは、この音楽家に尊敬するモーツァルトの洗礼名 Johannes Chrysostomus Wolfgangus Theophilus Mozart[1] からその名ヨハネスを、さらに自分

ホフマンの自画像：『ウンディーネ』の楽譜の前に立つ部屋着姿
の楽長ヨハネス・クライスラー（1815）

の誕生日一月二十四日をあたえ、生い立ちや経歴にも自伝的要素を反映させた。自作の曲をクライスラー作曲ということにして小説のなかに盛りこみ、「心の内なる感情と外的生活との不均衡」をクライスラーの物語で変容させていく。

　アブラハム先生がムルによせる愛情は、ホフマンが愛猫を慈しむ気持ちを彷彿とさせ、アブラハム先生が若いヨハネス・クライスラーを見まもる態度には、晩年のホフマンが過去の自分をふりかえったときの諸々の思いが込められている。このようにクライスラーとアブラハム先生とムルは、いずれも誇張された、理想化・戯画化されたホフマンの鏡像で、彼の自我の特徴を帯びている。

　さらにホフマンは〈読者のみなさま、失礼します。本書の編集者ですが〉と言って作中にときおり顔を出す。まず「編集者の序文」で、彼自身の不注意から本書が二重小説になったことを読者に詫びる。ネコのムル君は自伝を執筆する際に、主人の机のうえにあった書物、すなわち、クライスラー伝記を遠慮なく引きちぎって下敷きや吸

1　ヴォルフガング・アマデウス・モーツァルトは、洗礼名におけるギリシア名のテオフィルスをラテン語形アマデウスにして通用させていた。

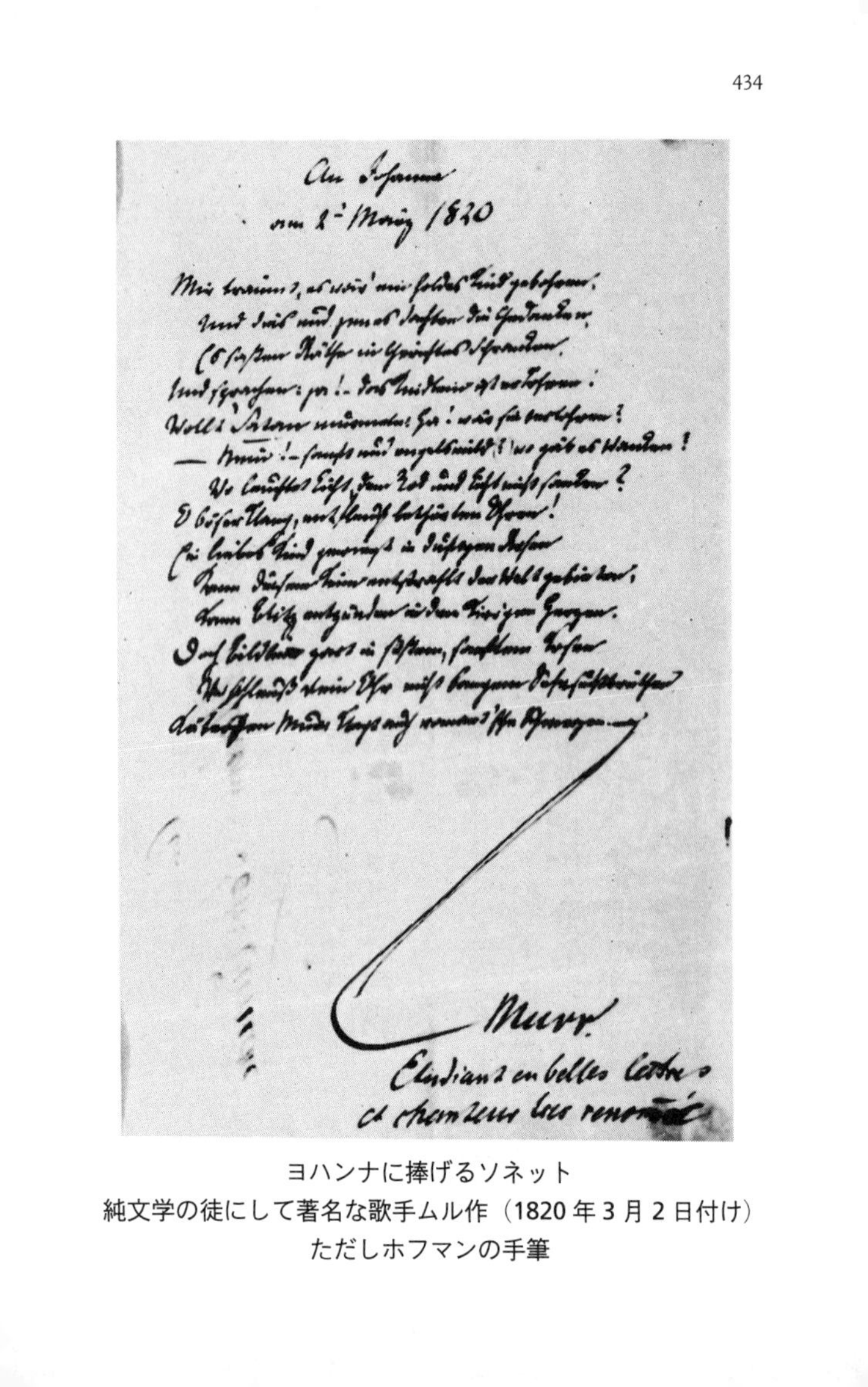

An Johanna
am 2ten März 1820

Murr.
Etudiant en belles lettres
et chanteur tres renommé

ヨハンナに捧げるソネット
純文学の徒にして著名な歌手ムル作（1820 年 3 月 2 日付け）
ただしホフマンの手筆

い取り紙に用い、それが一緒くたに印刷されてしまったという。ネコの野蛮な破壊行為によって、クライスラー伝記がムルの自伝のなかに一風変わった形で保存（！）されたわけである。ホフマンは編集者として、ムルが自伝を面白くするために、話に尾ひれをつけているのではないかと疑問を投げかけるばかりでなく、クライスラー篇では伝記作者になりすまして資料不足を訴え、欠落や飛躍について釈明し、一見、支離滅裂でも、すべては見えない一本の糸でつながっていることを強調し、クライスラーの音楽にたいする熱狂を度外れとみなすいっぽうで、彼の作曲には理解をしめすなど、自己批判と自己弁護も忘れない。ホフマンの多面的な実像が垣間見え、小説全体がメタフィクションになっている。

クライスラーの自己定義

ヨハネス・クライスラーの先行モデルを文学作品に求めるなら、ラモーの甥、シェイクスピアのハムレットや『お気に召すまま』のジェイキスをあげることができよう。ディドロの『ラモーの甥』は、一八〇五年にゲーテの翻訳で出版されてからというもの、ホフマンの愛読書であった。

クライスラーは、宮廷の輝ける星、美貌のベンツォン顧問官夫人に、Kreisler という自分の名前の由来を説明し、次のように自己定義をしている。

「Kreis（円環）という言葉をお忘れじゃありませんよね。だとしたら、ぜひとも私たちの存在全体が活動し、何をやってもそこから抜け出すことなどできないあの不可思議な Kreis を考えてください。その Kreis の中をこの Kreisler がくるくる回っているのですよ。おそらくクライスラーはそんな円環をなす暗黒の究めがたい力と議論を戦わせ、……跳びはねるのに疲れて、……過ぎた憧れを抱き、外に出たがっているのでしょう」（K1-④、上巻127～128頁）。

独語の《Kreisler》はそもそも「旋回するもの、きりきり舞いするもの、堂々巡りするもの」を意味し、ここからも、クライスラーはおのれの運命の悲喜劇をユーモラスに語るすべを心得た人物であることが分かる。

ムルの人生観

K1-①の末尾とM4-17の末尾で、アブラハム先生がムルの世話をクライスラーに委託するくだりがあり、これが二重小説の結節点になっている。アブラハム先生の飼い猫ムルと、先生の教え子だったクライスラーが初めて顔をあわせるシーンで、ムルは音楽家の周りをぐるぐる回る（kreiseln）。この行動はネコの習性であり、楽長に好意をしめすと同時に、新たな飼い主の属性を承認する挨拶でもある。音楽家のほうでもムルに「賢く、行儀がよく、機知に富み、詩人でもあるネコのムル君、さあ一緒に――」と呼びかけ、こうしてふたりの芸術家は互いの本質を瞬時に見てとり、共同生活がはじまる。

二重小説全体において隠然たる力をもつのは、「生のひそかな連鎖を見のがさない」（M1-5、上巻161頁）哲学ネコの人生観である。ムルは「この世の幸せというのは、いかほどの間、持ちこたえるものなのだろう」（M2-10、上巻398頁）と洞見しつつ、つい先ほどまで楽しい気分で幸せの絶頂にあったのに、突如として失意のどん底に突き落とされる人生の悲喜劇をつぶさに観察し、感情の落差をウィットに富んだ文章で綴る。

Murr（ムル）の名は、ドイツ語の動詞 murren に由来する。「ぶつぶつ文句を言う、低くうなる、（雷・砲声が）ゴロゴロ鳴る」という意で、形容詞 mürrisch は「不機嫌な、文句ばかり言う、不平屋の」という意味である。才気煥発で多読家のムルは、自分が世に受け入れられないことを嘆く不平屋でもある。世人が彼と彼の詩才をみとめようとしないのは、ネコだから、という理由であり、「暗黒の究めがたい力」の規制するKreisから出られないのは、クライスラーばかりではない。ムルもそうなのだ。ムルは、どんなに優れた資質をもっていても、ネコという属性から脱却できず、死すべき存在である定めからのがれられず、しかもそれをじゅうぶんに自覚している。それでもなお彼は、彼の著書が後世の心ある人たちに届くことを望んでいる。

ムルの文学上の先行モデルはティークの『長ぐつをはいた猫』で、機知と聡明さによって主人ゴットリープを侯位にのぼらせたネコ、ヒンツェの活躍は有名で、ムルもヒンツェを祖とあおぎ、尊敬している。ティークの作品は見物人の騒ぎや批評でたえず中断され、劇中劇のような光景を呈する特異な童話劇で、啓蒙主義、合理主義を諷刺し、機知と諧謔にあふれ、ロマン主義的イロニーを発揮する点でも本書と類縁性がある。ホフマン作品で人間の言葉をあやつり、人間社会に批判の目を向ける動物には、ムルのほかにも、犬のベルガンサやサルのミロがいる。

Bildung（教養・人格の陶冶）とは何か、独創性とは何か

Bildungsroman（教養小説）とは、一般に主人公の人間形成の過程を描いた小説と定義され、ゲーテの『ヴィルヘルム・マイスターの修業時代』はその代表とされる（『小学館独和大辞典』による）。教養小説の理念が社会生活のなかで人格の完成をめざして、あらゆる体験を糧に成長する存在を描くことにあるなら、そもそも「Bildung（教養・人格の陶冶）とは何か」という問題が提起されねばならない。クライスラーの場合、彼の問題はそもそも彼自身のなかにあるため、彼の自我と世間との軋轢（あつれき）を事細かに綴ることはできても、古典主義的な意味での人格の熟成は不可能とみられる。

いっぽう、ムルの自伝はIch-Roman（一人称小説）の形をとり、幼年期、思春期、青年期と年代順にすすむ。エルンスト・ヴァーグナーの『ヴィリーバルトの人生観』（一八〇五）をはじめ、教養小説は当時、ひとつのブームだった。シュレーゲルの『ルツィンデ』（一七九九）で主人公ユーリウスの「男らしさの修業時代」が女性とのかかわりをテーマとしているように、ドイツ教養小説において恋の試練とその結末は男として成熟するためのひとつのプロセスであり、ムルの恋も青年の成長物語の一コマを形成する。ムル篇は、こうした教養小説のモチーフや言語形式、構造のパロ

ディーでもある。ネコは成長が早いので、人間にとっての数年はネコにとっての数ヶ月にあたり、修業時代もLehrjahr（年）ではなくLehrmonate（月）と記されている。

ムルは、アブラハム先生が書物を音読する習慣があることを利用して文字を読むことをおぼえ、先生の書斎の本を手あたり次第にむさぼり読み、スポンジが水を吸うように知識をどんどん吸収する。さらに、あれこれ工夫を重ねて書くことを習得し、より高い教養をめざして学問にはげみ、いわゆる教養小説の定型にしたがった自伝を記す。彼の望みは、自著が同時代および後世のネコ青年たちを感化し、かれらのよき道しるべとなることである。

ムルが引用するテキストは、ウェルギリウス、オウィディウス、シェイクスピア、ルソー、リヒテンベルク、ゲーテをはじめとする古今の名著であり、彼の広範な知識が披露される。そのために、しばしばムルは「Bildungsphilister（教養俗物）」と評され、真の芸術家クライスラーの引き立て役とされてきた。すなわち、ニーチェの『反時代的考察』に依拠した後世の知識人から、ムルは「自分をMusensohn（ミューズの息子、詩人）や文化人だと思いこみ」、統一的な様式をもたない過剰な教養を「文化」ととりちがえて自己満足におちいった典型、とみなされたのである。しかし、ムルはネコ学生組合のメンバーとして「すかした俗物」を批判し、上流社会の「教養」の空疎さを看破し、猫格形成の道を模索しつづけているではないか。自伝の最後でも、彼は芸術と学問にたいする力強い愛を自覚し、ネコ学生組合会員でもなければ、洗練されたしゃれ者でもなく、より深遠な、よりすぐれたものを求める生の要求にこたえるべく、修養を積もうと決心している（M4-17）。遺憾ながら、猫格の陶冶は彼の急逝により頓挫するが……。

ムルの文章はたしかに引用と引用的文学表現ではちきれんばかりだが、それらはオリジナル作品の精神を尊び享受する、遊び心あふれる文体模写であり、本歌取りめいた優雅な知的遊戯ととらえることができる。ムルが得意の弁舌をふるうとき、ホフマンは編集者としてひょっこり顔をのぞかせ、〈ムル君、得々と語っているけど、それは換骨奪胎というよりも、むしろ剽窃スレスレで、きみの信用にかかわる問題なんじゃないの?〉という趣旨の発言をしている。例えば、ムルの決闘の際には、〈ねえ、ムル君、きみがシェイクスピア愛読者であるのはよく分かるけど、それはシェイクスピアのアイデアで、きみのオリジナルは最後の部分だけだよね。批評家たちが喰ってかかるんじゃないかな〉と述べ、ムルが白猫ミーナの初々しさを表現するときには、

〈それはシャミッソーの小説の文言、そのままだよ!! 恋のお相手の名前まで同じとは!〉、ムルが上流階級のサロンを批判するときには、〈それはムル君自身の考えではなく、音楽家クライスラーの持説だよね?〉という具合である。それらは今日、生成AI利用において発生するオリジナリティーの問題とも重なり合う。ある作家に心酔し、よく咀嚼し、さらに長い時間をかけて自分の脳漿をしぼったとき、そのアイデアはどこまでが感化されたもので、どこからがオリジナルなのだろう。また、どのようにすれば、独創性を培うことができるのだろう。この作品は、「独創性とは何か」という今日的な根本問題を私たちにつきつける。

詩猫ムル～詩魂は本能に宿る

ホフマン自身が描いた第一巻の表表紙のムルは、トーガ風の衣装をまとい、書見台に向かって鵞ペンをもっている。背景は天空で、教会の塔が見え、彼の足元にはニシンとおぼしき魚がのった皿があり、彼は高みをめざす者であると同時に、食に目がなく、現世の欲望に正直な者であることが分かる。[2] この図は崇高と滑稽を同時にしめし、微苦笑をさそう。

ムルは自伝の冒頭をゲーテの『エグモント』引用で飾り、自分が教養市民階級の徒であることを顕示する。しかしオランダの英雄エグモントが死を覚悟したときに言うセリフを、ムルは素朴な生の喜びを謳歌するときに用いており、ここから早くも彼の性格が明らかになる。ムルはおのれの本性と現世的欲望をすんなり受け入れ、四足歩行の自分たちと、万物の霊長を名乗る直立二足歩行の生き物を比較して、身体能力や意思伝達法など、ネコ族のほうが人間にまさる点をあげ、人間の「理性」とはそんなにご立派なものなのかと疑問を呈する。そもそもムルに自伝を書かせているのは、天与の才から生まれる彼自身の思想を書きとめておきたいという抑えがたい衝動である（上巻63頁）。ゲーテの『タッソー』において、詩人タッソーは「人間が苦悩のなかで沈黙するとき、神はわたしに、わたしがどのように悩んでいるか語るすべをあたえた」と述べるが、食欲や恋心という本能と直結した苦悩の局面において、ムルは自分

2　ムルはアブラハム先生のもとで贅沢な食事に舌鼓をうつグルメで、友だちのムチウスにもご馳走している。ムチウスはこの出来事を、ムルの美点として、またムルが俗物ではない証拠のひとつとしてネコ学生組合員たちに披露する。

第1巻表表紙　ネコのムル君（巻頭 6 頁に入れたもの）

がどのように悩んでいるかをユーモラスに語ることができる。ムルの詩魂が華々しく飛翔するのは、とくに本能と結びついたときである。

ムルは、母親ミーナに進呈しようと思っていたニシンの頭を結局自分で食べてしまうが、食欲と孝心の板ばさみになるジレンマや、その後、良心の呵責にさいなまれるさまを赤裸々に告白する。孝心という内なるモラルが食欲という本源的欲求に屈すると、周囲のすべてのものが、すなわち、風やカーテンや暖炉や籐椅子が「ミーナ」「ミ〜ナ〜」と生母の名を呼んでゆらぎ、きしみ、うめき声をあげてムルを苦しめる。外界の物事はすべて内的表象の反映なのだから。万物照応はなんと卑近なかたちをとることだろう。それでもムルの哲学的頭脳は、〈その人をただしく導くものは、その人の本源的欲求である〉と結論づけ、この一件を箴言風の言辞で締めくくる（M1-3）。

本書でも芸術家小説のライトモチーフである、芸術家を高く飛翔させる〈かの翼〉について論じられ、理想郷は高い場所にある。「ふわりと舞い上がった、わが高い立脚点」について語るムルは、空を舞うハトに目をとめ、彼の食欲と詩的飛翔力はみごとに合致する。彼の詩魂は、空を仰ぎつつ地上的欲望をみたそうとするネコの本能と直結している。この飛翔・羽のモチーフは、アブラハム先生の特製「猫じゃらし」としても登場し、先生が一本または二、三本の鵞ペンに長い糸をくりつけて宙に飛ばすと、ムルはそれを小鳥に見立てて、勢いよく飛びつく。こうして若きムルの心身と瞬発力は、〈かの翼〉をとらえようと夢中になることで鍛えられる。

ムルは恋の熱狂のままに次々と恋愛詩を執筆するが、やがて燃えるような恋心は結婚とともに萎み、ほどなく退屈に転じるさまを如何ともしがたい事実として受け入れる。

道化を演じるアウトサイダー

けたはずれの才能、鋭敏すぎる感受性やあまりにも高尚な志の持ち主は周囲から理解されず、ともすれば変わり種として白眼視される。こうした存在はことあるごとにアウトサイダーであることを自認せざるをえず、生きる痛みは通常人の何倍にもふくれあがる。平穏無事に暮らしたければ、しばしば何らかの工夫をこらさなければならない。かくしてムルもクライスラーも、自己保存の手段として道化役を演じる。ムルには「猫かぶり」という天性の必殺わざがあり、クライスラーは意図的に防禦壁とし

第1巻裏表紙　クライスラー

クライスラーのもつ道化の笏杖（前ページの絵の一部分を拡大した）

てNarr（たわけ者・道化）の仮面をつける。

自然はこの小動物にサバイバル戦略として猫かぶりの術をさずけた。哲学する詩猫ムルは、人間が勝手にいわゆるネコの標準とみなしている知的能力を大きく逸脱している自分の特異性が周囲の人たちの反感をかうことを本能的に知っていて、安穏に暮らすために、アブラハム先生や美学教授の目をあざむく。ムルは、人間たちの会話をのこらず聞いているのに、ぐっすり眠っているふりをしたり、声をかけられると、あどけなく目をパッチリと見開いてみせたりして、ぐうたらだが憎めない無邪気な愛玩動物であることを強調して白(しら)を切る。アブラハム先生はムルをクライスラーに紹介するとき、「ネコのムル君は世にもひょうきんなやつで、正真正銘の道化役(プルチネッラ)だよ」[3]（K1-①、上巻52頁）と述べている。

クライスラーがつつがなく社会生活を送り、宮廷楽長として生きるために道化の役割を引き受けていることに関しては、まず、ホフマン自身が描いた初版本の第一巻裏表紙（447頁）をご覧いただきたい。そこでは長衣の男性が Kreis(円) の中にいる。円、円環は Kreisler(クライスラー) のシンボルである。ホフマンは自画像およびクライスラー像にいつも黒いもみあげを描くが、この男性の小さな丸い帽子からも黒いもみあげがのぞいている。男性は左手にもっている本に目を落とし、右手には道化・愚か者の顔のついた笏(しゃく)、Narrenzepter（道化の笏杖(しゃくじょう)）をもっている。この笏に見られるポンポンのついた三角帽や先のとがった大きな立ち襟の服は、典型的な道化師の衣装であり、クライスラー

3　イタリアの作曲家スカルラッティ（一六八五～一七五七）は、愛猫プルチネッラが鍵盤のうえを好んで歩いたことに着想を得て「猫のフーガ」を捧げたといわれ、こちらもムルの音楽的先行モデルとされている。ムルは歌手として音楽的才能を発揮する。

はここにおどけ役の道化として立っていることが分かる。背景にはジークハルツヴァイラーの禿鷹岩（ガイアーシュタイン）を思わせる風景が広がり、ここは宮廷の庭園の並木道らしい。

　クライスラーはしばしば、みずからを「たわけ者」と呼んでいるばかりでなく、美しい貴人の姿をした悪鬼ヘクトール公子から純真無垢なユーリアを守るために長広舌をふるい、敵の注意をそらす陽動作戦に出て、道化の真価を発揮する。

　キリスト教美術の聖人画において、剣によって殉死した聖パウロのアトリビュート（神や人物の素姓・特徴を明らかにする持物（じぶつ））は、書物と長剣である。この図におけるクライスラーのアトリビュートは、書物と道化の笏杖である。彼は道化を演じるたびに、おのれの自我を殉死させているのだろうか。彼の道化ぶりにそこはかとなく痛みと悲壮感がつきまとうのは、そのせいかもしれない。

　第一巻表表紙のムルと、裏表紙のクライスラーはともにアトリビュートとして書物をたずさえている。書物は宗教画では聖人・学者をあらわし、「知」のシンボルだが、本の虫や知識偏重を嘲笑するために描かれることもある。ムル篇では、ムルの学識や詩心に嫉妬した美学教授が、ネコに教授の座をうばわれるのではないかと怯える様子が喜劇的に描きだされ、クライスラー篇における宮廷侍医は、もっともらしい専門用語を並べるだけの役立たずとして登場する。

道化の立場に身をおくことで、物事は相対化され、より奥深い「知」の世界がみえてくる。

下巻解説では、音楽家による音楽家小説としての側面や、熱狂する芸術家の内的世界について詳しくみていきたい。

本書には、特定の登場人物を評して「真の愚かさのたいへん適切な症例だ。明らかにパラノイア、精神錯乱、無反応状態にある」との記述があります。これは当時の知見を踏まえたものですが、知的障がいへの誤った認識に基づいた記述です。

また、「ジプシー」という、配慮の必要な呼称が用いられていますが、近年は彼らが自称する「ロマ（人間）」と表記するのが一般的です。

歴史的に流浪を余儀なくされてきた彼らへの差別は、主にヨーロッパ各地で現代でも続いており、今では定住する者が多いにもかかわらず「流浪の民」と呼ばれたり、犯罪行為と直接結びつけられたりしているのはご承知のとおりです。

これらは本作品が成立した19世紀初頭のドイツ社会における偏見や未熟な人権意識に基づくものですが、編集部では本作の歴史的価値および文学的価値を尊重し、原文に忠実に翻訳しました。差別の助長を意図するものではないということを、ご理解ください。

編集部

ネコのムル君の人生観（上）

著者　ホフマン
訳者　鈴木芳子

2024年9月20日　初版第1刷発行

発行者　三宅貴久
印刷　萩原印刷
製本　ナショナル製本

発行所　株式会社光文社
〒112-8011東京都文京区音羽1-16-6
電話　03（5395）8162（編集部）
03（5395）8116（書籍販売部）
03（5395）8125（制作部）
www.kobunsha.com

ISBN978-4-334-10420-7 Printed in Japan

いま、息をしている言葉で、もういちど古典を

長い年月をかけて世界中で読み継がれてきたのが古典です。奥の深い味わいある作品ばかりがそろっており、この「古典の森」に分け入ることは人生のもっとも大きな喜びであることに異論のある人はいないはずです。しかしながら、こんなに豊饒で魅力に満ちた古典を、なぜわたしたちはこれほどまで疎んじてきたのでしょうか。

ひとつには古臭い教養主義からの逃走だったのかもしれません。真面目に文学や思想を論じることは、ある種の権威化であるという思いから、その呪縛から逃れるために、教養そのものを否定しすぎてしまったのではないでしょうか。

いま、時代は大きな転換期を迎えています。まれに見るスピードで歴史が動いていくのを多くの人々が実感していると思います。

こんな時わたしたちを支え、導いてくれるものが古典なのです。「いま、息をしている言葉で」――光文社の古典新訳文庫は、さまよえる現代人の心の奥底まで届くような言葉で、古典を現代に蘇らせることを意図して創刊されました。気取らず、自由に、心の赴くままに、気軽に手に取って楽しめる古典作品を、新訳という光のもとに読者に届けていくこと。それがこの文庫の使命だとわたしたちは考えています。

このシリーズについてのご意見、ご感想、ご要望をハガキ、手紙、メール等で翻訳編集部までお寄せください。今後の企画の参考にさせていただきます。

メール　info@kotensinyaku.jp

★続刊

赤い小馬／銀の翼で　スタインベック傑作選　ジョン・スタインベック／芹澤 恵・訳

農家の少年が動物の生と死に向き合いながら成長していく、自伝的中篇「赤い小馬」のほか、名高い短篇「菊」「白いウズラ」「蛇」「朝めし」「装具（ハーネス）」「正義の執行者」、さらに二〇一四年に発見された幻の掌篇「銀の翼で」を本邦初訳として収録。

城　カフカ／丘沢静也・訳

ある冬の夜ふけ、測量士Kは深い雪のなかに横たわる村に到着する。城から依頼された仕事だったが、城に近づこうにもいっこうにたどり着けず……。奇妙な、喜劇的ともいえるリアルな日常を描いた最後の未完の長編。史的批判版からの新訳。

悪い時　ガブリエル・ガルシア・マルケス／寺尾隆吉・訳

十月の雨の朝、静かな町で起きた殺人事件にはあるビラが関係していた。ビラの内容は住民たちの疑心暗鬼を生み、息苦しく不気味な雰囲気が町全体を覆っていく……。「暴力時代」後のコロンビア社会を描く、死体と腐臭と謎に満ちた物語。